Delly

Anita

Roman

 Le code de la propriété intellectuelle du 1er juillet 1992 interdit en effet expressément la photocopie à usage collectif sans autorisation des ayants droit. Or, cette pratique s'est généralisée dans les établissements d'enseignement supérieur, provoquant une baisse brutale des achats de livres et de revues, au point que la possibilité même pour les auteurs de créer des œuvres nouvelles et de les faire éditer correctement est aujourd'hui menacée. En application de la loi du 11 mars 1957, il est interdit de reproduire intégralement ou partiellement le présent ouvrage, sur quelque support que ce soit, sans autorisation de l'Éditeur ou du Centre Français d'Exploitation du Droit de Copie , 20, rue Grands Augustins, 75006 Paris.

ISBN : 978-3-96787-560-7

10 9 8 7 6 5 4 3 2 1

Delly

Anita

Roman

Table de Matières

Chapitre I	7
Chapitre II	21
Chapitre III	33
Chapitre IV	42
Chapitre V	51
Chapitre VI	61
Chapitre VII	70
Chapitre VIII	79
Chapitre IX	89
Chapitre X	99
Chapitre XI	105
Chapitre XII	114
Chapitre XIII	122
Chapitre XIV	129
Chapitre XV	136
Chapitre XVI	145
Chapitre XVII	155
Chapitre XVIII	161
Chapitre XIX	169
Chapitre XX	175

Chapitre I

Le professeur Handen déposa sa plume et se renversa dans son fauteuil avec un soupir de soulagement.

Il était enfin terminé, ce travail sur les origines de la Germanie, œuvre longue et ardue qui lui avait pris des années, coûté de patientes recherches et devait donner à son nom une célébrité européenne. Maintenant, il lui serait loisible de prendre du repos, et peut-être, l'esprit plus tranquille, donnerait-il au corps la vigueur qui lui manquait.

Un grand frisson le secoua tout entier.

La chaleur était cependant intolérable dans ce cabinet de travail fermé de portières et de lourds rideaux, encombré de bibliothèques et de tables chargées de livres. C'était la retraite austère du savant... celle aussi d'un homme qui souffrait, qui se sentait envahi, terrassé chaque jour par une faiblesse plus grande.

En un geste las, la main fine du professeur passa à plusieurs reprises dans les cheveux blonds à peine grisonnants qui couronnaient son front très haut. Une fatigue indicible se lisait dans son regard, et, un instant, ses yeux se fermèrent. Mais aussitôt il se redressa. Repoussant d'un geste impatient les manuscrits épars devant lui, il murmura :

– Vais-je me laisser aller, maintenant ? Qu'ai-je donc ce soir ? Je ne suis pas malade, cependant... et même je vais certainement mieux.

Il se leva et se mit à arpenter la pièce. Sa taille élevée se découpait en une ombre gigantesque sur la muraille éclairée par les lampes du bureau. Au bout d'un moment, il interrompit sa promenade et, prenant une photographie dans le tiroir d'un secrétaire, il se rapprocha de la lumière pour la regarder.

Elle représentait deux jeunes gens d'une quinzaine d'années, l'un très mince, très blond, avec un regard rêveur et doux ; l'autre, brun, aux traits d'une régularité remarquable, aux superbes yeux foncés, profonds et tendres, décelant une âme ardente. Ils se tenaient affectueusement appuyés l'un sur l'autre, et le blond rêveur posait sa main, en un geste de tendre protection, sur l'épaule de son compagnon.

Malgré la différence des années, il était aisé de reconnaître dans le premier le professeur lui-même. Son visage, maintenant pâle et creusé, avait conservé sa coupe élégante, sa finesse de traits, son beau front relevé, et son regard avait encore la même expression de grave bonté, d'intelligence paisible et fière. Mais, en cet instant, une douleur profonde s'y lisait, tandis qu'il examinait la physionomie attirante et charmeuse de l'adolescent brun.

– Bernhard, où es-tu maintenant ? murmura le professeur avec une étrange émotion. Il y a si longtemps que je ne t'ai vu !... Oui, il y a des années, et, pourtant, nous étions comme des frères ! Nous nous aimions...

Il s'interrompit et passa impatiemment la main sur son front comme pour en chasser des souvenirs obsédants.

– Mais qu'ai-je donc ce soir ? répéta-t-il avec une sorte de colère. Je suis ridiculement faible, plus encore au moral qu'au physique. Pourquoi penser à cet ingrat ?

Il posa la photographie sur le bureau et reprit sa lente promenade. Mais il n'avait plus besoin de cette image pour se représenter Bernhard, son cousin, son ami tant aimé autrefois... et maintenant ?

Eh bien, Conrad Handen ne pouvait se le dissimuler, le souvenir de celui qui avait été pour lui le plus tendre des frères était toujours vivant en lui... malgré tout.

Deux fois cousins germains par leur père et leur mère, ils avaient été élevés ensemble par la mère de Conrad, car Bernhard était devenu orphelin au sortir du berceau. Jamais frères ne s'aimèrent d'une plus vive affection. Très calme, presque froid en apparence, Conrad possédait une âme aimante et tendre, et si son esprit plus positif n'était pas capable de suivre son cousin sur les cimes élevées où l'emportaient un cœur ardent et une imagination passionnée, ils n'en étaient pas moins unis d'une inaltérable amitié.

Mais il vint un jour où Bernhard, artiste et poète, chercheur d'idéal, quitta l'Allemagne, en quête de régions plus lumineuses, de pays inondés de soleil, exhalant des effluves embaumés, vibrant encore des souvenirs du passé. Successivement, l'Asie mineure, la Grèce, l'Italie, l'Espagne enfin furent visitées par lui. Malgré la séparation, l'union demeurait aussi étroite entre les cousins, et elle le fut jusqu'au jour où Conrad reçut une lettre datée de Valence, et révélant à chaque page un intime et profond bonheur. Bernhard

Chapitre I

lui faisait part de son intention de demander la main d'une jeune Espagnole de famille pauvre et fort modeste, mais parfaitement honorable. Alors, enthousiasmé, il dépeignait les qualités de cœur, l'intelligence, la beauté remarquable de celle qui serait bientôt sa fiancée, et, à la fin seulement, faisant mention de sa profession... Marcelina Diesco était cantatrice dans un théâtre de Valence.

Au reçu de cette lettre, Mme Handen s'emporta en reproches violents contre celui qu'elle appelait son second fils et qui flattait son amour-propre par sa beauté et ses dons brillants.

Conrad, lui, ne dit rien, mais il se sentit profondément blessé dans son affection fraternelle, en même temps que l'orgueil, très vivace chez cette nature calme et douce, se révoltait à la pensée d'une telle mésalliance. Les Handen, antique famille de savants, étaient aussi fiers de leur nom que les plus nobles barons.

Le jeune professeur partit pour Valence. Il vit Bernhard et se convainquit vite de l'inanité de ses tentatives. Ce cœur enthousiaste et ardent, une fois donné, ne se reprenait plus.

– Choisis entre elle et nous ! s'écria violemment Conrad dans une dernière entrevue. Si tu l'épouses, ce sera fini entre nous.

– Soit ! répliqua Bernhard d'un ton ferme, mais j'ai trouvé en Marcelina l'épouse de mes rêves et je n'abandonnerai pas ainsi le bonheur.

Des paroles vives et blessantes ayant échappé à Conrad, Bernhard y répondit avec colère, et les deux cousins se séparèrent complètement irrités.

Meurtri dans son affection, blessé dans son orgueil, Conrad quitta Valence. Il avait pu cependant reconnaître la vérité des assertions de Bernhard touchant Marcelina. Sa profession et sa famille, pauvre et obscure, étaient les seules choses que les Handen pussent lui reprocher, son honorabilité étant inattaquable ; mais à leurs yeux, l'obstacle était infranchissable Depuis lors, Conrad n'entendit plus parler de son cousin.

Tels étaient les souvenirs qui revenaient à l'esprit du professeur tandis qu'il arpentait son cabinet. En vain essayait-il de les chasser ; ils revenaient en foule, semblables à d'importuns papillons noirs.

Il s'approcha de la fenêtre et appuya son front brûlant contre la vitre. Mais de nouveau un frisson l'agita. Au-dehors, le vent soufflait, glacial, dans la nuit sombre, et faisait douloureusement gémir portes et fenêtres. Lentement, le professeur revint vers son bureau... Mais il s'arrêta soudain, prêtant l'oreille. Une harmonie montait jusqu'à lui, une plainte douce et tendre, admirablement rendue par une main d'artiste. Elle s'exhalait en un chant délicat, d'une touchante simplicité, et mourut en un accord insaisissable.

Une transformation s'était opérée chez le professeur. Maintenant, une flamme joyeuse et fière animait son regard, et un heureux sourire passa sur son visage tandis qu'il murmurait :

– Comme cet enfant est doué ! Il sera un des premiers artistes de notre époque, mon Ary !

Six heures sonnaient à la grande horloge de bois sculpté. Le professeur rangea rapidement les papiers épars et, sortant de son cabinet, il descendit lentement. Le violoncelle avait repris son chant, mais, plus rapproché, il semblait moins mystérieusement pénétrant. Conrad Handen entra dans la pièce très vaste qui était la salle d'étude et le lieu de réunion de sa famille. Quelques jeunes têtes se levèrent à l'arrivée du père, puis s'abaissèrent aussitôt sur les livres et les cahiers. Seule, une petite fille très blonde, au doux et délicat visage, en profita pour demeurer le nez en l'air, en contemplation devant les jeux de lumière et d'ombres produits sur le plafond par la lueur des lampes.

Le professeur se dirigea vers la cheminée où son grand fauteuil l'attendait en face de sa femme. En passant, il posa la main d'un geste caressant sur une épaisse chevelure brune aux crêpelures superbes. Un court instant, deux yeux gris foncés se levèrent vers lui, empreints d'une tendresse passionnée, puis s'abaissèrent aussitôt sur le dessin que traçait une petite main brune et fine.

– Pas trop de travail, Frédérique, dit doucement le professeur. Je croyais t'avoir dit de ne pas dessiner le soir, ma fille.

– Et je le lui ai répété ! dit la voix calme, un peu traînante de Mme Handen. Mais c'est une tête dure qui ne veut faire que sa volonté... Frédérique, laisse cela et prends ton tricot.

La main de la fillette se crispa sur son crayon, mais elle continua tranquillement à tracer ses lignes avec une impeccable correction.

– Eh bien, Frédérique ! dit sévèrement le professeur.

Elle se leva aussitôt et alla prendre dans une corbeille un tricot commencé, puis elle revint s'asseoir près de la lampe. Sur ce jeune visage aux traits heurtés, à l'expression hautaine et sombre, on ne pouvait discerner aucune émotion, aucun indice d'une lutte intérieure.

Le professeur se laissa tomber dans son fauteuil, et son regard distrait se fixa sur la masse incandescente qui s'écroulait dans la cheminée avec un léger craquement. Devant lui, Mme Handen tricotait activement. Au bout d'un instant, sans s'interrompre, elle demanda :

– Où en es-tu de ton travail, Conrad ?

– Il est achevé, Emma, dit-il avec un soupir d'allégement. Je vais maintenant me reposer un peu, car je me suis vraiment surmené et je me sens faible.

Mme Handen cessa de travailler, et ses yeux bleu pâle se fixèrent, un peu inquiets, sur le visage amaigri de son mari.

– Tu te sens plus fatigué, Conrad ? Consulte donc encore, je t'en prie !

Il secoua négativement la tête. La maladie de cœur dont il souffrait était inguérissable, il le savait, mais il pouvait vivre longtemps encore... ou tout aussi bien mourir tout de suite. L'alternative favorable ne dépendait pas des médecins, mais seulement d'une existence calme, sans heurts trop violents.

De nouveau, le silence complet s'était fait dans la salle. Le violoncelle s'était tu dans la pièce voisine, et, quelques minutes après, un adolescent entra et avança doucement vers la table où travaillait Frédérique. Sans une parole, il ouvrit un cahier et se mit à écrire. La vive lueur d'une lampe tombait sur ce visage mince et pâle, copie exacte de celui du professeur. Mais les yeux bleus au regard fier décelaient une nature plus ardente, plus décidée, plus orgueilleuse aussi que celle de Conrad.

De sa place, le professeur contemplait avec fierté cette couronne admirable, ces nombreux enfants si beaux, si intelligents, qui étaient les siens. Combien les lui enviaient ! Oui, il était vraiment un heureux père. Qu'avait-il à souhaiter ? Son bonheur était complet. Pourtant, il passa la main sur son front d'un geste fatigué. C'était chez lui le signe habituel de la souffrance, morale ou physique, et, de fait, sa physionomie n'était pas précisément celle d'un homme heureux.

La paix si profonde de la maison Handen fut soudain troublée par le heurt violent du marteau sur la porte d'entrée. Une minute après, un bruit de voix parvint du vestibule. Le professeur, qui prêtait l'oreille, eut un tressaillement. L'organe rude et enroué du vieux domestique s'était tu, et l'on distinguait maintenant une voix basse, pénétrante, un peu voilée et tremblante comme celle d'un être souffrant. Cette voix, Conrad la connaissait. Oh ! oui, malgré tant d'années, il ne l'avait pas oubliée.

Il se leva brusquement et se dirigea vers la porte qu'ouvrait en ce moment une main résolue. Sur le seuil, un homme parut... Un cri jaillit du cœur plus encore que des lèvres de Conrad :

– Bernhard !

Puis il recula, le regard soudain froid et sombre. Celui qui osait reparaître ainsi dans la vieille maison des ancêtres, c'était l'ingrat, le misérable que ses parents avaient renié... Un instant... oui, il l'avait oublié !

Bernhard s'était arrêté. Ses yeux d'un bleu profond, brillant de fièvre dans un visage émané et livide, se posèrent avec un navrant reproche sur celui qui avait été pour lui un frère et qui s'éloignait de lui. Enfin il parla, d'une voix faible et brisée que l'on entendait à peine.

– Conrad, ne veux-tu pas oublier ?... Après tant d'années, n'as-tu pas compris ?... J'étais jeune, j'ai eu des torts envers ta mère, envers toi, mon ami, mon frère... Oh ! ce n'est pas que je regrette mon mariage ! dit-il avec un soudain mouvement de fierté. Non, je n'aurais pu renoncer à ma douce, ma chère Marcelina... mais ce que je devais faire, c'était user de ménagements envers celle qui m'avait servi de mère, c'était te confier dès le premier instant mes espérances et mes rêves, à toi qui me révélais tous les replis de ton cœur. Ensuite, j'ai eu l'orgueil de ne jamais chercher à renouer notre amitié... Conrad, pour cela, j'ai besoin de ton pardon.

Le professeur recula encore, et sa voix s'éleva brève et sèche :

– Vous faites bon marché de votre inqualifiable mésalliance, Bernhard Handen, et c'est là cependant la véritable, la seule cause de notre rupture. La maison qui a abrité notre honorable famille ne peut vous recevoir.

Chapitre I

Le corps débile de Bernhard sembla soudain galvanisé, une flamme ardente passa dans son regard souffrant. Il étendit la main en un geste de protestation indignée.

– Pas un mot de plus, Conrad ! Tu sais que Marcelina était digne d'entrer dans notre famille, et il est inutile de réitérer des attaques de ce genre. Qu'importe qu'elle fût la fille de pauvres ouvriers, si son âme était belle et noble, si elle était capable de faire mon bonheur ? Et elle l'a fait autant qu'il a été en son pouvoir... Oh ! cela, je puis le dire en toute sincérité ! fit-il avec un élan de reconnaissance passionnée. Elle a été dans ma vie comme une douce étoile, ma Marcelina... Et elle est partie... Conrad, elle est morte !

Ces mots étaient un cri de douleur, le gémissement d'une âme inconsolable, torturée par le regret. Le professeur tressaillit. Son cœur, qui luttait contre le pardon, se sentit envahi par une indicible compassion.

– Quoi ! elle est morte ! murmura-t-il avec une émotion qu'il ne put maîtriser.

Alors, regardant Bernhard avec plus d'attention, il se sentit douloureusement frappé en présence de cet homme qui avait son âge et semblait cependant un vieillard. Quelles luttes opiniâtres, quels travaux, quelles effrayantes épreuves avaient donc fait du beau et brillant Bernhard d'autrefois ce malheureux aux cheveux gris, au regard douloureux, au corps d'une extrême maigreur, courbé comme sous le poids d'un intolérable fardeau !... Il paraissait d'une faiblesse excessive et visiblement avait peine à se soutenir.

– Vous semblez avoir besoin de repos, dit le professeur d'un ton hésitant. Asseyez-vous au moins quelques instants.

Bernhard secoua négativement la tête.

– Je ne me reposerai pas ici si tu me traites en ennemi. J'aime mieux m'en aller, bien que la nuit soit si froide !... Oh ! si froide ! dit-il en frissonnant. Conrad, une dernière fois, je te le demande... Veux-tu oublier... et pardonner à celui qui va mourir ?

– Quoi... ? Que dis-tu ?... Pourquoi mourir ? s'écria Conrad en faisant un pas vers lui.

– Parce que je suis arrivé au terme de ma maladie... Ah ! tu ne sais pas, Conrad, quel courage il m'a fallu pour me traîner de Buenos Aires jusqu'ici !... Tu ne sais pas ce que j'ai enduré de souffrances, de terreurs sans nom à la pensée que je pouvais tomber en route avant d'avoir accompli ma tâche ! Je ne crains pas la mort... Je la désire même... J'ai tant souffert ! dit-il avec un accent d'intraduisible douleur. Mais, avant, je voulais... Où es-tu, Anita ?

Il s'était retourné, cherchant dans l'ombre du couloir. Près de lui, une voix douce murmura en espagnol :

– Me voici, père.

Bernhard attira à lui une petite forme noire et la poussa doucement en pleine lumière... C'était une fillette d'une dizaine d'années. Sous son grand chapeau, on distinguait un visage délicat et de superbes yeux foncés voilés de longs cils... Elle devint aussitôt le point de mire des regards curieux des enfants du professeur, jusqu'ici dirigés vers l'étranger.

– Conrad, c'est ma fille, mon Anita, dit Bernhard d'un ton vibrant de tendresse. Elle va bientôt rester seule au monde, et je voulais te la confier, afin que tu me remplaces auprès d'elle. C'est une Handen, elle aussi...

– C'est la fille d'une chanteuse !...

Devant Bernhard se dressait Mme Handen. Jusque-là, elle était demeurée immobile, figée dans une indicible stupéfaction, mais elle venait de se lever et de s'avancer en prononçant ces paroles avec un dédain impossible à rendre.

Bernhard tressaillit, et une lueur de colère jaillit de son regard triste.

– Oui, c'est la fille d'une chanteuse ! répéta-t-il d'un accent plein de douloureuse fierté. C'est aussi la fille d'une femme de cœur, d'une noble chrétienne. Marcelina n'avait adopté cette profession que pour obéir à ses parents, pour leur donner le pain dont ils auraient manqué sans elle. Aussitôt qu'elle l'a pu, elle l'a quitté sans regret... Oui, Madame, Marcelina était pauvre, elle ne comptait que des aïeux obscurs, mais soyez assurée qu'ils étaient aussi honorables que les vôtres, que les nôtres aussi... Et mon Anita est digne de prendre place parmi vos enfants !

Il s'interrompit en portant la main à sa poitrine. Son visage était étrangement décomposé... Il chancela et essaya de se retenir à un meuble, mais deux bras étaient là pour le recevoir et il y tomba inanimé.

Chapitre I

– Appelle Thomas ! dit brièvement à sa femme le professeur dont le visage était presque aussi livide que celui de son cousin.

Quelques instants plus tard, Conrad, aidé du domestique, transportait Bernhard dans la chambre qui avait été la sienne autrefois. En attendant le médecin, il demeura près du lit, tenant la main de l'ami tant aimé et considérant avec émotion – avec remords aussi – ce visage d'où la vie semblait retirée... Cependant, le cœur battait encore, et, après de longs efforts, le docteur put faire revenir à lui le malade.

En apercevant son cousin anxieusement penché sur lui, Bernhard eut une lueur de bonheur dans le regard, et sa pauvre main décharnée pressa avec tendresse celle du professeur.

Celui-ci murmura à son oreille :

– Mon Bernhard, j'ai tout oublié... Nous vivrons ensemble comme autrefois.

Un triste sourire passa sur les lèvres du malade.

– Non, Conrad, il faut nous séparer. Je ne m'abuse pas, vois-tu, je sais bien que c'est fini... Demande au docteur... Oh ! vous ne me tromperez pas ! ajouta-t-il en voyant le mouvement de protestation esquissé par le médecin. Je n'ai plus que quelques heures à vivre et je voudrais... Conrad, approche-toi, bien près, car je suis si faible !

En phrases brèves, hachées de fréquents repos, Bernhard raconta alors à son cousin sa vie depuis le jour où ils s'étaient quittés à Valence... Après son mariage, il s'était installé dans une petite ville du littoral, où Marcelina et lui avaient vécu plusieurs années dans un délicieux bonheur intime. Mais il avait fait la connaissance d'un industriel espagnol qui l'entraîna dans diverses spéculations, très honnêtes, mais imprudentes, si bien qu'un jour il se réveilla ruiné. Dès lors commença pour lui la terrible lutte pour la vie. En Espagne, il n'avait pas cherché à se faire d'amis, et ceux d'Allemagne l'auraient repoussé. À grand-peine, il parvint à trouver une position modeste, mais une longue maladie étant survenue, il se trouva réduit plusieurs mois à l'immobilité et, à sa guérison, il se vit remplacé. Après plusieurs vaines tentatives, il accepta les offres d'un négociant de Buenos Aires, et partit avec lui en qualité de secrétaire, emmenant Marcelina et la petite Anita.

Mais cet être d'imagination et de poésie était peu fait pour les réalités de la vie, et son travail s'en ressentit, si bien qu'un jour le négociant, ayant à placer un parent, l'informa qu'il ne pouvait le conserver. Dès lors, ce fut la misère... Quels travaux avait dû accepter cet homme raffiné et délicat, quelles tortures morales et physiques avait-il endurées, il ne le dit pas, mais Conrad le devina aux ravages exercés sur ce visage naguère si beau, si rayonnant de vie et d'ardeur.

Marcelina, depuis longtemps malade, avait quitté la terre, et Bernhard, affaibli, brisé de corps et d'âme, avait formé le projet de revenir dans sa patrie. Mais il fallait gagner l'argent nécessaire au voyage... Ah ! quel prix il l'avait payé, cet argent ! C'était sa vie qu'il donnait en échange... sa vie qui s'en allait, goutte à goutte, dans un labeur dévorant, dans les privations de chaque jour. À la fin, une heureuse chance l'avait favorisé, et il avait gagné rapidement une petite fortune, et il était parti, mourant, torturé par la crainte de ne pas arriver au but. Il avait enfin atteint la demeure de ses ancêtres, y faisant entrer sa fille pour laquelle seule il avait pu supporter tant de souffrances.

– Maintenant, Conrad, promets-moi de lui servir de père... promets-moi de l'aimer ! Elle a tant besoin d'affection, ma petite chérie !... Mais où est-elle donc, mon Anita ?

– Me voici, père.

Et la petite forme noire s'avança. Elle avait suivi ceux qui portaient son père et s'était réfugiée dans un angle obscur de la chambre... Ses petites mains s'appuyaient sur sa poitrine comme pour comprimer la souffrance qui s'agitait en elle, et le regard qu'elle leva vers son père était empreint d'une telle désolation que Bernhard eut un tressaillement de douleur. Il l'attira à lui et la serra éperdument contre sa poitrine.

– Oh ! te quitter, ma petite bien-aimée ! dit-il avec un accent de désespoir.

Ils se tenaient embrassés avec une tendresse passionnée, et devant ces deux êtres intimement unis que la mort allait séparer, le cœur de Conrad se brisa. Doucement, il prit la main de l'enfant en disant d'un ton tremblant d'émotion :

– Bernhard je te le promets, ta fille sera ma fille et la sœur de mes enfants.

Chapitre I

Un sourire de bonheur illumina le visage du mourant. Il détacha le petit bras qui l'enserrait encore et poussa Anita vers le professeur.

– Embrasse ton oncle, ma chérie. C'est à lui que tu obéiras désormais ; c'est lui qui t'aimera et te parlera de moi.

Conrad attira dans ses bras cette petite créature déjà presque orpheline et l'embrassa avec une profonde compassion...

Un jour – bientôt peut-être – sa Frédérique, sa fille préférée, ne ressentirait-elle pas aussi cette douleur, cette déchirante angoisse qui broyait le jeune cœur d'Anita ?...

– Bernhard, l'enfant a besoin de repos, dit-il. Je vais la conduire à ma femme.

Les sourcils de Bernhard se froncèrent et son regard s'assombrit.

– Non, pas à elle... J'ai bien compris qu'elle n'aimerait pas ma pauvre petite à cause de sa mère... Conrad, pas à elle !

– Soit !... Je vais la confier à la femme de chambre, une douce et dévouée créature. Viens, ma petite Anita.

L'enfant se pencha vers son père et posa un long baiser sur ce front traversé de rides innombrables. Bernhard se souleva un peu et l'embrassa avec une tendresse ardente.

– Père, je reviendrai tout à l'heure ? demanda une petite voix suppliante.

– Oui, mignonne, c'est cela.. Va te reposer un peu et ensuite tu reviendras. J'irai peut-être mieux, fit-il avec un navrant sourire. Va avec ton oncle, ma petite chérie.

Elle se laissa emmener. Au seuil de la porte, elle se retourna. Une dernière fois, les regards pleins d'amour du père et de la fille se croisèrent, et la petite main de l'enfant, se posant sur ses lèvres, envoya au mourant un tendre baiser.

La bonne Charlotte accueillit avec empressement la petite étrangère. Cette excellente femme, depuis de longues années au service de Mme Handen, avait pour les enfants un amour qui allait jusqu'à la passion.

– Je vais la mettre pour aujourd'hui dans la petite chambre à côté de la mienne, monsieur le professeur. Comme cela je pourrai la surveiller cette nuit, et demain Madame verra où elle veut l'installer.

Le professeur approuva l'arrangement et sortit pour aller retrouver son cousin. Mais, près de la porte, quelqu'un se dressa devant lui.

– Ne viens-tu pas dîner et te reposer, Conrad ? demanda la voix quelque peu agitée de Mme Handen.

– Me reposer !... quand Bernhard se meurt ! s'écria le professeur d'un ton de surprise indignée. Emma, me crois-tu capable de demeurer à l'écart tandis qu'il agonise, qu'il souffre, mon cher et malheureux cousin !

– Ton cher et malheureux cousin était hier encore appelé l'ingrat, dit Mme Handen d'un accent agressif. Tu oublies vite tes rancunes. Conrad !

Il recula avec un geste de révolte.

– Tu n'as donc pas de cœur, Emma ! Me faudrait-il refuser le pardon à ce mourant, à ce pauvre être qui a tant souffert ?... Est-ce là ce que tu voudrais ?

Elle ne répondit pas, mais ce silence semblait un acquiescement et le professeur, l'écartant d'un mouvement indigné, pénétra dans la chambre de Bernhard.

Le malade semblait dans le même état, un peu plus faible cependant. Ses yeux bleu foncé, ses beaux yeux, autrefois étincelants de vie et d'ardeur, se retournèrent, souffrants et inquiets, vers son cousin.

– Elle ne pleure pas, ma petite fille ?... Conrad, j'ai quelque chose à te dire... Anita est catholique comme sa mère.

Promets-moi de la faire instruire dans sa religion et de ne jamais rien tenter pour l'en détourner.

– Sois sans crainte, mon Bernhard, dit le professeur avec tendresse. Ta volonté sera faite, Anita restera catholique... As-tu d'autres vœux, d'autres désirs, mon frère bien-aimé ?

– Oui... oh ! oui, Conrad ! Te souviens-tu, mon ami, de cette conversation que nous avons eue un jour, dans cette même chambre ? Tu m'as dit – le dirais-tu encore aujourd'hui, Conrad ?
– que le bonheur de la terre te suffisait, que tu ne désirais que les joies de la famille et, plus tard, la célébrité. Hors de là, déclarais-tu, il n'y avait rien... rien que rêve et chimère... Moi, j'avais d'autres aspirations, j'avais soif de beauté, de perfection, d'idéal en un mot. Cet idéal, je l'ai cherché sur la terre... j'ai cru le trouver d'abord dans la nature, dans les arts, puis dans ma chère Marcelina. Mais si noble, si élevée qu'elle fût, ce n'était encore qu'une créature, et

une créature qui m'a manqué un jour. Alors, Conrad, j'ai vu qu'il n'y avait rien de vrai, de beau, de bien, que celui qui nous a faits, et qu'en Lui se trouve le parfait bonheur...

Il s'arrêta, haletant... Immobile et muet, le professeur l'écoutait. Lui, l'incroyant, le sceptique, se sentait remué jusqu'au fond de l'être par cet aveu de Bernhard. Et il ne pouvait se dissimuler qu'à certaines heures, sous son orgueil de penseur indépendant, il avait ressenti ce vide du cœur, ce cri de l'âme réclamant son Dieu, si bien exprimé par la parole de saint Augustin : « Vous nous avez créés pour vous, mon Dieu, et hors de vous nous ne pouvons trouver le repos ».

– Conrad, j'ai toujours été croyant..., mais le protestantisme, si froid, ne me disait rien au cœur, et je m'en allais à travers le monde comme une misérable épave flottante, à la recherche d'un lieu d'atterrissage. Enfin, je l'ai trouvé... je l'ai trouvé dans la religion de l'amour, la vraie, la seule... Conrad, je suis catholique !

Le professeur se leva si brusquement que sa chaise tomba à terre avec un grand fracas.

– Catholique !... toi, Bernhard Handen ! s'écria-t-il d'un ton décelant plus de stupéfaction que de colère.

– Oui, mon ami, j'ai enfin trouvé la Vérité... Et maintenant, je voudrais voir un prêtre... tout de suite, Conrad, car j'ai si peu à vivre !

Le professeur serra fortement la pauvre main exsangue.

– Tout ce que tu voudras, Bernhard... Tu es heureux de pouvoir assurer être dans la vérité, murmura-t-il avec un douloureux soupir.

– Avec une intention droite et un grand désir, tout homme y arrive, répondit Bernhard.

Un instant après, Thomas, absolument ahuri, recevait l'ordre de se rendre à la chapelle catholique et d'en ramener un prêtre.

Mme Handen entendit aussi... Elle sortit précipitamment de la salle d'étude et s'élança vers son mari qui remontait près de Bernhard.

– Conrad, dit-elle d'une voix frémissante, tu ne vas pas permettre cette apostasie ? Ce misérable...

Une main lui saisit durement le poignet.

– Tais-toi, Emma ! s'écria le professeur avec indignation ; tais-toi car tu me ferais te haïr !... Toi, une chrétienne, qui te piques de l'observance exacte de ta religion, tu insultes un mourant, un homme qui a souffert... oh ! Dieu seul sait combien ! dit-il avec une sorte de sanglot. Bernhard a trouvé la vérité, le bonheur dans la religion catholique qui fut, il y a bien longtemps, celle de nos ancêtres. Où se trouve l'apostasie ?... Aujourd'hui ou autrefois ? Voilà ce qu'il faudrait démontrer.

Mme Handen revint lentement vers la salle d'étude. Un pli barrait son front très uni à l'ordinaire... Deux sentiments étaient seuls capables d'émouvoir cette nature placide et froide : un amour excessif et aveugle, bien que peu démonstratif, pour son mari et ses enfants, et un zèle religieux allant quelquefois, chez cet esprit étroit, jusqu'au fanatisme. Sa dédaigneuse et instinctive méfiance contre le malheureux Bernhard se trouvait donc encore augmentée et légitimée, à ses yeux de protestante rigoureuse, par sa qualité de « papiste ».

Pour la première fois depuis trois siècles, un prêtre catholique franchit, ce soir-là, le seuil de la maison Handen...

Après avoir reçu les sacrements, Bernhard parut plus calme et bientôt, même, il s'endormit. Une lueur d'espoir traversa l'esprit du professeur. S'il allait guérir, malgré tout !

Conrad demeura quelque temps assis au pied du lit, contempla le cher visage qu'il avait cru ne jamais revoir. Au bout d'un quart d'heure, il se leva doucement et se dirigea d'un pas léger vers un grand bureau placé à quelque distance. Là, s'étant installé, il se mit à écrire.

La porte de la chambre s'entrouvrit avec précaution, livrant passage à un blanc petit fantôme. Une masse de boucles noires tombait sur la longue chemise et entourait un délicat visage d'enfant aux grands yeux inquiets. Ces yeux inspectèrent rapidement la pièce. Devant le bureau, le professeur était toujours assis, mais il semblait dormir, la tête appuyée au dossier de son fauteuil. La douce lueur de la lampe à demi baissée éclairait un visage fin et pâle, incomparablement calme. Du lit ne venait également aucun bruit. Le paisible sommeil du malade se prolongeait.

Anita s'avança et, se penchant un peu, contempla avec une ardente tendresse le visage si beau, étrangement reposé et tranquille, presque souriant.

– Dors, petit père, murmura-t-elle doucement ; dors pour guérir plus vite et pour partir d'ici où on ne nous aime pas.

Elle s'assit près du lit, ne quittant pas son père du regard ; mais, au bout de quelque temps, sa jolie tête s'inclina et elle s'endormit.

Les derniers tisons noircissaient dans le foyer, la lampe s'éteignait en répandant une odeur âcre, et, seul, le sifflement du vent rompait maintenant le silence.

Chapitre II

Au rez-de-chaussée de la maison Handen, entourés d'une profusion de lumières, cachés sous les tentures lamées d'argent, deux cercueils reposaient... Les deux cousins n'avaient pas été séparés dans la mort. Peut-être à l'heure même où Bernhard rendait le dernier soupir, la fin subite suspendue sur la tête du professeur le saisissait, la plume à la main. Anita avait été trouvée endormie entre deux cadavres.

Le parfum violent des fleurs amoncelées sur l'un des cercueils emplissait le vestibule. L'autre ne montrait qu'un drap nu... À Conrad Handen, le savant professeur, l'homme universellement honoré, entouré de considération et d'amitié, allaient toutes les sympathies, tous les honneurs. L'appareil pompeux des funérailles était dû au nom porté par Bernhard, mais les fleurs de l'affection ou de la considération personnelle étaient refusées à l'aventurier, au parent renié et méprisé. Près de celui-ci, cependant, était agenouillée une petite créature aux longues boucles brunes, dont le visage disparaissait dans les plis de la lugubre tenture. Aucun de ceux, parents ou amis, qui s'étaient succédé devant le cercueil du professeur, n'avait aperçu cette petite figure pâle. Un moment vint où le vestibule se trouva désert. Alors, deux grands yeux douloureusement cerclés de noir se levèrent, empreints d'un navrant désespoir. Ils se fixèrent sur la floraison brillante et parfumée couvrant la dernière demeure de Conrad Handen et se reportèrent avec désolation sur le drap tristement dénudé sous lequel dormait Bernhard.

– Pourquoi les a-t-il toutes ? murmura-t-elle avec une sorte de colère. Attends, mon père chéri, je vais te donner des fleurs.

Elle se leva et se dirigea vers le monceau de gerbes et de couronnes. Ses petites mains adroites détachèrent quelques grappes de lilas et deux roses pourpres, et, les ayant réunies, elle vint les déposer pieusement sur le cercueil délaissé.

– Voleuse ! murmura près d'elle une voix méprisante.

Toute saisie, elle tourna la tête, et son regard rencontra deux yeux bleus étincelants de colère.

– Oui, vous n'êtes qu'une voleuse, une misérable créature, répéta la même voix dure qui appartenait à Ary Handen, fils aîné du défunt professeur. Remettez ces fleurs !

Elle recula d'un pas en le regardant avec un peu d'effroi.

– Remettez-les, répéta Ary d'un ton frémissant de colère.

Anita baissa un instant la tête, puis ses beaux yeux se levèrent, pleins d'une supplication pathétique, sur ce jeune cousin qui l'enveloppait d'un regard dédaigneux et hostile.

– Il n'a rien... vous voyez bien qu'il n'a rien ! murmura-t-elle d'un ton navrant. J'en ai pris si peu... et il en reste tant !

– Vous allez les reprocher à mon père, peut-être ? fit-il, les dents serrées. Et pourtant, s'il est là, c'est à cause de celui-ci, ajouta-t-il d'un ton âpre, en désignant le cercueil de Bernhard Handen. Oui, c'est votre père qui l'a tué, et vous lui prenez ses fleurs pour... Non, non, il n'a pas besoin de fleurs, celui qui nous a séparés de notre père bien-aimé, murmura-t-il avec un accent d'implacable ressentiment.

Brusquement, il s'empara des fleurs et les jeta au loin... Le regard navré d'Anita suivit la petite gerbe composée par elle pour son père abandonné et méprisé, et ses mains se tordirent douloureusement.

– Maintenant, sortez d'ici, dit durement Ary, et faites qu'on ne vous voie pas.

Elle obéit et se glissa le long du couloir sombre jusqu'à la lingerie où Charlotte travaillait... La femme de chambre cousait activement de lugubres étoffes noires, en s'interrompant parfois pour essuyer une larme. Ce fut à un de ces instants qu'Anita entra, et Charlotte eut un cri en voyant ce petit visage altéré par la douleur.

– Mademoiselle Anita, qu'avez-vous ? Où êtes-vous allée ? Seigneur ! je parie que vous venez de... là-bas ?

L'enfant eut un geste affirmatif, et Charlotte leva les mains au ciel :

– Miséricorde !... Ma pauvre petite, pourquoi êtes-vous restée là ? Et... il n'y avait personne ?

Un éclair de ressentiment traversa le beau regard de la petite fille.

– Si, dit-elle d'une voix frémissante, il y avait celui que vous appelez Ary. Il m'a dit que... que mon père avait tué le sien, acheva-t-elle d'une voix pleine de sanglots.

– Oh ! le malheureux ! s'exclama douloureusement Charlotte. Dire cela à une pauvre mignonne comme vous !... Voyez-vous !... Voyez-vous, il est tellement désolé, ce pauvre M. Ary, il aimait tant son père !

– Moi aussi, j'aimais le mien ! dit doucement Anita.

– Il est très vif, il ne pense pas toujours ce qu'il dit dans ces moments-là.

– Alors, ce qu'il m'a dit n'était pas vrai ? demanda anxieusement l'enfant.

– Non, vraiment ! M. le professeur était malade depuis longtemps et la première émotion très forte pouvait lui être funeste. Il s'est trouvé que c'était l'arrivée de son cousin, mais, réellement, on ne peut en rendre responsable votre cher père... Allons, ne vous tourmentez pas de cela, ma mignonne... Eh bien ! entrez donc, mademoiselle Frédérique ?

Anita se retourna, et son regard croisa deux yeux gris durs et haineux... Ces yeux se détournèrent d'elle et la voix brève de Frédérique s'éleva :

– Nos robes sont-elles prêtes, Charlotte ?

– Oui, Mademoiselle, les voilà... Mais venez donc dire bonjour à votre cousine ?

De nouveau, les yeux gris se fixèrent sur Anita, si hostiles et si méprisants que le cœur de l'enfant se serra... Puis Frédérique s'éloigna en refermant brusquement la porte.

– Quelle nature ! murmura Charlotte. Seigneur ! ne pleurez pas ainsi, ma pauvre petite !

Mais la douleur d'Anita, comprimée jusqu'ici, débordait en larmes amères. Ce cœur délicat, avide d'affection, se heurtait de toutes parts, depuis ces quelques jours, à l'indifférence et à l'animosité, et le rude dédain de Frédérique, de cette cousine de son âge, venait de lui porter un coup cruel.

– Pourquoi... pourquoi me déteste-t-on ? répétait-elle entre ses sanglots. Je veux partir... Père, emmène-moi !

– Là, calmez-vous, pauvre petite ! disait la bonne Charlotte consternée. Tout s'arrangera, et vous verrez qu'on vous aimera bientôt. D'ailleurs je suis là...

– Oh ! sans vous, je m'en irais tout de suite... tout de suite ! cria désespérément l'enfant.

Il fallut quelque temps avant que Charlotte parvînt à la calmer. La petite créature aimante et douce avait été préservée des coups trop rudes de la douleur par la vigilante tendresse paternelle, mais maintenant elle s'y trouvait livrée sans appui, et cette âme d'enfant fléchissait.

Les funérailles s'étaient déroulées avec tout l'apparat désirable... Après le repas, les plus proches parents se réunirent afin de traiter différentes questions d'affaires, les occupations de plusieurs d'entre eux nécessitant un prompt départ. Calme et froide comme toujours, Mme Handen écoutait sans beaucoup parler. On pouvait discerner une légère altération sur ce visage demeuré d'une grande fraîcheur, mais elle n'enlevait rien à l'habituelle placidité de la veuve du professeur. L'oncle du défunt, le conseiller Handen, semblait présider cette réunion de famille. Ce gros homme à la carrure athlétique, au visage autoritaire et dur, se mettait en toutes circonstances au premier rang, et il avait ici trop belle occasion pour n'en pas profiter.

– Voyons, Messieurs, maintenant que tout est réglé relativement aux enfants de mon neveu, passons à cette petite fille que la tête sans cervelle qui s'appelait Bernhard Handen a eu la prétention d'imposer à notre honorable famille. Je pense, Emma, que vous ne songez qu'à vous en débarrasser au plus tôt ?

Une contraction passa sur le visage de Mme Handen... Elle sortit un papier de sa poche et le tendit au conseiller.

– Ceci a été trouvé sur le bureau où écrivait mon mari quand...

quand il a été frappé, dit-elle d'une voix brève. Lisez, mon oncle.

– Ah ! un testament !... ou quelque chose d'approchant. Ma chère, je ne puis parvenir à trouver mes lunettes... Tenez, Heffer, vous seriez bien aimable de nous donner lecture de ceci.

Il tendait la feuille à un homme maigre et blond, au visage sérieux et sympathique. C'était le pasteur Heffer, frère aîné de Mme Handen. Il prit le papier et le parcourut rapidement, puis sa voix grave s'éleva au milieu du silence :

« Ma chère Emma, mon fils Ary, je sens que je n'ai plus longtemps à vivre. Qui sait ?... je pourrais mourir cette nuit même !... J'espère pourtant vous rester encore, mes bien-aimés, mais quelque chose me presse d'écrire ces lignes, mon testament moral... Et d'abord, Ary, je te confie particulièrement ta sœur Frédérique. Tu l'aimes, tu as un peu compris cette inexplicable nature, si riche pourtant, si avide d'affection. Oh ! que je la voudrais heureuse, ma fille chérie ! Mais je prévois qu'en fait de bonheur elle sera difficile à contenter... elle exigera trop. Fais de ton mieux, mon fils.

« Ensuite, voici ce que j'ai promis à mon cousin Bernhard. Sa fille restera catholique, elle sera notre fille, Emma, et la sœur de nos enfants. Ceci est ma volonté expresse... Si je viens à disparaître, vous l'accomplirez, toi d'abord, et plus tard Ary, comme chef de famille.

« Anita a une nature douce et aimante, il lui faut les soins et l'affection d'une mère, et tu sauras les lui donner, Emma, toi qui es si bonne mère !... L'enfant sera élevée dans notre vieille maison, qui est bien un peu la sienne aussi, et vous ferez votre possible afin qu'elle y soit heureuse, pauvre petite orpheline !

« J'ai confiance que vous accomplirez ces volontés et que vous ne violerez pas la promesse faite par moi à un mourant. Oh ! que n'ai-je une foi telle que celle de Bernhard pour m'encourager à ce passage qui me semble si sombre, si effrayant ce soir ! Qu'y a-t-il au-delà de la tombe ?... Rien ou... tout ?... Ary, cherche la vérité, car on souffre trop de ne pas savoir. Je crois... »

La mort avait interrompu là le testament du professeur.

Pendant cette lecture, le conseiller avait donné de fréquentes marques d'impatience, et, aux derniers mots, un sourire sarcastique se dessina sur ses lèvres.

— Vraiment, j'aurais cru mon neveu plus sensé ! dit-il d'une voix mordante. Ne pensez-vous pas qu'un jour il aurait été capable d'imiter ce cerveau fêlé de Bernhard et de se faire catholique ?... Et cette promesse d'élever l'enfant... en vous sommant de lui servir de mère, Emma !... C'est vraiment parfait, ma parole !

— Monsieur le conseiller, pouvez-vous parler aussi légèrement des désirs sacrés de notre cher Conrad ! s'écria le pasteur avec sévérité. D'ailleurs, ils sont vraiment fort naturels et dignes de ce grand cœur. Cette pauvre orpheline...

Le conseiller frappa un rude coup de poing sur le bras de son fauteuil.

— Vous aussi, Heffer, tombez dans ces idées de sentimentalité ridicule ! N'oubliez pas que cette petite mendiante, qui nous arrive je ne sais d'où, est la fille d'une petite chanteuse et d'un aventurier, car tel est devenu celui que j'ai appelé autrefois mon neveu... Elle n'est rien pour nous qui avons renié son père.

— Vous ne l'empêcherez pas d'être une Handen et votre petite-nièce, dit tranquillement le pasteur.

Le conseiller sursauta.

— Ma petite-nièce !... Vous osez dire !... elle ! fit-il avec colère. Ne répétez pas cela, Heffer, je ne puis supporter cette ridicule plaisanterie.

— Vous devriez pourtant penser, monsieur le conseiller, que j'ai assez le souci des convenances pour ne pas hasarder une plaisanterie en un tel jour, répliqua gravement le pasteur.

— Je pense... je pense, Heffer, que vous êtes en proie à une étrange aberration, ou alors... Mais songez donc, ce serait une injure, oui, une véritable injure pour moi ! s'écria violemment le conseiller en redressant avec orgueil sa tête puissante. Moi, le conseiller Handen, être l'oncle de cette créature !...

— Que vous le vouliez ou non...

Le pasteur s'interrompit sur un geste de sa sœur. La voix calme de Mme Handen s'éleva :

— Il est inutile de discuter là-dessus, mon oncle et toi, Hermann. Je n'ai jamais songé à éluder la volonté de mon mari. Ce testament est sacré pour moi, pour mes enfants...

– Eh quoi ! voulez-vous dire que vous allez garder cette petite, l'élever, la traiter comme votre fille ! s'écria le conseiller avec une indicible stupéfaction.

– N'exagérez pas, mon oncle, dit-elle froidement. Je verrai toujours en elle la fille d'une femme qui gagnait sa vie sur les planches, l'enfant de ce Bernhard qui s'est ravalé, par son mariage, au rang d'infimes ouvriers, et surtout qui a été cause de la mort de Conrad. Cela, je ne l'oublierai jamais... Mais le désir de mon mari est que cette enfant soit élevée ici, qu'elle conserve sa religion, et je considère de mon devoir d'y obéir. Elle a d'ailleurs quelque fortune, suffisamment pour son entretien.

– Et alors, vous vous chargez d'élever cette catholique parmi vos enfants ? interrogea ironiquement le conseiller.

Une légère expression d'impatience passa sur le visage de Mme Handen.

– Je n'ai nullement d'intention de m'occuper personnellement de cette étrangère. Ceci serait au-dessus de mes forces... Je trouverai une combinaison...

– Eh ! mettez-la dans un couvent, Emma, mais ne vous embarrassez pas de ce fardeau !

– Conrad dit expressément de l'élever ici, dans la vieille maison, répliqua vivement le pasteur.

– Folie ! grommela le conseiller en haussant les épaules. Savez-vous seulement quels défauts, quels vices peut avoir cette petite !... Mais, après tout, arrangez-vous à votre guise, je m'en lave les mains. Seulement, ne venez pas vous plaindre à moi... Je vous prédis que vos scrupules pourront vous mener loin.

Il se leva et sortit du salon. Le pasteur le suivit tandis que les autres parents prenaient congé de Mme Handen. Ils entrèrent tous deux dans la salle d'étude où se trouvaient réunis les enfants. Ils étaient là sept, car les deux derniers, trop jeunes, demeuraient confiés aux soins de Charlotte. Quelques-uns travaillaient, d'autres s'occupaient à des jeux silencieux, mais sur tous ces visages régnait la tristesse.

Ary lisait, assis dans l'angle d'une fenêtre, mais fréquemment son regard se dirigeait vers le grand fauteuil du père – ce fauteuil qui ne servirait plus. Debout près de lui, Frédérique était plongée dans une rêverie douloureuse. Ses nattes noires, ramenées de chaque côté de son visage irrégulier et sombre, semblaient l'encadrer d'une parure de deuil. Parfois, un frisson soulevait ses épaules, et une sorte de sanglot passait dans sa gorge... Elle eut un tressaillement à l'entrée quelque peu bruyante du conseiller.

– Quelle statue du désespoir ! s'écria la rude voix de ce dernier. Allons, Frédérique, du nerf ! du courage ! Je t'aurai crue une fille d'énergie, mais tu es une femmelette comme les autres, vraiment ! Ah ! les femmes !

Et le corpulent conseiller se laissa tomber sur un siège. Il faisait profession de dédain pour le sexe féminin tout entier et, en conséquence, avait si bien maltraité sa femme que la malheureuse était morte à la peine. Depuis lors, il vivait seul, n'ayant pu trouver une seconde victime pour son féroce égoïsme.

Le pasteur s'approcha de Frédérique et lui prit doucement la main.

– Tu peux regretter et pleurer un tel père, enfant, dit-il affectueusement ; mais, je t'en prie, essaie de réagir. Songe que nous sommes encore plusieurs qui t'aimons. Ta mère...

– Ma mère, interrompit Frédérique d'un ton bas, avec un accent d'indicible amertume et une lueur farouche dans le regard, vous savez bien qu'elle ne m'aime pas, mon oncle !

– Que dis-tu, ma fille ?

– Non, elle ne m'aime pas, parce que je suis laide et que je n'ai pas un caractère agréable comme Bettina, par exemple. Mon père m'aimait tant, lui ! murmura-t-elle d'une voix frémissante de douleur. Et je n'aimais que lui... Ary et vous me comprenez un peu, mais ce n'est pas lui... lui, mon père !

Elle retira sa main de celle de son oncle, et, allant s'asseoir dans un coin obscur de la salle, elle cacha sa tête entre ses mains... La fière, l'orgueilleuse Frédérique ne voulait pas qu'on la vît pleurer.

Le pasteur Heffer la suivit d'un regard de compassion et, se retournant, il surprit la même expression dans les yeux d'Ary.

– Cela est dur pour elle, murmura-t-il avec un triste hochement de tête.

– Oui... et pour nous tous ! répliqua l'adolescent d'un ton frémissant d'émotion contenue. C'est un vide affreux, mon oncle !

– Eh bien, que chuchotez-vous donc là-bas ? dit le conseiller avec quelque impatience. Voilà Ary qui imite l'air lamentable de Frédérique et...

Il s'interrompit brusquement... Une porte venait de s'ouvrir, laissant apparaître une petite fille aux grands yeux bleu sombre, et dont les épaisses boucles noires se confondaient avec la teinte lugubre de sa robe de deuil. Derrière elle se montrait Charlotte qui la poussait doucement en avant... Mais en apercevant le conseiller, la femme de chambre eut une exclamation de surprise craintive et un mouvement de recul.

– Eh bien, avancez donc ! cria l'irascible personnage. Qu'est-ce que vous nous amenez là ?

– C'est la fille de M. Bernhard, dit timidement Charlotte.

– Ah ! ah !... voyons donc ! Avance, enfant, fit-il impérieusement.

Elle obéit, bien que son cœur battît de terreur en voyant dirigés vers elle tous ces regards curieux ou hostiles. Elle s'arrêta non loin de Bettina, la jolie fillette blonde qui lui semblait sans doute moins malveillante que le reste de la famille.

– Ainsi, tu es la petite Espagnole ? dit le conseiller en l'examinant curieusement. Quelle figure de martyre ! Tu composerais le trio avec Frédérique et Ary, ma parole !

– Ce sont des cœurs qui savent aimer, commença le pasteur, et...

Un éclat de rire l'interrompit.

– Toujours sentimental, Heffer ! Parce qu'on regrette quelqu'un, a-t-on besoin de rendre la vie insupportable aux autres en leur présentant des visages éplorés ?... Moi, par exemple, quand j'ai perdu ma femme...

– Que fait ici cette enfant ? demanda une voix sèche.

Mme Handen venait d'entrer et s'était arrêtée brusquement en apercevant Anita.

– C'est vous qui l'avez amenée ici ? ajouta-t-elle en se tournant vers Charlotte.

– Oui, Madame. La pauvre petite était si triste, si seule !... J'ai pensé qu'elle sentirait moins son chagrin et qu'elle pourrait se distraire un peu au milieu de ses cousins.

– Voyez-vous cette Charlotte ! s'exclama ironiquement le

conseiller. Elle a jugé cela opportun et elle l'accomplit aussitôt, sans rien demander ! Si vous étiez à mon service, ma fille...

– Mais elle n'y est pas, monsieur le conseiller, dit la voix grave du pasteur, et son bon cœur l'a bien servie en cette circonstance. La place de cette enfant est ici, au milieu de sa famille.

Il s'était rapproché et posa doucement sa main sur la noire chevelure d'Anita. Celle-ci leva les yeux et regarda avec un évident soulagement cette physionomie sympathique, empreinte d'une affectueuse pitié.

Aux derniers mots de son frère, Mme Handen tressaillit, et une sorte de colère traversa son paisible regard.

– Tu as des idées étranges, Hermann, dit-elle sèchement. Je croyais t'avoir fait comprendre que jamais... jamais la fille de Bernhard Handen ne serait considérée comme faisant partie de ma famille. J'accomplis la volonté de mon mari... je suppose qu'on ne peut rien exiger de plus... emmenez cette petite, Charlotte.

Le pasteur eut un mouvement pour retenir l'enfant, mais Anita fit soudain un pas en avant... Ce n'était plus la petite créature triste et effacée de tout à l'heure. Sa tête fine se redressait fièrement, et cette même fierté étincelait dans les beaux yeux qui se fixaient sur Mme Handen.

– Je vais partir, Madame, dit une petite voix résolue. Mon père chéri m'avait dit que je trouverai ici une mère pour remplacer celle... qui est au ciel, mais il s'est trompé. Puisque vous ne voulez pas de moi, je vais partir... oui, tout de suite !

– Voyez-vous ce petit coq !... Quand je vous disais, Emma, qu'elle pourrait vous causer des désagréments ! Regardez ces yeux furieux, cette mine de chatte en colère !... Eh ! petite malheureuse, que ferais-tu si on te mettait à la porte ? Tu n'es qu'une étrangère, sans parents, sans rien, enfin !

– Sans parents, sans rien ! répéta Anita avec désolation. Mais il y a bien des gens qui sont bons, dit-elle en relevant soudain la tête, et puis j'aime mieux mourir de faim que de rester ici. Je vais partir...

En prononçant ces mots, elle regardait Mme Handen, et ce regard était plein d'une inconsciente et pathétique supplication. La veuve du professeur ne détourna pas les yeux de ce doux visage d'enfant, mais sa voix s'éleva, paisible et froide.

Chapitre II

– Ne jouez pas la comédie, petite. Vous devez rester ici, nous tâcherons de nous habituer à votre présence... Maintenant, allez avec Charlotte.

Anita courba la tête. Plus que les dures et méprisantes paroles du conseiller, la glaciale indifférence de cette femme, de cette mère, venait d'infliger une douloureuse blessure à son cœur chaud et aimant. Elle se dirigea vers la porte, et Charlotte, l'attirant à elle d'un geste plein de tendre pitié, l'entraîna hors de la salle.

En traversant le vestibule, la fillette lâcha tout à coup la main de la femme de chambre et s'élança vers un angle obscur. Elle revint, portant une mince petite gerbe composée de lilas blanc et de roses rouges. Les pauvres fleurs étaient à demi flétries, mais leur parfum délicatement pénétrant subsistait toujours. L'enfant y posa ses lèvres et les pressa ensuite tendrement sur sa poitrine.

– Ce sont les fleurs que... qu'il n'a pas voulu laisser à mon père, dit-elle d'une voix pleine de larmes. Mais je les garde... Charlotte, ce n'est pas voler, n'est-ce pas ?

– Non, non, bien sûr, ma petite chérie. M. le professeur aurait été si heureux de partager ses fleurs avec le cousin qu'il aimait tant !

Après le départ d'Anita, le silence régna quelques instants dans la salle d'étude. Le conseiller avait sorti sa pipe et la préparait avec un soin méticuleux. C'était pour lui une importante opération, qui seule mettait un terme, pour un peu de temps, à sa verve bruyante. Le pasteur arpentait lentement la pièce, mais il s'arrêta bientôt devant sa sœur qui s'était assise à sa place accoutumée et attirait à elle une corbeille à ouvrage.

– Crois-tu vraiment, Emma, accomplir de cette manière l'exacte volonté de ton mari ? demanda-t-il gravement. Ce qu'il a promis pour l'enfant, c'est l'affection, ce sont les soins d'une mère...

– Non !... mais Heffer, vous êtes incroyable ! s'exclama le conseiller.

Pour le coup, il avait abandonné sa pipe et, dans l'excès de sa stupéfaction, se soulevait à demi sur son fauteuil.

– Oui, véritablement, vous avez quelque chose là, mon ami ! fit-il en se frappant le front. Selon vous, Emma serait obligée d'aimer cette étrangère, de la traiter comme sa fille, de l'avoir toujours sous les yeux, elle qui lui rappelle de si lamentables souvenirs ! Elle doit pourtant s'estimer bien heureuse, cette fille d'aventuriers, qu'on la reçoive, qu'on l'héberge dans l'honorable maison Handen, sans encore prétendre à autre chose ? N'est-ce pas ton avis, Ary ?

Ary jouissait de la part de son grand-oncle d'une certaine considération due tout à la fois à la fermeté orgueilleuse de son caractère et au précoce talent qui flattait l'immense vanité et les goûts de mélomane du conseiller. À cette question, il se leva et se rapprocha du groupe formé par sa mère et ses oncles.

– Certes, dit-il vivement. Il serait vraiment intolérable d'avoir sans cesse au milieu de nous cette petite fille aux yeux effarés qui semblent toujours demander quelque chose. Comme vous le dites, mon oncle, nous la supporterons pour remplir la promesse faite par mon père bien-aimé, mais elle est et doit rester une étrangère.

Les yeux de Frédérique se levèrent vers son frère, plein d'une approbation tacite... Une lueur de satisfaction traversa le regard de Mme Handen.

– À la bonne heure, Ary, tu as compris la situation. Maintenant, laissons cette ennuyeuse question ; c'est assez s'occuper de cette petite.

– C'est aussi mon avis ! déclara le conseiller en reprenant sa pipe. Eh bien ! vous partez, Heffer ?

– Oui, j'ai un mot à dire au Dr Rusfeld. Je reviendrai un instant avant de reprendre le train... car je vois que tu n'as pas besoin de moi, Emma, dit-il avec une imperceptible ironie.

Elle fit de la tête un signe négatif, sans arrêter la marche de son aiguille. Hermann Heffer avait toujours vu sa sœur en possession de cette impassibilité, de ce calme imperturbable, qui était attribué souvent à un cœur sec et indifférent. Mais lui savait qu'en ces quelques jours, une des plus grandes souffrances qui puissent atteindre Mme Handen avait fondu sur elle.

Le pasteur Heffer eut un soupir de soulagement en mettant le pied dehors.

– C'est curieux ! murmura-t-il, combien cette maison me paraît froide ! Il semble que la vie en soit partie avec Conrad... Et cette pauvre petite qui va vivre au milieu d'une telle hostilité !

Quelque chose d'humide mouilla sa paupière en songeant aux deux belles petites filles qui étaient la joie de son logis, à la douce créature qui était sa femme et qui, elle, eût si bien accueilli la petite orpheline.

Chapitre III

Les générations qui s'étaient succédé dans la maison Handen avaient conservé intacte la physionomie austère et quelque peu rébarbative de la vieille demeure, les habitudes de travail inhérentes à cette race de savants la rendant ennemie de tout changement tant à l'intérieur qu'à l'extérieur. Le jardin lui-même était demeuré tel qu'autrefois. À cause de ses murs très élevés et de son aspect inculte, les enfants le traitaient dédaigneusement de préau. C'était, en tout cas, un fort large préau, dont le centre était occupé par une magnifique avenue de tilleuls séculaires. De chaque côté, des arbres fruitiers s'élevaient à demi étouffés par leurs puissants voisins. L'herbe poussait librement dans les allées, et les traces de plates-bandes encore existantes étaient, chaque année, envahies davantage par une végétation parasite.

Ce jardin était à peu près abandonné et livré aux enfants, mais ceux-ci conscients sans doute de la mélancolie se dégageant des épaisses voûtes de verdure et des murs rongés de mousse, préféraient s'ébattre dans une immense salle laissée à leur disposition, ou, plus souvent encore, se rendaient chez des amis pourvus de vastes et beaux jardins.

Anita se trouva donc libre d'errer de longues heures sous les tilleuls. Le printemps arrivait, et avec lui se montraient les petites feuilles vert tendre, les oiseaux gazouilleurs, le doux soleil qui dorait les murs gris et les vieux troncs crevassés et faisait étinceler les vitres de l'orangerie. Ce bâtiment, situé au fond du jardin, était depuis longtemps déchu de sa destination primitive. Des vitres manquaient, d'autres montraient de lamentables fêlures. À l'intérieur, c'était un assemblage hétéroclite d'objets hors d'usage. Sur une paroi, un rosier étendait ses branches déjà garnies de petites pointes vertes.

Anita, s'étant assurée que nul n'en prendrait ombrage, fit sa retraite de cette orangerie. Avec une étonnante adresse, elle sut lui donner un aspect bien rangé et presque élégant. Les objets les plus laids, relégués dans un coin, se trouvèrent à peu près cachés par une vieille armoire aux massives ferrures, et tout ce qui avait encore quelque apparence fut disposé avec un goût inné, un sens artistique très remarquable chez une enfant et qui montrait bien en elle la fille de Bernhard Handen, le délicat, le poète qui n'avait pu trouver son idéal dans la maison de ses savants ancêtres. Et cette tendance héréditaire se révélait mieux encore dans les détails : quelques fleurs baignant dans un vieux vase écorné ou dans une coupe de cristal sans pied, des assiettes de faïence choisies parmi les moins ébréchées, quelques tableaux suspendus çà et là avec l'aide de Charlotte, trop heureuse, l'excellente femme, de voir l'enfant se distraire à cette besogne.

Un jour, en attirant à elle une vieille gravure cachée derrière un meuble, Anita découvrit une toile recouverte de poussière et de fines draperies de toiles d'araignées. Lorsqu'elle les eut fait tomber, l'enfant jeta un cri de surprise qui fit retourner Charlotte.

– Regardez donc cette jolie dame... Qui est-ce, Charlotte ?

La femme de chambre s'approcha et jeta un coup d'œil sur ce portrait représentant une jeune femme en riche toilette de brocart. Une immense collerette de dentelle entourait ce visage fin et charmant, aux grands yeux bleu foncé très pénétrants. À travers la belle chevelure noire couraient des fils de perles d'une grosseur remarquable.

– Mais... Mademoiselle Anita, vous lui ressemblez ! s'écria Charlotte avec stupéfaction.

Et, de fait, c'était chez l'une et chez l'autre la même coupe de visage, les mêmes traits fins, les mêmes yeux bleus magnifiques à l'expression à la fois énergique et douce, d'un charme attirant. Une seule différence existait : tandis que chez la jeune femme la carnation très blanche, presque transparente, était celle des races du Nord, Anita avait un teint ambré, tout méridional, qu'elle tenait de sa mère.

– Savez-vous qui c'est, Charlotte ? répéta Anita, très intéressée par la constatation de la femme de chambre.

– Je crois que c'était une demoiselle Handen, mariée à un riche orfèvre du temps jadis. Je me rappelle que M. le professeur en a parlé un jour à M. le pasteur Heffer, et il racontait que cette dame Grenbach – c'était le nom de l'orfèvre – était aussi célèbre dans son temps par sa science que par sa beauté. Et, ce qui vaut mieux, elle était bonne et charitable.

Anita demeura quelques instants silencieuse, absorbée dans ses réflexions, puis elle alla rejoindre Charlotte, occupée à ranger à l'autre bout de l'orangerie.

– Vous devez vous tromper, Charlotte, ce n'est pas possible que je ressemble à cette dame, puisqu'elle est jolie et que je ne le suis pas… Non, je ne le suis pas ! répéta-t-elle en voyant le geste de protestation de Charlotte. J'ai bien entendu hier Frédérique dire à Ary que j'étais désagréable à regarder. Mais qu'importe ? ajouta-t-elle en secouant doucement ses boucles brunes, qu'importe, Charlotte, si je peux un jour devenir bonne ?

« Ah ! pauvre agneau, pour bonne, vous l'êtes, et plus à vous seule qu'eux tous ! » pensa Charlotte.

Mme Handen avait rigoureusement maintenu sa ligne de conduite envers la fille de Bernhard. Anita prenait ses repas à la table de famille, mais, hors de là, elle vivait séparée. La petite pièce près de la chambre de Charlotte, jugée provisoire par cette dernière, avait été définitivement attribuée à l'enfant. Celle-ci était exclue de la salle d'étude et voyait fort rarement ses cousins, toujours hostiles comme les deux aînés, ou indifférents comme Bettina et les plus jeunes. L'aimable et silencieuse enfant, dont les pas légers ne faisaient pas percevoir la présence dans la vieille maison, était véritablement une étrangère.

Parfois, Charlotte l'emmenait dans quelques courses à travers la ville, mais la fillette préférait aller s'asseoir dans l'orangerie, où elle avait porté ses livres et ses cahiers. Par l'organe de Charlotte, Mme Handen lui avait signifié qu'elle eût à se remettre à l'étude en attendant le moment où une décision serait prise relativement à son instruction.

Anita possédait une vive intelligence et un ardent amour du travail, et l'étude avait toujours été pour elle sans fatigue et sans ennui. Mais ce cœur d'enfant, brisé par le chagrin, ne trouvant pas autour de lui la tendresse dont il était avide, ce pauvre cœur fut long à revenir de son engourdissement, à reprendre intérêt à ces études commencées sous la tendre direction du père bien-aimé… Enfin, un jour vint où Anita put dire en toute vérité à Charlotte :

– Combien il est agréable d'étudier, d'apprendre toujours quelque chose ! Charlotte, je veux être une savante, pour leur montrer que je suis une Handen.

Et Charlotte approuvait, tout heureuse de voir l'enfant moins triste durant quelques instants.

Un matin de juin, Anita descendit de bonne heure et se dirigea vers sa chère retraite. Maintenant, le rosier portait des fleurs, de superbes roses d'un rouge foncé et velouté qui faisaient le bonheur de la fillette. Elle leur jeta en entrant un regard d'affection et s'installa commodément dans un antique fauteuil en tapisserie quelque peu détériorée. Ayant ouvert un cahier, elle se mit à écrire, tout en aspirant l'air délicieusement rafraîchi par une averse nocturne et parfumé d'une senteur d'herbes et de fleurs humides.

Mais, au bout d'un instant, la plume échappa aux doigts de l'enfant. Les sons pénétrants du violoncelle d'Ary, rendus par la distance infiniment suaves et doux, parvenaient jusqu'à elle, et, invinciblement, elle se laissait envahir par la fascination que la musique avait toujours exercée sur elle. Souvent, cachée dans un coin sombre du vestibule, elle était demeurée immobile, prêtant l'oreille aux mélodies délicates et aux prodiges de virtuosité dont se jouait le jeune artiste.

Et voici que des pas précipités rompaient le charme. Charlotte apparut sur le seuil de l'orangerie.

– Vite, mademoiselle, venez vous habiller. Mme Handen vous attend pour aller chez les demoiselles Friegen. Ce sont des demoiselles catholiques qui ont quelques élèves de leur religion, expliqua-t-elle en voyant l'air stupéfait de l'enfant.

Un quart d'heure plus tard, Anita entrait dans la salle d'étude où Mme Handen tricotait en l'attendant. Léopold et Félicité, les deux jumeaux de huit ans, travaillaient assidûment ; mais Bettina, selon une habitude qui semblait lui être familière, avait plus souvent le nez au plafond que sur ses livres. Cette jolie petite créature dérogeait aux traditions laborieuses des Handen en se montrant d'une invincible paresse.

Frédérique se tenait debout près de la fenêtre vers laquelle son visage sombre et révolté se trouvait tourné. Sans doute, une fois de plus, s'étaient heurtés l'ombrageux orgueil de l'enfant et la volonté tenace et froide de la mère. Très fière de la beauté de ses autres enfants, Mme Handen se sentait instinctivement humiliée du visage très irrégulier de sa fille aînée, de ses mouvements brusques et gauches et de la taciturnité, du manque d'attrait et d'amabilité de ce caractère bizarre. Jamais elle n'avait cherché à sonder le dessous de cette écorce rugueuse, à étudier le cœur de cette enfant et à s'en faire aimer. Seul le professeur l'avait fait, seul il avait su incliner cette volonté rebelle, et seule aussi Frédérique l'avait aimé.

D'un regard rapide, Mme Handen inspecta le costume d'Anita, puis, sans un mot, elle se dirigea vers la porte. Ce fut ainsi, dans ce même silence, qu'elle longea avec l'enfant de vieilles petites rues aux murs noirâtres, couverts de lichens, couronnés de ravenelles et de digitales. Elle sonna enfin à une maison grise, garnie d'une énorme glycine, aux grappes pâles et embaumées.

Le cœur d'Anita battait à grands coups en pénétrant dans le petit salon très simple, mais orné de fleurs à profusion. Comment seraient ces femmes à qui elle allait être confiée ? Pourrait-elle les aimer ainsi qu'elle le désirait ardemment ?

Dès le premier regard jeté sur Mlle Rosa Friegen, l'aînée des deux sœurs, Anita fut fixée. La laideur de ce visage s'effaçait sous le charme des yeux noirs décelant une profonde intelligence et une exquise bonté. Tandis que Mme Handen parlait, l'enfant les sentait attachés sur elle, d'abord avec intérêt, puis avec une affectueuse pitié.

– Nous serons très heureuses de nous occuper de cette chère petite, madame, répondit-elle en passant une main caressante sur les boucles brunes de la petite fille. D'après ce que j'ai compris, vous désirez que nous nous en chargions complètement, tant pour l'instruction religieuse et profane que pour l'éducation proprement dite ?

– C'est cela même, mademoiselle. Notre religion différente, des ennuis de famille m'interdisent de prendre la charge morale de cette enfant, et je vous la confie... À vous de voir si vous voulez l'accepter.

– Certes, madame ! répondit Mlle Friegen en adressant à Anita un affectueux sourire. Envoyez-moi cette chère petite quand vous le voudrez. Je m'occupe principalement des sciences et de l'éducation religieuse, tandis que ma sœur Élisabeth se charge des lettres et des arts, dessin, musique...

Un geste de Mme Handen l'interrompit.

– J'oubliais de vous prévenir, mademoiselle, que la musique doit être exclue de votre programme, ma volonté étant qu'Anita ne l'apprenne jamais.

L'enfant eut un tressaillement, son regard désolé se leva sur Mme Handen. Quoi ! l'objet de ses rêves, la musique tant aimée lui était interdite ! Mais la veuve ne parut pas comprendre l'éloquente prière de ces beaux yeux et se leva pour prendre congé de Mlle Friegen, en fixant au lendemain les débuts d'Anita dans la vie scolaire.

Une question brûlait les lèvres d'Anita durant le trajet de la maison grise à la demeure des Handen, mais elle n'osait la formuler. Enfin, en entrant dans le vestibule, elle prit une soudaine résolution et, s'avançant vers Mme Handen qui se dirigeait vers la salle d'étude, elle demanda :

– Madame, pourquoi ne voulez-vous pas que j'apprenne la musique ?... Je l'ai commencée avec ma chère maman et je l'aime tant !...

– Cela importe peu, dit froidement Mme Handen. Tenez-vous pour assurée qu'il ne sera jamais question de musique pour vous, petite. Il est inutile de m'en reparler jamais.

– Je crois bien ! dit la voix ironique d'Ary qui sortait de la salle d'étude et avait entendu la question d'Anita. Elle serait capable de faire comme sa mère et de traîner notre nom sur les affiches du théâtre !

Il s'interrompit brusquement. Devant lui se dressait une petite créature au regard étincelant d'indignation. La douce enfant timide et effacée s'était encore une fois transformée en entendant cet accent de suprême dédain qui témoignait trop bien du mépris dont on couvrait sa mère. C'était la colère, mais une sainte et filiale colère, qui colorait son teint mat et faisait trembler sa voix tandis qu'elle s'écriait :

– Je vous défends de parler de maman, vous entendez !

Un moment, Mme Handen et Ary demeurèrent stupéfiés, visiblement abasourdis devant l'audace de l'enfant... Mais le jeune garçon se reprit vite.

Chapitre III

– Vous défendez ? répéta-t-il d'une voix frémissante. Qui êtes-vous pour prononcer de semblables paroles ? Ne savez-vous pas que nous pourrions vous jeter à la rue, comme une aventurière que vous êtes ?

Les yeux d'Anita, ces grands yeux bleus dont Ary avait dit un jour qu'ils semblaient toujours demander quelque chose, enveloppèrent le jeune garçon d'un regard de défi. Non, en cet instant, ils ne mendiaient plus un peu d'affection, mais ils révélaient la révolte d'un jeune être profondément blessé dans son amour filial.

– Mettez-moi donc dehors ! J'aime mieux cela que d'entendre mépriser mon cher père, et maman qui était si bonne. Oui, mettez-moi dehors ! répéta-t-elle avec énergie.

– Vraiment, voilà une charmante nature ! dit Mme Handen avec calme. Ary, le conseiller avait raison en me prédisant les défauts de cette petite. Remontez, petite révoltée, et demeurez dans votre chambre pour dîner.

Anita passa une tranquille soirée dans son humble chambrette, loin de ces parents hostiles et dédaigneux. Devant ses yeux étaient placés les portraits de Bernhard Handen et de Marcelina, les parents tant aimés... Combien ils étaient méprisés dans cette maison ! Mais elle les défendrait malgré tout, elle saurait vaincre sa crainte des mots ironiques d'Ary, des froides remarques de Mme Handen, et surtout... surtout des sarcasmes du conseiller.

Oh ! ce conseiller... C'était la terreur d'Anita. L'orgueilleux et irascible personnage semblait l'avoir prise en haine et ne lui ménageait pas les paroles méprisantes pendant le dîner auquel il s'invitait souvent. Sans doute Mme Handen lui avait conté la brève petite scène entre Ary et Anita, car le lendemain, il dit à l'enfant d'un ton moqueur :

– Eh bien ! la petite chanteuse, nous ne pourrons donc pas faire comme maman ? C'est bien dommage, hein ?

Anita se tenait assise sous les premiers tilleuls. Elle venait de rentrer de chez les demoiselles Friegen et attendait le dîner en surveillant les deux derniers enfants, Hermann et Claudine, que la bonne, appelée par Mme Handen, lui avait confiés un instant. Sur les genoux de la fillette, les bébés avaient déposé un tas de feuilles qu'ils s'efforçaient d'augmenter en allant glaner après les arbustes proportionnés à leur taille... En entendant les paroles de l'odieux conseiller, encore accentuées par un méchant sourire, elle se leva brusquement, le cœur bondissant d'indignation. Les feuilles s'échappèrent, jonchant le sol, aux cris de désespoir des enfants.

Mais Anita n'entendait rien, pas même une voix qui murmurait à son oreille :

– Ne lui répondez rien, faites comme moi.

C'était Frédérique qui lui donnait cet avis... Frédérique qui nourrissait cependant contre elle une étrange animosité et ne lui parlait pour ainsi dire jamais. Dans sa haine contre le conseiller, l'aînée des Handen oubliait son hostilité envers la petite étrangère, elle l'engageait à imiter le méprisant silence qu'elle-même opposait aux sarcastiques attaques du grand-oncle qui ne l'aimait pas.

Mais Anita était emportée par l'indignation et, pauvre petit oiseau blessé, elle allait se défendre contre le fauve sans pitié. Heureusement, le conseiller se détourna soudain en entendant derrière lui la voix douce du pasteur Heffer. Celui-ci arrivait en causant avec sa sœur, et sans doute avait-il entendu la phrase méchante du conseiller, car il répondit avec une certaine froideur au bonjour bruyant du corpulent personnage.

– On ne vous a pas vu depuis un siècle, Heffer ! eh ! depuis la mort de Conrad... Ah ! vous avez amené votre fils !... Mon cher, c'est votre portrait à seize ans, n'est-ce pas, Emma ?

Mme Handen inclina la tête en signe d'assentiment. Il fallait vraiment le témoignage de ces deux personnes ayant connu Hermann Heffer dans son adolescence pour croire qu'il eût jamais possédé ces formes rondelettes, ces bonnes joues rouges et ce sourire d'heureuse insouciance. Le regard seul, droit et plein de bonté, était le même chez le père et le fils.

Le jeune garçon alla tendre la main à Frédérique dont la physionomie maussade s'était un peu éclairée en l'apercevant, puis il se tourna vers Anita qu'il voyait pour la première fois et demeura indécis, ne sachant trop s'il devait prendre l'initiative de la présentation envers cette petite fille silencieuse qui le regardait gravement.

– Anita, voici mon fils Ulrich, dit aimablement le pasteur qui s'était rapproché. Il avait grand désir de faire votre connaissance, car j'ai beaucoup parlé de vous chez moi, ma chère enfant.

Elle le regarda d'un air incrédule. Était-ce possible qu'on se fût occupé d'elle, l'enfant méprisée que ses parents reniaient autant qu'ils le pouvaient, que les jeunes amis de ses cousins tenaient à l'écart et toisaient avec une dédaigneuse hauteur ? Et pourtant, il n'y avait pas à douter de la sincérité du pasteur. Le clairvoyant petit cœur d'Anita avait deviné la loyauté et la bonté de cet homme qui, seul, l'avait défendue un jour.

Elle mit sa main avec empressement dans celle d'Ulrich, qui la regardait avec ses bons yeux souriants et lui parlait avec amabilité. Mais, un instant plus tard, elle entendit Frédérique qui disait dédaigneusement à son cousin :

– Es-tu peu fier, mon pauvre Ulrich, d'aller traiter en camarade cette petite étrangère ! Tiens-toi donc à ta place et laisse-la tranquille !

– Eh ! laisse-moi en repos toi-même ! répliqua Ulrich avec impatience. Elle est très gentille, et toi tu n'es qu'une orgueilleuse.

Pendant le repas, Anita se trouva placée près d'Ulrich ; pour la première fois depuis son arrivée dans cette maison, le dîner ne lui parut pas long. Le fils du pasteur était un joyeux et aimable voisin, et sans souci des airs dédaigneux d'Ary et des regards sombres de Frédérique, il s'entretint gaiement avec la petite fille.

– Eh ! dites donc, Heffer, dit ironiquement le conseiller en se penchant vers le pasteur, votre fils a l'air de trouver la petite catholique à son goût. S'il vous l'amenait plus tard comme bru, hein ?

Et il se frotta les mains avec un gros rire moqueur, tandis que le pasteur ne pouvait se retenir de lever les épaules.

– Vous avez de l'imagination et vous voyez un peu loin, monsieur le conseiller !

– Eh ! qui sait ?... Quel regard noir, Frédérique ! Il s'adresse à Anita, je crois bien... Tu es jalouse ?

Une rougeur de colère couvrit le pâle visage de Frédérique ; ses yeux, étincelants d'irritation, se posèrent une seconde sur le conseiller qui ricanait, puis elle les détourna brusquement avec une sorte de mépris...

– Ne fais donc pas cette tête ridicule, Frédérique, dit la voix paisible de Mme Handen. Anita, il est peu convenable, à votre âge, de parler durant tout le repas, ainsi que vous l'avez fait ce soir... D'ailleurs, nous avons à peu près terminé et vous pouvez remonter maintenant.

– Laisse-là ce soir, Emma, demanda le pasteur, ému du triste regard de l'enfant. Elle n'a pas beaucoup de distractions, cette petite.

– Des distractions... on lui en donnera ! grommela le conseiller. Laissez donc faire Emma, elle a plus de sagesse que vous, Heffer.

Le pasteur, connaissant l'obstination froide de sa sœur, comprit qu'il était inutile d'insister et adressa un amical sourire à l'enfant qui s'éloignait après avoir salué ceux qui étaient là. De sa petite chambre, Anita entendit bientôt les sons charmeurs du violoncelle d'Ary. Ils étaient tous là, réunis, écoutant cette musique délicieuse, et elle, l'orpheline, demeurait seule, éloignée comme un objet gênant. Elle n'était, elle ne serait jamais, selon la parole d'Ary, qu'une étrangère méprisée... peut-être haïe.

Chapitre IV

La pluie tombait avec un bruit monotone et mélancolique dans les flaques formant sur le sol détrempé un chapelet de petits lacs. Les tilleuls, avec leurs feuilles penchées et ruisselantes, semblaient de malheureux noyés. Le devant de l'orangerie était transformé en une large mare et, à l'intérieur, par quelque fissure, filtrait une petite gerbe liquide qui s'égouttait sur la tête d'une minerve mutilée posée sur une crédence boiteuse.

Mais malgré la mélancolie extérieure, l'aspect était ici accueillant et presque gai. Le rosier étendait sur le mur ses branches verdoyantes, des plantes grimpantes au délicat feuillage cachaient la laideur des murailles, des fleurs, de modestes et printanières fleurs baignaient dans des vases dont elles dissimulaient les brisures... Et dans l'atmosphère fraîche flottait un léger parfum de violette.

La vétusté des meubles réunis en un coin familier était moins apparente sous le jour gris qui voilait d'une ombre douce les vieux tableaux et le cadre dédoré où souriait la dame en robe de brocard... Le regard de celle-ci semblait envelopper avec tendresse la jeune fille qui cousait activement près d'une table. N'était-ce pas sa sœur cadette, cette jolie créature aux boucles noires, aux magnifiques yeux foncés voilés de longs cils ? Elle lui ressemblait singulièrement, et la même pénétrante douceur, la même grâce charmeuse éclairaient la physionomie de l'une et de l'autre. Mais, de plus, chez la jeune fille, le teint ambré formait un original et séduisant contraste avec les prunelles bleu sombre.

La petite main fine faisait marcher activement l'aiguille, et l'ouvrage arriva bientôt à sa fin. La jeune fille se leva pour atteindre une corbeille placée sur une vieille crédence. Elle demeura un instant debout, immobile, considérant avec quelque tristesse le jardin inondé et les arbres ruisselants. Aujourd'hui, Anita Handen, la courageuse, se sentait lasse et mélancolique. Sans doute fallait-il attribuer cet état d'esprit à l'anniversaire célébré par elle en ce jour. Car il y avait sept ans qu'elle était entrée dans cette maison et que son père était mort.

Sept ans !... Et cependant, qu'était-elle pour ses parents, sinon l'étrangère, toujours ! Qui l'avait aimée, ici, en dehors d'une fidèle servante ?... Par bonheur, la Providence lui avait ménagé l'appui moral et l'affection des excellentes chrétiennes à qui avait été confiée son éducation. Là, dans la modeste maison des sœurs Friegen, elle avait trouvé, avec la nourriture intellectuelle, le pain du cœur et de l'âme ; là, sa gaieté naturelle, refoulée dans la maison Handen, se ranimait au contact de quelques compagnes et de la brune et vive Mlle Élisabeth, la sœur cadette de Mlle Rosa.

Les blessures fréquentes infligées au cœur aimant et fier d'Anita par la dédaigneuse indifférence de ses parents étaient pansées avec tendresse par ces femmes d'élite, et, grâce à elles, Anita s'était épanouie au moral comme au physique, rose charmante et embaumée. Mais, à l'encontre de ses sœurs végétales, elle souffrait cruellement des épines qui l'entouraient. Dès son retour quotidien à la maison Handen, elle sentait s'appesantir sur elle une froideur hostile et ne rencontrait qu'indifférence et mépris. À maintes reprises, la colère était montée en elle et elle s'était sentie prête à haïr. Il avait fallu l'influence toute-puissante de la religion pour endiguer ces sentiments tumultueux. Aujourd'hui, elle leur pardonnait à tous...

À tous ?... Non, elle devait se l'avouer, malgré tous ses efforts, elle n'avait pu oublier les railleries insultantes du conseiller Handen et l'orgueilleux mépris d'Ary... surtout la courte petite scène près du cercueil de son père. Maintes fois, depuis, sa jeune fierté s'était révoltée sous les paroles ironiques et les regards dédaigneux, et elle avait éprouvé un véritable soulagement le jour où son cousin était parti pour l'Italie. Il commençait sa carrière d'artiste, et dès ce moment il fut très célèbre.

Le merveilleux talent de ce très jeune homme enthousiasmait, faisait vibrer et frémir des auditoires d'élite. Depuis lors, demandé dans toutes les capitales de l'Europe, il n'était pas revenu dans la vieille maison.

Mme Handen avait passé les deux hivers précédents à Naples, afin de procurer un air plus doux à Félicité, malade de la poitrine. Ses fils avaient été mis sous la surveillance d'un parent habitant M..., et elle avait emmené ses quatre filles, laissant Anita aux soins des demoiselles Friegen. Ces hivers avaient donc été doux et heureux pour la jeune fille. Mais c'était fini désormais. La vieille Charlotte était arrivée, précédant ses maîtresses et aussi, hélas ! Ary... Ary, qui allait revenir, gonflé sans doute de l'orgueil de ses succès, de plus en plus méprisant pour la parente qui usurpait une place dans la demeure de ses ancêtres. Et pourtant, c'était une si petite place !

Anita secoua avec impatience sa jolie tête. Quelle déraison de se tourmenter ainsi d'avance ! Elle se tiendrait comme d'habitude à l'écart de cet hostile cercle de famille, et quand il le faudrait, eh bien ! elle supporterait les humiliations inévitables, elle réagirait, avec la grâce divine, contre cette fierté qui bouillonnait en elle. Quant à se défendre dans les cas nécessaires, elle saurait le faire maintenant.

Un bruit de pas interrompit ses réflexions. À travers le jardin, deux hommes s'avançaient, abrités sous des parapluies ruisselants et faisant de larges enjambées pour éviter les flaques les plus profondes. Mais il leur fallut mettre résolument les pieds dans celle qui occupait le devant de l'orangerie, et des éclaboussures jaillirent, maculant le costume des arrivants.

Anita courut à la porte qu'elle ouvrit toute grande.

– Monsieur Heffer ! dit-elle joyeusement. Pourquoi ne pas m'avoir fait prévenir, au lieu de venir vous mouiller ainsi ?

– Je ne voulais pas vous déranger, ma chère enfant, dit le pasteur en se secouant, ce que fit également son compagnon après une amicale poignée de main échangée avec Anita. Un peu de boue en plus n'est pas une affaire, n'est-ce pas, Ulrich ?

Celui-ci eut un geste de joyeuse insouciance. Au premier abord, il était difficile de retrouver l'adolescent joufflu d'autrefois dans ce grand jeune homme mince. Cependant on ne pouvait se tromper à cette voix sympathique, à ce regard empreint de bonté et de franche gaieté qui s'attachait sur Anita. Envoyé depuis plusieurs années dans une université, Ulrich, à toutes ses vacances, avait revu la petite orpheline pour laquelle il s'était toujours montré si cordial, et l'amitié contractée dès le premier jour n'avait cessé d'exister entre eux.

– Il n'y a pas contrordre pour l'arrivée de ma sœur, mon enfant ? demanda le pasteur en prenant le siège que lui présentait la jeune fille.

– Non, monsieur, c'est toujours pour ce soir. Êtes-vous pour plusieurs jours à M... ?

– Pour deux jours seulement. Nous sommes chez mon cousin Rusfeld et j'ai fait coïncider ce court séjour avec l'arrivée de ma sœur. Mais, savez-vous, Anita, que ceci est charmant ! dit-il en désignant la gracieuse décoration florale. Et quel calme vous trouvez ici ! C'est vraiment la retraite d'une travailleuse, d'une savante, car tu sais, Ulrich, que cette petite Anita est en passe de devenir un puits de science !

La jeune fille eut un léger éclat de rire.

– Vous vous moquez de mon pauvre petit savoir, monsieur Heffer ! En réalité, j'ai encore tant à apprendre pour arriver à mon but !

– Et serait-il indiscret de vous demander quel est ce but ? demanda le pasteur avec intérêt.

Une flamme passa dans les yeux d'Anita.

– Je veux leur montrer que je suis aussi bien qu'eux une Handen, par le nom et par la science, dit-elle d'un ton de résolution fière.

– Voilà un noble et bien légitime désir ! s'écria Ulrich. Oui, vengez-vous ainsi, Mademoiselle, et un jour ils seront bien obligés de vous rendre justice.

Anita secoua mélancoliquement la tête.

– Je n'y compte guère, je vous assure. J'agis ainsi pour ma satisfaction personnelle et aussi, vous vous en doutez bien, pour acquérir un moyen d'existence dont j'aurai certainement besoin. Mais qui arrive là-bas ?

Ulrich se détourna et s'écria d'un ton d'intense surprise :

– On dirait... Mais oui, c'est le conseiller !

– Le conseiller ! murmura Anita dont les beaux sourcils se froncèrent.

Que venait faire dans sa chère retraite cet homme qui la détestait ? Jusqu'ici l'orangerie avait échappé à ses investigations malveillantes... mais, s'il s'aventurait là par ce temps, c'était sans aucun doute mû par une pensée de méchanceté.

– Il est transformé en naïade, véritablement ! s'écria Ulrich avec un joyeux éclat de rire. Et quelles enjambées il fait, ce pauvre conseiller !... Flac ! le voilà les pieds dans une mare !... Faut-il ouvrir, Mademoiselle ?

– Eh ! oui, il le faut bien, monsieur Ulrich !

Une minute plus tard, le gros conseiller, ruisselant, s'engouffrait dans l'orangerie.

– Quelle sottise de venir vous cacher ici ! gronda-t-il furieusement. Vous serez cause, Heffer, que je vais être cloué par mes rhumatismes... et tout cela parce qu'il a plu à une petite sotte de venir s'installer dans cette espèce d'écurie !

– Mais, monsieur le conseiller, rien ne vous forçait à venir jusqu'ici, dit tranquillement le pasteur, tandis que le corpulent personnage, jetant à terre son parapluie, se secouait comme un barbet. Vous pouviez envoyer Thomas me prévenir.

– Thomas... Thomas... il aurait d'abord fallu le trouver, Thomas ! Enfin, venons-en à notre affaire, car vous pensez bien que, si j'ai affronté la traversée de cet abominable jardin, ce n'est pas pour admirer le salon de cette demoiselle.

Mais, en prononçant ces paroles, son regard méchamment curieux inspectait l'orangerie dans tous ses recoins.

– Là, voyez-vous, Heffer, comme elle s'est installée ici ! Elle s'est sans plus de façons approprié ce qui lui plaisait. Vraiment, je ne comprends pas Emma de permettre cela. Après tout, elle n'en sait rien, sans doute, car elle ne vient jamais ici... Ah ! voilà qui est curieux !

Il venait d'apercevoir le portrait de la jeune dame aux yeux bleus. En suivant la direction de son regard, le pasteur et Ulrich eurent une même exclamation.

– C'est tout à fait vous, mademoiselle Anita ! s'écria le jeune homme.

– Oui, il y a quelque chose, dit le conseiller d'un ton de mauvaise humeur. Mais celle-ci est une vraie Allemande, tandis que l'origine exotique d'Anita se lit sur son visage... Hein ! petite orgueilleuse, cela blesse votre vanité ?

– Je n'ai aucun sujet de rougir de cette origine, monsieur le conseiller, vous le savez comme moi, dit-elle sèchement, en redressant la tête avec quelque hauteur.

– Je sais... je sais... En réalité, je ne sais rien du tout, et je... Mais voyez... voyez donc où me réduisent les fantaisies de cette demoiselle ! s'exclama-t-il avec colère, en jetant un coup d'œil sur son pantalon abominablement maculé. Voici un costume perdu à cause de votre idée bizarre de venir ici, Heffer ! Tenez, rentrons, je vous expliquerai mille fois mieux mon affaire au coin du feu, si cette Charlotte a eu l'intelligence de nous préparer une bonne flambée. Je suis trempé, absolument trempé, et il fait horriblement humide dans cette bicoque.

Il ramassa son parapluie et sortit précipitamment. Le pasteur se tourna vers Anita qui s'était un peu éloignée pour ranger son ouvrage.

– Venez-vous aussi, ma chère enfant ?

Elle répondit affirmativement en attirant à elle une mante à capuchon qu'elle jeta sur ses épaules. Mais ses mains tremblaient légèrement et une ombre s'étendait sur son joli visage.

– Pourquoi tant vous émouvoir des paroles de cet affreux personnage ? murmura la voix émue d'Ulrich. Le mépris seul doit lui répondre.

– Vous dites comme Frédérique. J'admirais toujours son impassibilité, mais je ne puis l'imiter. Je suis sans doute trop orgueilleuse...

Tout en parlant, elle avait chaussé ses petits sabots, et, refusant le parapluie d'Ulrich, elle s'élança légèrement à travers le jardin. Lorsque le conseiller, le pasteur et son fils entrèrent dans la salle d'étude, ils la trouvèrent debout près du foyer où brillait une flamme superbe.

– Allons, cette Charlotte a parfois quelques lueurs d'intelligence ! déclara le conseiller en s'installant commodément dans le fauteuil de Mme Handen. N'est-on vraiment pas mieux ici que dans le nid à rats d'Anita ? Ulrich, mettez donc quelques morceaux de bois... encore, encore. Là, voilà qui va faire un feu superbe.

Il sortit sa pipe et se mit à chercher son tabac, tout en continuant à parler.

– Ainsi, nous allons voir ce soir notre fameux artiste, le premier violoncelliste au monde, la gloire de la famille ! Il va faire fureur ici, et on se l'arrachera littéralement. Mais il est habitué aux succès, le gaillard !

Le pasteur hocha la tête.

– Je crains que l'enivrement de la célébrité n'ait un fâcheux effet sur ce caractère. Tout jeune encore, Ary était extrêmement orgueilleux.

– Allons, ne racontez pas de sornettes, Heffer ! interrompit le conseiller avec un ironique éclat de rire. Il ferait beau voir que ce garçon eût la simplicité d'une petite fille ! Il a toujours eu conscience de sa valeur, et il avait raison, certes !

Il s'arrêta et s'occupa à bourrer lentement sa pipe. Le pasteur se mit à feuilleter distraitement une revue, tandis qu'Ulrich se promenait de long en large... Anita, s'étant réchauffée, se dirigea vers la porte pour gagner sa chambre. Mais un appel du conseiller la fit se retourner.

– Anita, dites donc à Charlotte de nous envoyer du café. Cela achèvera l'œuvre du feu, n'est-ce pas, Heffer ?

Au moment où Anita allait traverser le vestibule pour gagner l'office, elle s'arrêta, frappée de surprise. La porte de la rue était ouverte, et, sur le seuil, venait d'apparaître une grande jeune fille brune en costume de voyage.

– Frédérique ! s'écria Anita stupéfaite.

La jeune fille s'avança et les deux cousines se serrèrent froidement la main, tandis que Frédérique expliquait :

– Ma mère et mes sœurs se sont arrêtées chez la tante Ornser, mais je ne puis la souffrir, et j'ai obtenu la permission de prendre le train directement pour M... Félicité est avec moi, car elle se sentait un peu fatiguée du voyage.

Anita échangea également un serrement de mains avec l'adolescente trop grande, maigre et pâle, qui apparaissait derrière Frédérique. Si les autres enfants de Mme Handen n'avaient pas pour elle l'hostilité d'Ary et de Frédérique, ils la traitaient avec une complète indifférence et la connaissaient fort peu, par suite de la séparation systématique imposée à Anita vis-à-vis de ses cousins, en dehors des repas.

– Ma mère et Ary arriveront ce soir avec Bettina et Claudine, répondit Frédérique à une question de sa cousine. Il faudra appeler Thomas pour aider au déchargement de la voiture. Mina, ajouta-t-elle, se tournant vers l'ancienne bonne des enfants, élevée depuis peu au rang d'aide de Charlotte, surtout, veillez aux caisses de M. Ary.

Elle se dirigeait vers l'escalier, mais un geste d'Anita l'arrêta.

– Votre oncle Heffer et son fils sont là, Frédérique, ainsi que le conseiller.

À ce dernier nom, les sourcils de la jeune fille se froncèrent et elle eut un mouvement de recul. Puis, levant légèrement les épaules, elle se dirigea, suivie de Félicité, vers la salle d'étude.

Anita alla porter à Charlotte l'ordre du conseiller et la nouvelle de l'arrivée inopinée de ses jeunes maîtresses, puis elle remonta dans sa chambrette, la même toujours, une austère petite cellule qui avait vu couler bien des larmes amères de l'enfant aimante et délaissée. Elle se mit au travail jusqu'à l'heure du déjeuner, auquel prirent part le conseiller et Ulrich. Frédérique occupait la place de maîtresse de maison, et Anita fut frappée du changement opéré en elle pendant ces quelques mois. À défaut de beauté régulière, elle possédait un charme étrange et sévère, et son caractère, à l'extérieur du moins, semblait moins bizarre, moins inégal qu'autrefois. Sa taille admirable, son extrême aisance de manières ne rappelaient plus la gauche et brusque fillette de jadis. Cependant, une lueur irritée traversait encore à certains instants son regard, particulièrement lorsqu'elle voyait Ulrich causer un peu longuement avec Anita, sa voisine de gauche, ou bien quand le conseiller lui adressait à elle-même quelques-uns de ces mots désobligeants dont il avait le secret. Il n'eut pourtant pas très souvent l'occasion de décocher ses traits malveillants, car il fut surtout question d'Ary, le favori... Et Anita vit avec surprise la froide Frédérique s'animer en parlant de son frère. Sa voix vibrait d'émotion et de fierté tandis qu'elle relatait les concerts où le jeune artiste avait été couvert de gloire, ceux surtout où l'auditoire, subjugué par la magie de cet incomparable talent, s'était levé, frémissant d'enthousiasme, et avait acclamé frénétiquement le musicien... Et Ary Handen n'était pas cantonné dans son art. Sa remarquable intelligence lui avait permis en même temps d'acquérir une science étendue, qui en faisait, ainsi que le déclara fièrement Frédérique, un être absolument supérieur.

– Si Conrad vivait, lui qui avait un faible pour cet enfant ! dit avec émotion le pasteur. Que de fois m'a-t-il confié ses espérances sur son fils aîné !

– Et elles se sont réalisées, dit Frédérique, dont le regard s'était voilé en entendant le nom de son père. Ary est bien l'homme d'intelligence et de devoir, en même temps que l'artiste rêvé par notre père bien-aimé.

– Enfin, nous en jugerons ce soir, dit Ulrich. Voici longtemps que je ne l'ai vu... deux ou trois ans, n'est-ce pas, Frédérique ?

La conversation tomba alors sur l'existence du jeune homme à l'université, et Ulrich se mit à narrer avec sa verve ordinaire d'amusantes anecdotes qui amenèrent la gaieté autour de la table et déridèrent même Frédérique... Le repas terminé, Anita les laissa réunis et s'en alla chez les demoiselles Friegen pour y passer, comme à l'ordinaire, une laborieuse après-midi. Vers six heures, elle quitta l'hospitalière maison grise et se dirigea vers la chapelle catholique.

Le jour tombait, une lueur grise éclairait à peine le petit sanctuaire, l'autel de bois sculpté, les vieux tableaux aux teintes sombres et aux contours effacés. La lampe du tabernacle, divin fanal conduisant à Celui qui est le phare éternel, piquait d'un point rouge la demi-obscurité... Anita se laissa glisser à genoux et joignit les mains dans un geste un peu angoissé.

Elle se sentait décidément aujourd'hui triste et abandonnée

plus qu'à l'ordinaire... Était-ce, en ce douloureux anniversaire, le souvenir plus vivace du jour qui l'avait faite orpheline, ou bien la pensée de cette réunion de famille qui se préparait et d'où elle serait exclue, sinon tout à fait par la présence, du moins par le cœur ?... Oh ! la famille, quelle joie pénétrante et douce !... Et la connaîtrait-elle jamais !

Un léger sanglot lui échappa et elle cacha sa tête entre ses mains. Mais, en la relevant, son regard éploré se fixa sur le tabernacle... Il y avait là celui qui est le Père des orphelins, l'Ami des âmes souffrantes et délaissées. Quelle ingratitude de se dire seule lorsqu'il était toujours là !

Une fervente action de grâces monta du cœur de la jeune fille, puis encore une prière pour le père tant aimé, et, fortifiée, elle se leva pour prendre le chemin du logis où personne ne l'attendait.

Chapitre V

Le vestibule était encombré de malles et de colis de toute nature au milieu desquels s'agitaient Thomas et un domestique inconnu, un vigoureux garçon au type italien, qui était sans doute le serviteur particulier d'Ary. Au premier étage, un bruit de jeunes voix venait des chambres, et Mina, très affairée, allait de l'une à l'autre de ses maîtresses... Comme Anita mettait le pied sur la première marche de l'escalier du second, Charlotte sortit de la chambre de Mme Handen et, apercevant la jeune fille, s'avança vers elle.

– Habillez-vous vite, Mademoiselle, le dîner va être avancé, car tous ces jeunes gens ont faim.

– M'habiller ! Pourquoi donc, Charlotte ? Ne suis-je pas bien ainsi ?

Charlotte l'enveloppa d'un regard de tendre admiration.

– Vous êtes toujours bien n'importe comment, ma chère petite Demoiselle, mais voyez-vous, ces dames ont pris d'autres habitudes dans leurs voyages et maintenant on s'habille un peu pour le dîner. M. Ary surtout aime beaucoup cela.

Elle s'interrompit soudain. Une porte venait de s'ouvrir, livrant passage à une délicieuse apparition... C'était une très jeune fille vêtue de lainage clair, et dont la tête extrêmement fine, au teint d'une exquise fraîcheur, ressortait comme un bouton de rose d'une collerette de gaze blanche. Derrière elle apparaissait une forme masculine mince et élégante, un visage très beau, un peu hautain, qu'illuminaient deux yeux bleus superbes.

Instinctivement, Anita recula contre le mur. Elle se souvenait trop bien de ces yeux qui l'avaient si souvent foudroyée de leur méprisante ironie et elle retardait le plus possible l'instant où il lui faudrait les rencontrer de nouveau.

Mais la rampe de l'escalier versait sur elle une vive lueur, et la jolie jeune fille blonde l'aperçut aussitôt.

– Ah ! c'est vous, Anita ! dit-elle d'une voix douce, un peu traînante. Comment allez-vous ?

Tout en parlant, elle faisait quelques pas en avant et tendit la main à sa cousine... Bettina Handen était aussi incapable de détester que d'aimer fortement, et Anita, à défaut d'affection, n'avait jamais trouvé en elle d'hostilité.

– Vous voici définitivement revenue, Bettina ? dit-elle en serrant la blanche petite main. Votre voyage...

Mais la parole expira sur ses lèvres. En levant machinalement la tête, elle venait de rencontrer le regard appréhendé. Il n'avait pourtant rien en ce moment de l'expression redoutée et ne témoignait qu'une surprise très vive, à laquelle, sur le premier moment, s'était même mêlée un peu de cette inévitable admiration qu'inspirait toujours la beauté d'Anita, mais qui passait inaperçue pour la jeune fille très peu occupée d'elle-même.

Bettina, étonnée du silence soudain de sa cousine, se détourna un peu.

– Ah ! c'est vrai, Ary, tu ne reconnais peut-être pas Anita ! Il y a si longtemps que tu ne l'as vue ?

Il s'inclina légèrement et Anita lui répondit par un cérémonieux petit salut.

– Fort longtemps, en effet, dit-il avec froideur. Elle n'était encore qu'une petite fille, et c'est pourquoi j'ai hésité une minute à la reconnaître... Allons, dépêchons-nous, Bettina.

Il se dirigea vers l'escalier conduisant au rez-de-chaussée, et sa sœur le suivit après avoir jeté à sa cousine cette recommandation :

Chapitre V

– Pressez-vous, car nous avons une faim effrayante !

Anita monta à sa chambrette, secoua légèrement sa robe afin d'en ôter quelque poussière qui s'y était attachée et vérifia l'ordre de sa chevelure... Mais décidément, elle ne se mettrait pas en frais de toilette. L'opinion d'Ary lui importait peu et cette simple robe gris foncé était bien ce qui convenait à la parente tenue à l'écart et supportée seulement par devoir.

L'entrée de la jeune fille dans le salon passa à peu près inaperçue. Tous étaient réunis près de la cheminée contre laquelle s'appuyait Ary... Ainsi debout, sa belle tête fine un peu rejetée en arrière, il dominait le groupe dont il semblait le centre et l'objectif. Il parlait, et sa voix pénétrante avait un charme que l'on ne pouvait méconnaître.

Anita s'assit à l'écart, et ce fut seulement lorsqu'on se leva pour le repas qu'elle s'avança afin de saluer Mme Handen... Malgré son flegme habituel, celle-ci eut un léger geste d'étonnement en voyant se dresser devant elle cette jeune fille, presque une enfant encore lors de son départ. Peut-être aussi était-elle frappée de cette beauté qu'elle n'avait jamais songé à remarquer chez la petite Anita d'autrefois.

– Ah ! c'est vous, Anita ! Vous avez bien passé cet hiver ? demanda-t-elle froidement.

– Eh ! parbleu, vous n'en doutez pas ! s'écria avec un gros rire narquois le conseiller qui s'approchait pour offrir le bras à sa nièce. Elle s'est donné du bon temps avec ses vieilles papistes, et elles ont dû en dire de belles sur notre compte, ma chère !

Un regard empreint d'indignation se leva vers lui. Oubliant ceux qui l'entouraient, Anita s'écria, frémissante :

– Je ne puis supporter que vous parliez ainsi de mes chères maîtresses ! Bien loin de dire du mal de madame Handen, elles m'ont appris à la respecter, et...

Elle s'interrompit, intimidée par tous ces regards fixés sur elle, par celui surtout de deux yeux bleus à l'expression indéfinissable... Le conseiller en profita pour se remettre de sa première surprise devant cette énergique riposte.

– Voyez-vous cette péronnelle !... Emma, envoyez-la donc se coucher, cela lui apprendra à ne plus parler sans qu'on l'interroge.

– Toujours en révolte ! dit sèchement Mme Handen. Vous mériteriez, en effet, qu'on vous traitât, malgré votre âge, comme une enfant.

– Comment, Emma, tu lui reproches le noble sentiment qui lui fait défendre celles qui l'ont pour ainsi dire élevée ! s'écria le pasteur avec une vivacité quelque peu indignée.

– C'est cela, partez en guerre, vertueux Heffer ! dit le conseiller d'un ton moqueur. Nous sommes, à vos yeux, d'affreux tyrans, Anita est une martyre, et...

– Laissons donc cela, mon oncle et allons dîner ; nos appétits de vingt ans ne peuvent plus attendre, interrompit Ary avec une certaine impatience autoritaire qui coupa net la phrase de son grand-oncle.

Ulrich fit un pas pour se rapprocher d'Anita, mais Frédérique, qui se trouvait à son côté, prit son bras et l'entraîna à la suite du pasteur et de Bettina.

Ary demeurait seul entre Anita et Félicité... Une seconde, il parut hésiter. Puis, s'avançant vers sa sœur, il prit sa main qu'il mit sous son bras. Mais il se recula pour laisser passer Anita devant lui, jugeant probablement qu'un homme bien élevé ne peut se départir de certains égards envers une femme, celle-ci ne fût-elle qu'une parente pauvre et méprisée.

Elle alla s'asseoir au bout de la table, près d'Hermann et de Claudine, deux vigoureux enfants que Charlotte venait d'amener dans la salle à manger. Le petit garçon se mit à la regarder curieusement, et, tout à coup, sa voix s'éleva dans le silence de ce commencement de repas.

– Pourquoi pleurez-vous, Anita ? Ça fait dans vos yeux comme des... des... des quoi, Ary ? Tu sais ces petites choses qui brillent que tu m'as montrées l'autre jour ?

Une intense rougeur couvrit le visage d'Anita. Combien elle maudissait cette ridicule fierté qui lui faisait ressentir si vivement les humiliations ! Et maintenant, ils avaient tous les yeux fixés sur elle, ils se réjouissaient et se raillaient de ces larmes jaillies sous l'effet de la souffrance morale. Le conseiller la regardait avec une ironie méchante, Mme Handen avec une dédaigneuse froideur, Ary... eh bien ! non, lui ne la regardait pas. Une seconde, à la remarque d'Hermann, ses yeux s'étaient levés sur elle pour se détourner aussitôt. Mais ne savait-elle pas quels sentiments d'orgueilleux dédain animaient cet esprit à son égard ?

– Dis, Ary ? comment appelle-t-on ça ? répéta Hermann étonné de ce silence.

– Des diamants, dit brièvement le jeune homme.

– Peste ! rien que cela ! s'exclama narquoisement le conseiller. Anita est une personne de valeur, alors, et il s'agira de lui tirer le plus possible de ces précieuses larmes.

– Vous vous en chargeriez fort bien, je crois, monsieur le conseiller, dit Ulrich d'un ton mordant qui dissimulait mal son irritation.

– Eh ! ma foi, oui !... Allons, ne me regardez pas avec ces yeux féroces, jeune homme ; je ne suis pas un monstre, mais je déteste les pleurnicheuses... Je suis sûr qu'Ary est de mon avis ?

Il se tournait vers le jeune homme, mais celui-ci, dont le front était profondément plissé, adressait au même instant une question au pasteur, et la conversation changea de sujet, au grand soulagement d'Anita.

Là encore, à cette table de famille, toute l'attention se portait sur Ary. Il parlait de ses voyages à travers les deux mondes avec une originalité, un charme incontestables. Tous, on le voyait, subissaient l'ascendant de cette remarquable intelligence... et Anita elle-même, malgré tout, écoutait avec un vif intérêt cette parole nette et vibrante, oubliant que celui-là aussi était un de ses pires adversaires. Cet intérêt se reflétait dans son beau regard limpide, en chassant la tristesse de tout à l'heure... Mais l'organe bruyant du conseiller applaudissait son neveu, lui prodiguant des flatteries, venait à certains instants la faire tressaillir, et elle ne pouvait retenir un froncement de sourcils... Avec quelle hautaine indifférence, quel calme imperturbable, Ary se laissait encenser par les siens ! On voyait qu'il était maintenant accoutumé aux adulations, aliment indispensable à son orgueil, et qu'il savait les supporter sans griserie apparente.

Successivement, Vienne, Paris, Rome, toutes les grandes capitales du monde avaient défilé devant l'imagination des auditeurs d'Ary, avec maintes anecdotes et des descriptions finement tracées. Maintenant, le jeune homme parlait de l'Espagne où il avait voyagé l'année précédente.

– Oui, dit Frédérique, tu as eu un triomphant succès, surtout à Séville et à Valence.

– Ah ! ah ! Valence... interrompit le conseiller. T'es-tu informé si la dynastie des Diesco était encore représentée sur les planches ?

La fourchette d'Ulrich tomba avec bruit dans son assiette ; le pasteur dirigea vers le conseiller un regard de sévère reproche. Là-bas, au bout de la table, deux grands yeux fiers et tristes étincelaient dans un visage subitement pâli.

– Je n'ai pas eu cette curiosité, dit sèchement Ary dont la main tourmentait nerveusement un couteau. Cela m'intéresse peu...

– En effet, il serait préférable d'oublier cette tache infligée à notre famille, mais, malheureusement...

Et un regard vers le bas de la table compléta la phrase du conseiller. Il y avait là une jeune créature dont le pauvre cœur était cruellement blessé par ces paroles insultantes, mais dont la contenance énergique et les beaux yeux indignés protestaient contre ces attaques.

Les sourcils d'Ary s'étaient brusquement rapprochés, il adressa une observation impatiente à Paolo, son domestique italien, qui aidait Thomas à servir, tandis que Frédérique, qui n'avait pu retenir un léger mouvement d'épaules à la phrase méchante du conseiller, mettait habilement la conversation sur un autre terrain.

Anita n'écoutait plus rien. Elle se sentait le cœur douloureusement serré et avec peine refrénait la colère bouillonnant en elle. Combien il serait béni le jour où elle pourrait fuir cette maison et surtout l'odieux conseiller ! Un bruit de chaises remuées l'enleva à ses réflexions. On se levait de table. Une fois dans le salon, Anita se dirigea vers Mme Handen, afin de prendre congé d'elle. Jamais la jeune fille n'avait été invitée à prendre part aux soirées de famille.

Après avoir reçu le froid bonsoir de la veuve, Anita alla saluer le pasteur qui s'était arrêté près d'une table où Félicité étalait des vues d'Italie. Il prit entre ses doigts la main de la jeune fille et posa son regard sérieux et doux sur le visage encore attristé par une récente souffrance.

– Vous nous quittez déjà, ma chère petite ? En l'honneur de l'arrivée de vos cousins, ne pourriez-vous demeurer un peu ?

En prononçant ces mots, il se tournait à demi vers sa sœur, mais aucun encouragement ne vint de ce côté.

– J'ai à travailler, et ma soirée passera bien vite, je vous assure, répliqua Anita avec un mélancolique sourire.

– Oui, vous êtes courageuse, dit la voix émue d'Ulrich. J'avoue que je ne saurais imiter votre énergie et votre patience, ajouta-t-il plus bas en jetant un regard d'aversion vers le conseiller, debout près de la cheminée.

Le pasteur regarda son fils avec un léger sourire.

– En effet, tu aurais tôt fait de partir en guerre et de jeter feu et flammes. Anita, vous ne vous seriez pas doutée qu'un volcan se cachât ainsi sous l'apparente tranquillité d'Ulrich ?

– Non, certes, dit-elle gaiement. Je serais curieuse d'en voir l'éruption.

– Ce serait peut-être plus émouvant que ceci...

C'était Frédérique qui parlait en désignant une gravure représentant le Vésuve couronné de flammes.

– Comment ! c'est toi qui dis cela ! s'écria Félicité avec surprise. Toi, Frédérique, qui tombais en admiration devant cet effrayant Vésuve... Oh ! si effrayant, fit-elle avec un frisson qui secoua ses maigres épaules.

Frédérique eut un léger mouvement de dédain.

– Oui, c'est admirable, pendant un peu de temps... puis l'esprit se lasse... Qu'est-ce que cela près des bouleversements, des terrifiantes agitations d'un cœur humain ! murmura-t-elle comme se parlant à elle-même.

– Oh ! Frédérique, quelle blasée et quelle philosophe tu fais !

Et en disant ces mots, d'un ton un peu moqueur, Ary, qui s'était rapproché du petit groupe, regardait sa sœur avec un léger sourire.

– Blasée ?... Non, je ne crois pas. Philosophe ?... Peut-être, mais en tout cas une pauvre philosophe, bien embarrassée pour trouver le véritable bonheur. Est-il dans les beautés de l'art, de la nature ?... je l'ai cru un instant ; mais j'ai bientôt reconnu mon erreur. À mon avis, il doit exister dans cette chose si admirable et si complexe qui s'appelle le cœur humain... Oui, l'union absolue de deux cœurs, ne serait-ce pas là le bonheur, la vérité ? dit-elle en jetant vers ceux qui l'entouraient le regard interrogateur et un peu anxieux de ses grands yeux gris.

Sa voix, chose rare, avait des vibrations émues. Elle ne se doutait guère qu'elle répétait des paroles dites autrefois à Conrad Handen par le père d'Anita. La froide et taciturne jeune fille et Bernhard, l'enthousiaste et le poëte, se rencontraient dans la même angoissante recherche.

– Eh ! se serait-on douté de cela ! s'écria le pasteur en considérant sa nièce avec étonnement. Peut-être y a-t-il aussi un feu terrible couvant là-dessous ? poursuivit-il en posant un doigt sur le front de la jeune fille.

– Peut-être, dit-elle laconiquement en se détournant pour feuilleter un album.

Elle n'aimait pas que l'on s'occupât d'elle et ne laissait d'ordinaire rien voir des secrets mouvements de son âme. Par hasard, ce soir, elle s'était laissée aller à soulever un peu le voile cachant sa nature énigmatique, mais sans doute le regrettait-elle déjà.

– L'explosion de ce volcan serait peu dangereuse pour ses voisins, j'imagine ? dit gravement Ulrich. Ce serait un aimable volcan.

– Eh ! je n'en répondrais pas ! répliqua Ary sur le même ton. Qui peut se vanter de bien connaître cette tête-là ?

Et sa main se posait affectueusement sur la chevelure sombre de sa sœur.

– Oh ! pas moi, bien sûr ! s'exclama la jolie Bettina en simulant un mouvement d'effroi, Frédérique est une énigme, et bien fin celui qui pourra la deviner.

– Oui, quand viendra-t-il, celui-là ? murmura Frédérique entre ses dents.

Ary et Anita, seuls, l'entendirent. Ils levèrent simultanément les yeux et leurs regards surpris, ne pouvant rencontrer les yeux de Frédérique qu'elle tenait baissés sur son album, se croisèrent un instant pour se détourner aussitôt, avec une sorte d'impatience de part et d'autre.

– Eh ! Heffer, que faites-vous là-bas avec ces petites filles ? s'écria le conseiller. Laissez-les s'amuser et venez donc par ici. Ary va nous donner un concert... Oui, nous allons nous payer ce soir Ary Handen, l'incomparable violoncelliste ! fit-il en se frottant les mains avec une vaniteuse satisfaction.

– Mais, mon oncle, mon instrument n'est même pas déballé ! dit en riant Ary qui se rapprochait de la cheminée.

– Ah ! c'est vrai !... Mais il y a ton violoncelle d'autrefois... n'est-ce pas, Emma ? Il doit être dans quelque coin...

– Oui, je sais où il se trouve, dit Frédérique en s'avançant. Je vais le faire chercher par Charlotte.

Elle sortit à la suite d'Anita. Dans le vestibule, elles échangèrent le froid bonsoir habituel... Frédérique fit quelques pas dans la direction de l'office, puis se détourna brusquement.

– Et vous, Anita, en quoi faites-vous consister le bonheur ? demanda-t-elle d'une voix brève.

Ses yeux gris s'imprégnaient d'une ardente curiosité en se fixant sur le calme et gracieux visage de sa cousine. Celle-ci la regarda quelque peu étonnée de cette question insolite, venant surtout de la froide et hautaine Frédérique.

– En quoi je fais consister le bonheur ?... Mais dans l'amour de Dieu, dans la paix de la conscience, dans l'accomplissement de la volonté divine...

Frédérique secoua la tête et les lèvres s'entrouvrirent en un sourire ironique.

– Vraiment, c'est là votre sentiment ? Vous ne croyez pas que la félicité complète puisse se trouver dans l'amour humain, que ce soit l'amour conjugal ou l'amour maternel ?

– Non ! oh ! non, s'écria vivement Anita. Vous venez de prononcer le mot d'amour humain. Eh bien ! par cela même, vous l'avez condamné, car qui dit humain dit mortel. Alors, que vous restera-t-il ?... Et les trahisons, les mensonges, l'oubli...

– Vous êtes effrayante ! dit Frédérique avec un sourire sarcastique. Qui se serait douté qu'une petite fille comme vous fût capable d'aussi sévères pensées ?

– Le malheur instruit vite et bien, et plus encore les enseignements de notre sainte religion... Et d'ailleurs, Frédérique, je ne suis pas beaucoup plus petite fille que vous.

– C'est vrai, vous avez dix sept ans et moi dix-huit, mais je parais de beaucoup plus votre aînée... dix-sept ans, l'âge de Bettina... Et dire que cette enfant est déjà fiancée ?

– Fiancée, Bettina ! s'écria Anita avec surprise.

– Oui, depuis un mois. C'est extraordinaire, n'est-ce pas, car elle est toujours restée si enfantine de caractère !... Vous vous rappelez Wilhelm Marveld qui venait quelquefois dîner ici ?

– En effet, un grand garçon maigre, de figure assez laide, mais fort intelligent.

– Oui, c'est cela. Eh bien ! c'est lui que Bettina épouse... C'est un mariage superbe. Le père de Wilhelm, un industriel de très ancienne famille, possède la plus grosse fortune de notre ville. Nous avons retrouvé Wilhelm à Naples, où il s'était arrêté au cours d'un long voyage dans le sud de l'Europe ; c'est là qu'il a adressé sa demande, que Bettina a acceptée aussitôt. Il est vraiment laid, mais les qualités d'esprit et de cœur ne lui manquent pas et ma sœur a de la beauté pour deux... Bettina est heureuse, très heureuse, et il faut espérer qu'elle n'éprouvera pas l'inanité et le mensonge des affections terrestres, ajouta ironiquement Frédérique.

– Je le souhaite de toute mon âme ! Si le bonheur parfait ne se rencontre pas sur cette terre, il peut néanmoins s'en trouver des rayons plus ou moins durables... Mais vous, Frédérique, vous qui croyez à cette félicité suprême, quoique humaine, ne cherchez-vous pas à l'acquérir ?

– Moi !... Oh ! je suis tellement ambitieuse !... Mais malgré tout je saurai bien trouver le droit chemin qui conduit au bonheur, et j'y arriverai mieux que vous avec vos systèmes mystiques.

Elle s'éloigna et Anita remonta dans sa petite chambre... Mais elle ne se sentait pas en disposition de travail. Les incidents de cette soirée se présentaient à son esprit, amenant en elle un retour d'amertume et de tristesse.

Cependant, elle attira à elle des livres et des cahiers et commença à écrire... Mais, un moment après, tout cela était abandonné, et, penchée sur la rampe de l'escalier, il y avait une jeune fille qui écoutait, extasiée, les sons ravissants s'échappant du salon... La passion de la musique était demeurée vivace chez Anita, et cependant, de par la volonté de Mme Handen, c'était pour elle le paradis défendu.

Lorsque le violoncelle se tut définitivement, la jeune fille rentra dans sa chambre avec un soupir de regret.

« Comment un être possédant un si admirable don peut-il être dur, mauvais et injuste ? songeait-elle en demeurant pensive devant son travail inachevé. En l'entendant, il semble qu'une âme toute céleste fasse vibrer les cordes... et ce n'est pourtant qu'un homme pénétré d'orgueil, insensible à tout sentiment noble et élevé. »

Chapitre VI

Le séjour en Italie avait modifié les habitudes de la famille Handen. Un souffle mondain s'était glissé dans l'austère demeure, et les nombreuses invitations adressées à Mme Handen et à ses filles aînées étaient à peu près généralement acceptées. À ces réunions, Ary brillait comme un astre roi, et il était évident que l'amour-propre maternel n'était pas étranger aux sacrifices faits par la veuve du professeur. Son unique souci, sa constante préoccupation avait toujours été la direction de la maison, les soins du ménage dans lesquels elle excellait, et les plaisirs mondains avaient été de tout temps dédaignés par elle. Mais il s'agissait ici de savourer le triomphe que remportaient la haute intelligence et le talent d'Ary, la beauté de Bettina et la hautaine distinction de Frédérique. Aussi Mme Handen ne négligeait-elle aucune occasion de répondre aux avances empressées qui leur étaient faites, et elle-même s'était décidée à donner quelques dîners de cérémonie et une soirée musicale.

Bettina acceptait avec plaisir cette existence brillante. Sa jolie tête futile et vide de grandes aspirations aimait passionnément le monde, et elle jouissait de ces distractions en véritable enfant. Frédérique, toujours énigmatique, avait des périodes d'attrait pendant lesquelles elle suivait volontiers sa mère et sa sœur, puis, brusquement, sans motif, elle cherchait toutes les occasions d'éviter ce monde brillant contre lequel elle lançait alors les plus mordantes railleries. Elle se plongeait dans l'étude avec une véritable passion, et chacun, à M..., s'accordait à voir en cette jeune savante une véritable Handen.

Elle avait de brusques revirements d'idées auxquels était accoutumée sa famille. Aussi n'excita-t-elle qu'un demi-étonnement lorsqu'un jour, au repas de midi, elle annonça son intention de se rendre à une matinée littéraire, où devaient primitivement assister, seuls, Ary et Bettina, Mme Handen se trouvant fatiguée ce jour-là.

– Tiens, tu nous avais pourtant dit catégoriquement hier que tu n'irais pas, parce que la baronne Acker t'était fort désagréable ? observa Bettina.

– Oui, mais j'ai réfléchi, répondit tranquillement Frédérique. Il y aura d'excellente musique, de fort beaux vers dits par ce Norvégien, ami du baron Acker...

– Cela est fort tentant, en effet, dit Ary. Joël Ludnach a un admirable talent de diseur et il est lui-même un original et délicat poète. Mais je te croyais peu enthousiaste de poésie ?

– De la poésie vide et plate, certes ! Mais tel n'est pas le cas ici, tu dois le reconnaître, Ary ?

– Évidemment, les œuvres de Joël Ludnach dénotent un esprit élevé, un cœur enthousiaste qui ne contredit aucunement son physique, très sympathique, je l'avoue... Ainsi Frédérique, nous irons tous trois chez la baronne.

En revenant vers trois heures de la maison grise, Anita, ayant quitté sa toilette de sortie, se dirigea vers l'orangerie.

Le mois de mai finissait et le jardin se couvrait d'un enchevêtrement de plantes parasites, ronces maussades, guirlandes de liserons, modestes fleurettes aux nuances délicates, herbes folles agitant leur panache léger. Les églantiers se garnissaient de leur fraîche parure rose et les acacias laissaient pendre leurs branches qui jetaient sur le sol herbeux une jonchée de pétales blancs... L'ombre des tilleuls était fort agréable en ce chaud après-midi, et Anita allait lentement, son chapeau rejeté en arrière pour laisser l'air venir à elle en toute liberté.

Un léger mouvement d'ennui lui échappa tout à coup en entendant derrière elle un pas pressé et un bruissement de soie... Un instant après, Frédérique était près d'elle.

– Je suis à la recherche d'Ary. Thomas m'a dit qu'il était au jardin, ce qui m'étonne extrêmement, car il n'y met jamais les pieds.

Elles avancèrent en silence, leurs têtes brunes également éclairées par les rayons de lumière filtrant à travers le feuillage. La robe de soie vert foncé, un peu traînante, dont était vêtue Frédérique,

Chapitre VI

dessinait sa taille superbe et accentuait la grâce véritablement royale de sa démarche. Près d'elle, Anita, avec sa modeste robe de laine brune, semblait une Cendrillon, une ravissante servante toute prête à se transformer en princesse.

Elles étaient maintenant près de l'orangerie et Frédérique dit avec impatience :

– Ce Thomas est véritablement stupide ! Je savais bien qu'Ary ne pouvait être venu ici.

Mais Anita alla vers la porte et l'ouvrit. Ary était debout au milieu de l'orangerie. Il se retourna vivement avec un mouvement d'impatience, et le regard que rencontra sa cousine témoignait d'une extrême contrariété.

– Eh bien ! que fais-tu ici ? s'écria Frédérique qui entrait derrière Anita.

Elle regardait en même temps avec une évidente surprise l'arrangement ingénieux et charmant de ce bâtiment délaissé.

Ary désigna le portrait de la jeune dame en robe de brocart.

– Je regardais ceci, dit-il brièvement. Cette peinture est vraiment fort bonne et je ne comprends pas quelle idée l'a fait reléguer ici.

– Oui, celui qui a exécuté cela n'était pas le premier venu, dit Frédérique en examinant attentivement le portrait. Il est vrai qu'il possédait un modèle délicieux... Mais elle ressemble...

Elle s'interrompit en jetant un rapide coup d'œil vers Anita.

Ary se détourna avec une sorte de brusquerie.

– Il est temps de partir, n'est-ce pas ? dit-il en prenant ses gants dans la poche de son vêtement. Je crois que nous n'arriverons pas trop tôt.

– Oh ! rien ne nous presse, répliqua négligemment Frédérique.

Elle se promenait le long de l'orangerie, s'arrêtant pour examiner les objets délaissés dont Anita avait su tirer si bon parti. Elle cueillit une des magnifiques fleurs pourpres qui ornaient le rosier et la glissa à sa ceinture. Puis elle se tourna vers sa cousine. Celle-ci, ayant déposé ses livres sur la table, venait d'ôter son chapeau et apparaissait tout illuminée, toute radieuse sous un rayon de soleil.

– Je n'ai pas demandé à la maîtresse de ces lieux l'autorisation de prendre cette rose, dit Frédérique avec un léger sourire. Car véritablement, Anita, votre prise de possession depuis ces sept années équivaut à un acte de propriété.

Elle parlait tranquillement, sans ironie. Depuis son retour, depuis quelque temps surtout, elle était vis-à-vis de sa cousine un peu moins froide et moins dédaigneuse qu'autrefois.

– Ma prise de possession, comme vous dites, est tout à fait illusoire, répliqua Anita en souriant. Mais je n'ai jamais cru commettre de larcin en m'installant parfois ici, où je suis entourée de verdure et de fleurs.

– Oh ! non, certes, dit Frédérique avec indifférence. Vous avez bien raison. Mais, malheureusement pour vous, le conseiller souffle à ma mère et à Ary l'idée de transformer cette orangerie afin d'en faire un lieu de réunion pour l'été, nos salons étant vraiment bien sombres. Et j'y pense, tu venais probablement voir ce qu'on pourrait réellement faire, Ary ?

– Peut-être, répondit brièvement le jeune homme, qui s'était accoudé à la vieille crédence et dirigeait son regard impénétrable vers les deux jeunes filles, debout à quelques pas de lui.

Anita pâlit un peu. Ainsi on complotait de s'emparer de sa chère orangerie, on transformerait son jardin inculte et si délicieusement sauvage !

Tout cela par une nouvelle méchanceté du conseiller !

Et naturellement, lui, Ary, ne s'opposerait pas à la suppression d'une des rares satisfactions qu'eût la pauvre Anita, la parente méprisée, envers laquelle il devait certainement conserver l'aversion d'autrefois, sous la politesse très froide, mais tout à fait correcte, dont il usait maintenant envers Anita devenue jeune fille.

Frédérique, en se dirigeant vers la porte, s'arrêta près de sa cousine.

– Que diriez-vous de ce projet ? Vous ne sauriez plus où vous réfugier, jeune ermite ?

– En effet, les toits que je découvre de ma chambre ne pourront compenser ceci, dit froidement Anita en étendant la main sur le jardin. Mais enfin, je n'y puis rien. D'ailleurs, j'espère bientôt, bientôt...

Elle s'arrêta, le regard soudain joyeux, un soupir d'allégement gonflant sa poitrine.

Chapitre VI

– Eh bien ! que ferez-vous bientôt ? demanda Frédérique.

– J'espère orienter définitivement mon existence, répondit-elle brièvement.

– Cela veut dire que vous espérez trouver une occasion de quitter cette maison, dit Ary d'un ton d'indifférence.

– En effet, selon la loi, je ne suis pas libre encore ; mais moralement quels liens m'attachent ici ? Qui me retiendrait ? Avouez que vous auriez tous un soupir de soulagement en vous voyant débarrassés de moi, dit-elle en regardant ses cousins avec une fierté quelque peu ironique.

Les yeux étincelants qui ne la quittaient pas depuis un moment se détournèrent brusquement ; la main d'Ary, d'un geste nerveux, arracha quelques feuilles à un arbuste grimpant. Frédérique, sans doute pour éviter une réponse embarrassante, sortit de l'orangerie. Le jeune homme, sans regarder Anita, dit avec froideur :

– Il est évident que si vous trouviez quelque position honorable, nous n'empêcherions certainement rien... Pourquoi le ferions-nous ?

Il prit son chapeau qu'il avait déposé sur un meuble et rejoignit Frédérique.

Oui, pourquoi ?... Pourquoi refuseraient-ils de lui donner la liberté, ces parents qui la détestaient ? Certes, ils seraient bien trop heureux de se voir délivrés de cette charge !

Et elle !... Oh ! de quel cœur léger elle quitterait cette demeure qui ne lui rappelait que deuil et tristesse !... Il y aurait bien la bonne Charlotte qu'elle y laisserait, mais elle pourrait la voir encore puisqu'elle-même ne quitterait pas M... Les demoiselles Friegen lui avaient proposé de la prendre pour aide l'année suivante, et, puisqu'elle avait l'autorisation tacite d'Ary, le chef de famille, rien ne la retiendrait plus.

Anita revint ce jour-là plus tôt qu'à l'ordinaire vers la maison. En entrant dans le vestibule, elle rencontra Charlotte qui portait une tasse d'infusion à Mme Handen, un peu plus souffrante cet après-midi. La santé de la veuve du professeur, excessivement robuste autrefois, semblait se transformer depuis quelques années, c'est-à-dire depuis le jour où son quatrième fils, le petit Franz, avait été emporté en quelques heures par une maladie foudroyante. Elle n'avait laissé paraître extérieurement aucun chagrin violent, mais de fréquents et assez graves malaises l'assaillaient depuis lors, et elle y était précisément en proie ce jour-là.

– Et Mina qui est justement malade aujourd'hui ! dit Charlotte avec consternation. C'est une vraie malchance, au moment où nous sommes accablées de travail par le trousseau de Mlle Bettina. Il faut pourtant que je soigne Madame !

– Je lui porterais bien sa tisane, mais elle sera sans doute mécontente ?

– Oh ! certainement !... Mais je n'en ai pas pour longtemps, et j'irai ensuite me remettre au jupon que Mlle Bettina veut pour ce soir, je ne sais trop pourquoi.

– Laissez-moi y travailler, j'ai le temps aujourd'hui, ma bonne Charlotte, dit vivement Anita.

Et, sans écouter les remerciements de la femme de chambre, elle gagna la lingerie. S'installant près d'une fenêtre, elle attira le jupon de fin nansouk qu'il s'agissait d'orner de dentelle... Dans une large manne d'osier se trouvaient, soigneusement pliées, les parties achevées du trousseau de Bettina ; dans d'autres étaient rangées les délicates batistes, les toiles souples, les broderies et les dentelles qui devaient se transformer en petits chefs-d'œuvre sous les mains habiles de Charlotte et de Mina. Tout cela était destiné à la jolie fiancée de Wilhelm Marveld, à cette petite Bettina si enfantine, ainsi que le disait avec un peu de dédain sa sœur aînée. Il était assez étrange que le grave et savant Wilhelm se fût épris d'elle, si différente de lui-même, et qui ne serait jamais que l'aînée de leurs futurs enfants. Sans doute cela lui suffisait-il, car Bettina lui étant connue depuis de longues années, il ne pouvait s'abuser complètement sur sa valeur. Il la traitait en petite idole, la comblait de présents et était en perpétuelle admiration devant elle. Tous deux semblaient absolument heureux, chacun à sa manière.

Pour Anita, c'était la chose incompréhensible. Elle avait une plus haute idée du mariage, et jamais, songeait-elle, elle n'aurait pu supporter d'être ainsi traitée en enfant gâtée, en poupée que l'on complimente et que l'on orne de bijoux... Être regardée comme la compagne forte et fidèle sur qui l'époux peut compter en toutes circonstances, celle qui le comprend et le soutient de son inlassable affection, tel était son idéal.

Mais, en vérité, lui serait-il jamais donné à elle, la jeune fille pauvre et inconnue, traitée en paria par ses parents, de fonder un foyer, de trouver l'époux chrétien, au cœur ferme et tendre, qu'elle accepterait seul ?... Il était beaucoup plus probable que sa vie s'écoulerait solitaire, mais, malgré tout, remplie de devoirs et fleurie de quelques consolations.

L'heure du dîner approchait. Anita, ayant remis quelque ordre dans sa toilette, se dirigea vers la salle d'étude où se réunissait généralement la famille... Il ne s'y trouvait encore que Léopold et Maurice, les frères cadets d'Ary, ainsi que Félicité et les deux jeunes enfants.

— Mes sœurs et Ary ne sont pas encore rentrés, dit Félicité. La réunion se sera prolongée plus qu'à l'ordinaire.

— Et justement, j'avais une explication très importante à demander à Frédérique ou à Ary ! s'écria Léopold, un beau garçon de quinze ans, vif et gai. C'est dommage, je ne puis terminer mon travail.

— Ne pourrais-je essayer de les remplacer ? proposa Anita.

— Vous ? dit Léopold d'un ton d'incrédulité moqueuse. Tenez, voyez si vous comprenez quelque chose à cela !

Il lui tendit son cahier avec un petit rire un peu ironique qu'imitèrent Félicité et Maurice... Mais les mines changèrent lorsque Anita, avec une extrême clarté, eut élucidé en un instant le point difficile.

— Mais vous êtes très forte ! s'écria Léopold avec stupeur. C'est chez vos demoiselles Friegen que vous avez appris cela ?

— Certes, je n'ai jamais été ailleurs... Ainsi, Léopold, quand vous serez arrêté par quelque difficulté, adressez-vous à moi si votre frère ou Frédérique ne sont pas libres.

— Oh ! j'aime mieux avoir recours à vous qu'à Frédérique ! Elle est peut-être encore plus savante que vous, mais elle explique moins bien... Et puis, elle est très originale et... enfin, je peux le dire, n'est-ce pas, Félicité ?... Anita a l'air beaucoup plus aimable. Aussi, je regrette de m'être un peu moqué de vous tout à l'heure, et vous êtes bien gentille de m'avoir aidé tout de même, dit-il avec un joyeux sourire de reconnaissance en tendant la main à sa cousine.

Anita se sentit le cœur tout dilaté à cette première marque de sympathie donnée par un membre de la famille Handen. Elle accepta avec empressement de résoudre un autre point obscur qui embarrassait son jeune cousin et s'assit près de lui pour commencer son explication. Mais elle s'interrompit en voyant la porte s'ouvrir et Frédérique apparaître.

– Tiens ! tu fais la classe à Anita, Léopold ? dit-elle avec un petit rire railleur.

– Ah ! par exemple, je ne m'y risquerais pas ! Anita est terriblement savante déjà, ne le sais-tu pas, Frédérique ?

– Non, vraiment, dit-elle négligemment en jetant sur un siège le vêtement léger qui couvrait ses épaules. Les talents d'Anita me sont totalement inconnus.

– Oh ! Anita, vous allez aussi me faire honte par votre science ! dit Bettina qui apparaissait au bras de son frère.

Elle feignait un ton plaintif, mais son joyeux sourire donnait la mesure réelle de ses regrets.

– En effet, tu déroges seule aux traditions de la famille, dit Ary tout en l'aidant à ôter son vêtement. Que feras-tu, petite ignorante, près de ce Wilhelm, ce laborieux savant ?

– Mais, Ary, Wilhelm me connaît, et puisqu'il m'a choisie, c'est que je lui plais ainsi, répondit-elle avec calme.

– Ceci est absolument judicieux ! dit Frédérique en ôtant son chapeau qu'elle posa sur la table où travaillait Léopold.

Elle s'assit à côté et attira à elle le cahier de son frère.

– Comment ! tu t'es tiré de ce terrible pas tout seul ? Mes compliments, Léopold !

– Tu te trompes d'adresse, ma chère sœur. Voici l'auteur du travail, dit Léopold en désignant Anita, qui s'était un peu reculée, contrariée de se voir mettre en scène.

– Anita ? Toutes mes félicitations ! Je ne sais pourquoi je me figurais que vous étiez plus sensible aux charmes de la couture et du tricot qu'aux nobles joies de l'étude.

– Une chose n'exclut pas nécessairement l'autre, dit la jeune fille avec une certaine mélancolie, car cette réflexion de sa cousine lui faisait toucher du doigt la profonde indifférence de ces parents qui n'avaient jamais songé à s'informer du résultat de ses études. Le travail sous toutes ses formes a toujours été un plaisir pour moi.

– Et ce projet dont vous nous avez dit un mot tantôt, ce serait sans doute l'utilisation de cette science ? dit d'un ton indifférent Ary, qui s'était rapproché.

– En effet. Y trouveriez-vous quelque chose de répréhensible ? demanda-t-elle d'un accent involontairement un peu mordant.

– C'est selon, répondit-il en attirant à lui un porte-plume avec lequel il se mit à jouer négligemment. Vous portez notre nom et il ne nous conviendrait nullement de vous voir, par exemple, courir les leçons, comme si vous manquiez de pain, alors que vous vivez sous notre toit.

– Soyez sans crainte, je sais ce que je dois au nom que je porte... Cependant, si je me trouvais entièrement à votre charge, je ne regarderais pas à courir les leçons, comme vous dites, car aucun travail honorable ne me coûterait pour secouer le joug d'une lourde charité ; mais, heureusement, j'ai de quoi suffire pour le moment à mes modestes besoins et le seul don que vous me faites est l'abri de votre maison. C'est déjà trop, beaucoup trop ! murmura-t-elle avec une sorte d'amertume.

Un bruit sec se fit entendre... Le porte-plume venait de se briser entre les doigts d'Ary. D'un geste brusque, il en envoya à terre les débris et se dirigea sans prononcer une parole vers la salle à manger.

En passant devant Anita, Frédérique posa sur elle son regard énigmatique.

– Vous êtes très fière, dit-elle d'un ton approbatif. Je suis comme vous, j'aimerais mieux gratter la terre avec mes mains que de devoir quelque chose à la charité.

– C'est un sentiment répréhensible lorsqu'il devient exagéré, répliqua Anita en secouant la tête. C'est de l'orgueil alors, Frédérique, et je crains de m'en rendre souvent coupable.

– Oh ! qu'importe ! dit Frédérique avec un mouvement de tête altier qu'accompagnait un sourire railleur.

Elle semblait, ce soir-là, presque gaie, une lueur de bonheur étincelait dans ses yeux gris, communiquant un charme étrange à son visage sérieux. Elle parlait, avec une animation dont elle était peu coutumière, bien que son frère aîné ne lui répondît que par monosyllabes. Un pli soucieux barrait le front d'Ary, ses doigts avaient certain mouvement nerveux décelant une préoccupation absorbante.

– Quel enthousiasme soulève toujours ce Joël Ludnach ! dit Bettina de son petit ton paisible et indifférent. Il y avait là pourtant des gens très difficiles, des connaisseurs mais tous étaient d'accord pour le féliciter.

– Ses poésies sont extrêmement originales, répliqua Frédérique, dans les yeux de qui la petite lueur heureuse brilla plus vive. Il y a en elles la saveur du nouveau, et d'un nouveau charmant.

– Je voudrais bien l'entendre, dit Léopold avec envie. Comment m'arranger pour cela, dis, Ary ?

– Ma mère m'a engagé à inviter Joël Ludnach pour notre soirée du mois prochain, répondit laconiquement Ary.

– Eh bien ! à quoi cela m'avance-t-il, puisque je n'ai pas encore la permission d'assister aux soirées ?

– Pour une fois, et la soirée étant surtout littéraire, je ne vois pas pourquoi on ne pourrait t'y autoriser.

Léopold exécuta sur sa chaise un bond de joie qui fit sauter la table, et se mit à accabler ses sœurs de questions sur leur réunion de l'après-midi. Frédérique y répondit avec une complaisance inusitée et tous deux firent à peu près les frais de la conversation. Bettina somnolait, Félicité, toujours de frêle santé, aimait peu à parler, et Anita, tenue à l'écart du souffle mondain traversant la vieille demeure, se trouvait absolument étrangère aux connaissances et aux occupations de ses cousins. De tous ces plaisirs qui la frôlaient, aucun reflet ne l'avait atteinte dans sa vie de labeur austère... et, véritablement, lui eussent-ils été proposés, elle les aurait échangés bien volontiers, oh ! avec quelle joie ! contre un peu d'affection.

Chapitre VII

Les stores épais interceptaient la chaleur et la lumière, et le grand salon, toujours un peu sombre, était en ce moment plongé dans une obscurité presque complète... Presque, car un malin petit rayon de soleil avait réussi à forcer la consigne et se jouait avec délices sur les tentures foncées, sur les lustres anciens et les tableaux aux teintes adoucies par les siècles... Et cet intrus dansait audacieusement sur les planches d'un petit théâtre élevé au fond de la pièce, en éclairant ironiquement au passage le rude et laid visage de Thomas, occupé, avec Paolo, à disposer les chaises pour la soirée.

Car le mois de juillet était arrivé, et avec lui la date de la soirée donnée pour l'anniversaire de Bettina, la jeune fiancée. Quelques amateurs de talent avaient organisé une petite comédie dans laquelle, à son immense ravissement, Léopold devait figurer. Les poésies de Joël Ludnach, la partie musicale surtout, à cause d'Ary, auraient déjà amplement suffi à attirer les invités, d'ailleurs strictement choisis.

Quelques hommes entrèrent, et l'un d'eux remonta le store d'une fenêtre... Le brûlant soleil de cette journée d'été entra victorieusement, et avec lui un air étouffant qui chassa aussitôt la fraîcheur relative de la pièce. Les ouvriers se mirent en devoir de décorer le théâtre, mais la chaleur les rendait évidemment lents et flâneurs, et la besogne s'interrompit fréquemment... Depuis cinq minutes ils bavardaient, appuyés aux montants de bois blanc, lorsqu'une voix brève et mécontente vint les faire tressaillir.

– Croyez-vous qu'en travaillant ainsi vous aurez terminé ce soir ?

Celui qui semblait diriger les autres s'avança et s'inclina avec déférence devant le jeune maître du logis.

– Il nous reste peu de chose à faire et tout sera terminé dans une demi-heure, monsieur Handen. Mais ce temps rend les ouvriers lents à l'ouvrage.

Ary jeta un coup d'œil sur le théâtre presque achevé et donna quelques instructions, puis il se dirigea vers la porte...

Mais il s'arrêta en voyant apparaître un groupe de jardiniers, porteurs d'arbustes et de plantes vertes. Derrière eux arrivaient Bettina et Anita.

– Ah ! te voici, Ary ! dit Bettina. Imagine-toi que je suis chargée de diriger ces jardiniers, de leur donner des idées ! fit-elle d'un ton plaintif.

– Toi ! s'exclama Ary avec une incrédulité moqueuse. Pourquoi Frédérique ne s'en occupe-t-elle pas ?

– Frédérique est à son cours de cosmographie, aujourd'hui.

– Eh ! ne pouvait-elle le manquer ?... Car elle devait évidemment penser que l'on aurait besoin d'elle, dit-il avec impatience.

– Et puis, c'est sur moi que retombe la corvée... et quelle corvée ! fit-elle avec consternation, en pliant les épaules comme sous un poids insupportable. Comment ma mère a-t-elle pu penser à me confier cela ! Ary, ne crois-tu pas que l'on aurait pu aussi bien en charger Mina... ou même Thomas ?

Il ne put s'empêcher de rire et répondit d'un ton doucement ironique :

– Je crois, en effet, que Thomas aurait les mêmes capacités que toi en fait d'ornementation ! Comment vas-tu t'en tirer, ma pauvre Bettina ?

– Oh ! j'ai trouvé un moyen !... J'ai rencontré Anita dans l'escalier, je lui ai conté en deux mots mon embarras, et elle a proposé de m'aider. J'ai dit oui, car je sais comme elle a de bonnes idées... Allons ! Anita, dirigez, commandez, je surveille.

Elle se laissa glisser dans un fauteuil et appuya paresseusement sa tête blonde sur le dossier. Anita se dirigea vers les jardiniers qui s'agitaient dans un angle du salon, et on entendit sa voix douce et nette leur donner des instructions pour la disposition des plantes.

Ary était demeuré debout près de sa sœur. Il semblait songeur, et un pli de contrariété se formait sur son front.

– Je ne sais vraiment pourquoi tu as été charger Anita de cela ! dit-il au bout d'un instant avec un évident mécontentement. Il n'est pas dans nos idées de la traiter en servante.

Bettina se redressa un peu en ouvrant de grands yeux étonnés.

– En servante !... Mais c'est une tâche que l'on m'avait confiée, et, en la passant à Anita, je l'assimile à moi-même, Ary !

Il eut un geste de contrariété.

– Pas du tout, car, dans ce cas, il faudrait également lui donner, comme à toi, sa part de plaisirs. Nous ne pouvons le faire, mais alors il est injuste de l'assimiler à une de vous seulement dans le cas d'une besogne ennuyeuse... Vraiment, tu te décharges avec trop de désinvolture de ce qui gêne ta paresse ! ajouta-t-il d'un ton de vif reproche.

Mais Bettina n'en parut nullement émue et se mit à agiter lentement son petit éventail.

Chapitre VII

Ary eut un léger haussement d'épaules. Malgré son affection fraternelle, la paresseuse nullité et l'insouciant égoïsme de sa sœur lui causaient souvent une sorte d'irritation. Il se détourna et se dirigea vers une fenêtre près de laquelle conféraient Anita et le maître jardinier. La jeune fille aperçut son cousin, mais elle acheva tranquillement son explication et, l'homme ayant été retrouver ses aides, elle se disposa à rejoindre Bettina. Mais un geste d'Ary l'arrêta.

– Bettina a commis une maladresse et en a usé envers vous avec un incroyable sans-gêne, dit-il d'un ton cérémonieux. Ne vous croyez nullement obligée de continuer cette ennuyeuse surveillance.

Elle le regarda avec surprise. Depuis son retour, elle ne retrouvait plus en lui le dédain railleur qui lui était habituel autrefois. Il lui témoignait une politesse glaciale, en même temps que la plus complète indifférence. Évidemment, elle était plus que jamais pour lui une étrangère, et ces excuses qu'il lui adressait en ce moment prouvaient indéniablement qu'il entendait la voir traiter ainsi par tous.

– Je suis très heureuse de pouvoir rendre ce petit service à Bettina, dit-elle avec froideur, cette surveillance me coûte vraiment fort peu... mais si cela vous gêne, je puis me retirer.

Ary recula comme si quelque insecte l'avait touché, une contraction passa sur son beau visage subitement pâli...

– Vous vous êtes méprise sur le sens de mes paroles, dit-il avec calme. Je disais cela uniquement dans votre intérêt, afin que vous ne vous croyiez pas obligée d'accomplir une besogne peut-être déplaisante...

– Ulrich ! Quelle surprise ! dit Bettina en se soulevant un peu de son fauteuil.

Ulrich Heffer, souriant, serra la petite main qui lui était tendue et échangea une cordiale étreinte avec son cousin qui s'était avancé à sa rencontre.

– Une excellente surprise, dit amicalement Ary. Par quelles circonstances...

– Mon cher, un congé inespéré ! J'arrive hier soir à B..., mon père m'apprend que vous donnez une soirée, et j'accours, je m'invite sans façon, car j'aime les soirées, et surtout ton violoncelle, cousin...

Il s'interrompit en reconnaissant Anita qu'il salua avec empressement. Une expression de joie pénétrante éclairait soudain son loyal et gai visage.

– Vous aidez Bettina dans son rôle de surveillance, mademoiselle ? Je crois cela fort utile, n'est-ce pas, cousine ?

– Ah ! certes, répondit franchement Bettina. Et savez-vous, Ulrich, ce qu'on m'a proposé ?... Non, vous ne devineriez jamais, et la personne qui l'a fait me connaît bien peu... Un rôle dans la pièce, Ulrich ! fit-elle dans un éclat de rire.

Anita et Ulrich lui firent écho, mais Ary n'eut qu'un demi-sourire.

Depuis un instant, son regard un peu assombri ne quittait pas le visage de son cousin.

– Et vous, mademoiselle, avez-vous un rôle dans la comédie ? demanda étourdiment Ulrich.

Les sourcils d'Ary se rapprochèrent violemment, et il se détourna pour adresser une observation impatiente aux jardiniers. Mais la question d'Ulrich ne parut pas troubler Anita, et elle répondit avec beaucoup de calme :

– Je ne prends pas part aux soirées, vous le savez, monsieur Heffer.

– Ah ! c'est vrai, j'avais oublié !... Pardonnez-moi, dit-il d'un ton de regret.

– Viens-tu voir ma mère ? Elle s'occupe à organiser le buffet, mais tu ne la dérangeras pas, dit Ary en posant sa main sur l'épaule de son cousin.

Sa voix avait des vibrations irritées, et le regard que rencontra Anita était très froid, presque dur.

Les deux cousins s'éloignèrent dans la direction de la salle à manger... En traversant la salle d'étude, Ulrich s'arrêta tout à coup et posa sur son cousin un regard sérieux.

– Vraiment, Ary, je te croyais un homme de justice et de devoir ! dit-il de sa belle voix sonore. Pourtant, tu m'en fais douter, mon ami.

– Ah ! Et comment cela ? demanda négligemment Ary.

– Mais en traitant cette pauvre jeune fille, ta cousine, comme tu le fais, comme vous le faites tous !

– C'est-à-dire en martyre, dis franchement le mot...

Il parlait d'un ton moqueur, mais une lueur de colère avait traversé son regard.

– Pas d'exagération, Ary, je parle sérieusement, dit Ulrich avec gravité. Il ne s'agit pas ici de martyre, mais de l'abandon moral tout à fait voulu et systématique où vous avez laissé cette parente ; il s'agit de cette cruauté qui vous la fait reléguer dans sa chambre, tandis qu'au-dessous d'elle s'amuseront d'autres jeunes filles de son âge, dont la plupart ne la valent pas... En conscience, Ary, cela est-il juste et conforme aux intentions de ton père ?

– Quel enthousiasme, mon cher ! dit ironiquement Ary. Tu fais un excellent avocat mais malheureusement tu ne me convaincras pas. De tout temps, nous nous sommes tracé vis-à-vis de la fille de Bernhard Handen cette ligne de conduite, et nous ne nous en écarterons pas. Il est impossible d'oublier qu'elle est la fille d'une aventurière, la petite fille de modestes ouvriers, et que son père fut cause de la mort prématurée du nôtre... Aussi, bien que nous lui prêtions, d'après le vœu de mon père, l'honorable abri de notre toit, elle doit toujours rester en dehors de la famille.

Il prononça ces mots avec une décision hautaine, mais son front eut une légère crispation.

Ulrich secoua la tête d'un air désapprobateur. Cependant, connaissant son cousin, il jugea inutile d'insister... Il entra dans la salle à manger où Mme Handen surveillait les apprêts du buffet. Frédérique se trouvait là aussi. Sans doute venait-elle de rentrer, car elle avait encore son chapeau et tenait sous le bras une volumineuse serviette. Elle accueillit Ulrich avec une indifférence qui ne lui était pas habituelle autrefois envers son cousin, honoré dès l'enfance d'une prédilection particulière de cette nature peu prodigue d'affection... Mais le jeune homme ne parut pas s'en apercevoir, et sa gaieté n'en fut aucunement troublée.

La soirée d'Anita devait se passer tout entière dans sa chambre, car elle n'était pas admise au dîner qui réunissait, outre Wilhelm Marveld, quelques étrangers parmi lesquels figurait Joël Ludnach. Elle prit donc son repas solitaire et se mit à travailler.

Mais une invincible tristesse l'envahissait. C'était le souvenir des paroles dures, et méprisantes qui lui avaient été prodiguées dans son enfance, la pensée de son abandon et de cette hostilité froide qui l'environnait toujours... Et puis – car enfin elle était jeune, pleine de vie et d'entrain – elle ne pouvait, malgré sa piété et son sérieux, s'empêcher d'éprouver un léger regret à la pensée de cette soirée qui commençait au-dessous d'elle, véritable régal artistique dont elle aurait su si bien apprécier les beautés.

La demie de onze heures avait sonné, et elle travaillait encore. Mais elle s'aperçut tout à coup qu'un livre indispensable lui manquait, et elle se rappela l'avoir laissé dans la salle d'étude. Léopold avec qui elle était demeurée en excellents termes, le lui avait emprunté la veille et elle n'avait pas songé à le reprendre. Tant pis, elle s'en passerait !

Et elle se remit à écrire, essayant de fermer l'oreille aux sons du piano qui montaient jusqu'à elle, mêlés par instants à ceux, incomparablement pénétrants, du violoncelle d'Ary.

Mais, décidément, elle ne pouvait se passer de ce livre. Son travail, long et extrêmement difficile, n'avançait pas du tout... Pourquoi n'irait-elle pas le chercher ? La salle d'étude, ne faisant pas partie des pièces consacrées à la réunion, devait être évidemment fermée et déserte. Très facilement, elle pourrait y parvenir sans être vue.

Un instant plus tard, Anita arrivait au bas de l'escalier. Elle s'arrêta un moment, indécise... Le vestibule était brillamment éclairé, et par la porte du salon entrouverte, venait un bruit de voix et de rires remplaçant la musique qui avait cessé.

Mais Anita se rassura en se disant qu'on ne pouvait l'apercevoir. Elle se glissa jusqu'à la salle d'étude et ouvrit doucement la porte. Mais elle recula aussitôt. Cette pièce, qu'elle croyait trouver complètement obscure, était éclairée par l'illumination du grand salon. La porte de communication était ouverte, mais un superbe bosquet de palmiers masquait cette issue... En réalité, les invités réunis dans le salon ne pouvaient rien apercevoir dans cette salle.

Anita le constata avec soulagement, et elle s'avança pour chercher son livre. Mais elle demeura tout à coup immobile. Les conversations avaient cessé, et, au milieu d'un religieux silence, une voix s'élevait seule – une voix singulièrement douce et charmeuse, qui disait une poésie exquise, empreinte d'une grâce mystérieuse... En avançant un peu la tête, Anita put apercevoir, à travers les feuilles écartées du palmier, le grand salon plein d'une foule élégante et sur le petit théâtre, un inconnu, jeune, mince et très blond, aux grands yeux bleus rêveurs... C'était probablement Joël Ludnach, le poète norvégien.

Machinalement, le regard d'Anita se dirigea vers un groupe placé près du bosquet de palmiers. Outre plusieurs jeunes personnes qui lui étaient inconnues, il y avait là Bettina, bâillant doucement derrière son éventail, Wilhelm qui la contemplait d'un air de béatitude ; Frédérique, dont Anita ne pouvait apercevoir le visage, tourné vers le théâtre. Comme sa sœur cadette, elle était vêtue de faille blanche, mais tandis que des ornements vaporeux agrémentaient la toilette de Bettina, la sienne était absolument simple, à part une immense collerette Médicis en dentelle d'où ressortait sa tête fière, couronnée d'une magnifique chevelure crêpelée.

Elle détourna tout à coup son visage et Anita demeura frappée de surprise. Était-ce bien la froide et sombre Frédérique, cette belle créature au sourire radieux, au regard étincelant de bonheur ?

Les applaudissements saluaient le poète qui se trouva entouré de gens empressés à le complimenter. Frédérique se leva et fit quelques pas dans cette direction... Mais le conseiller Handen apparut tout à coup près d'elle.

– Ah ! tu vas aussi féliciter ce nuageux personnage, dit-il avec un gros rire narquois.

Il n'avait pas paru s'apercevoir du brusque mouvement de recul de sa nièce et du regard dur, plein d'aversion, qui se tournait vers lui.

– ... Il me déplaît souverainement, ce famélique poète, et je ne comprends pas l'engouement de mes concitoyens pour cet étranger.

Tout ce qu'un regard humain peut exprimer de colère et de haine était empreint dans les yeux gris qui se fixèrent un instant sur le conseiller. Mais il ne vit rien, étant occupé à examiner le groupe qui entourait le poète.

– Où est donc Ulrich ?... N'est-ce pas lui que j'aperçois dans ce coin là-bas ?... Vous êtes donc brouillés ? dit-il en jetant un coup d'œil méchamment curieux sur la physionomie glacée de sa nièce.

Elle détourna la tête sans répondre. Sa lèvre avait un pli dédaigneux, sa main longue et fine agitait nerveusement un éventail de plumes blanches.

– Ce serait dommage, reprit le conseiller d'un ton patelin. Oui, il serait véritablement regrettable de ne pas mettre à exécution ce projet de mariage, projet tacitement adopté de tout temps par vos familles. Mais je ne sais si Ulrich...

Il s'interrompit, regardant en dessous la jeune fille. Mais les yeux de celle-ci étaient obstinément tournés du côté opposé.

– ... Oui, je crains que ce pauvre Ulrich – un garçon fort intelligent, mais une tête folle que tu aurais besoin de mettre à la raison, Frédérique – je crains, dis-je, qu'il ne médite quelque sottise. Quel coup de théâtre si, un jour, il venait demander à ta mère, non la main de la cousine qui lui est promise depuis l'enfance, mais celle de...

Il s'interrompit encore et coula le même regard inquisiteur vers Frédérique. Mais elle ne broncha pas et ne détourna pas la tête. Cela exaspéra le conseiller.

– Es-tu changée en statue ? dit-il en lui saisissant brusquement le bras.

Elle se dégagea presque avec violence et le regarda avec hauteur.

– Eh ! que m'importe ce que vous racontez là, mon oncle ! Ulrich est libre d'épouser qui lui plaît... et moi aussi ! ajouta-t-elle en redressant orgueilleusement sa tête brune.

– Ah ! par exemple ! murmura le conseiller absolument abasourdi. Tu t'arranges de cela... là, tout de suite ?... Et as-tu idée de celle dont je veux parler ?

– Oh ! je vous avoue que cela me préoccupe peu ! dit-elle avec une profonde indifférence en faisant quelques pas pour s'éloigner.

– Vraiment, tu ne tiens pas plus que cela à Ulrich ?... Que t'a-t-il donc fait ?... Et tu le verrais peut-être sans déplaisir solliciter la main d'Anita ?

Malgré l'empire qu'elle possédait sur elle-même, Frédérique ne put retenir un geste de stupeur.

– Anita !... À quoi pensez-vous, mon oncle ? Le fils du pasteur Heffer ! Vous avez de l'imagination ! dit-elle avec ironie.

– Bien, bien, nous verrons qui rira le dernier, grommela le conseiller, exaspéré. Vous êtes donc tous aveugles pour ne pas vous apercevoir de l'attitude admiratrice prise par ce garçon en présence d'Anita – et cela, on peut le dire, depuis le jour où il l'a vue, tout enfant !... Et la petite, pas sotte, pose pour la triste abandonnée et fait des mines malheureuses afin d'attendrir ce naïf et de le prendre dans ses filets.

Frédérique eut un geste de protestation.

– Pour cela, mon oncle, vous vous méprenez ! Malgré nos légitimes préventions contre cette jeune fille – ou, pour parler plus exactement, contre ses parents – il est loyal de reconnaître qu'elle s'est toujours tenue à sa place et n'a jamais eu l'ombre de coquetterie. Elle est parfaitement simple et franche, et cette tristesse dont vous semblez lui faire un crime est assez explicable dans sa situation. Quand à Ulrich, je suppose que vous vous êtes mépris sur ses sentiments, et que vous ne devez voir là que la bonté, l'amabilité naturelles à son caractère.

– Ah ! tu la défends aussi, toi ! Ma parole, elle va vous ensorceler tous !... Voilà déjà Léopold qui n'a que sa louange à la bouche...

Il s'éloigna en mâchonnant des mots furieux et se dirigea vers Ulrich. Mais en voyant venir ce personnage qu'il ne pouvait souffrir, le jeune homme se leva vivement et rejoignit le groupe entourant le poète norvégien et Ary. Frédérique s'était avancée aussi de ce côté, et de gais propos, de joyeux éclats de rire venaient de cette jeune réunion. Le conseiller se dit qu'il n'avait que faire là, et, d'assez mauvaise humeur, il alla retrouver les graves et importants personnages à têtes chauves ou grises réunis dans le fumoir.

Peu après, Ary, qui semblait fatigué et soucieux, sortit du grand salon où une pianiste attaquait une rapsodie de Liszt.

Chapitre VIII

La conversation du conseiller et de sa nièce s'était commencée à voix basse, à cause des jeunes personnes étrangères qui se trouvaient près d'eux. Mais celles-ci s'étant éloignées, le conseiller avait un peu élevé la voix. Anita, occupée à chercher son livre qui demeurait introuvable, n'avait d'abord rien entendu. Enfin, elle mit la main sur le volume et s'apprêtait à s'éloigner, lorsque son nom, prononcé par le conseiller et répété par Frédérique, vint frapper son oreille... puis la phrase incrédule et dédaigneuse de Frédérique et les paroles méchantes du conseiller.

Oui, elle avait entendu, et maintenant elle demeurait immobile, rougissante de douleur et de colère... Ainsi, voilà ce qu'il avait imaginé, cet homme qui la détestait ! La compassion d'Ulrich, la politesse aimable dont il usait envers elle étaient si bien en désaccord avec la manière d'agir de sa famille qu'elles avaient frappé la malveillance toujours en éveil du conseiller, et maintenant il allait colporter – si ce n'était déjà fait – l'idée éclose en son cerveau fertile en méchancetés. Mme Handen serait informée que son neveu pensait épouser l'orpheline détestée ; Frédérique, quoi qu'elle en dît – par bravade, probablement – ne pourrait plus supporter la présence de celle qu'on lui montrerait prête à la supplanter ; Ary... Mais la langue venimeuse du conseiller n'avait-elle pas passé par là ? N'était-ce pas l'explication de la physionomie sombre et contrariée du jeune homme lorsque, cet après-midi même, Ulrich avait adressé la parole à sa cousine ?

Ainsi, sa position dans cette maison n'avait pas encore semblé assez pénible au vindicatif conseiller ; il s'attachait à la rendre plus dure encore – ou, plus exactement, impossible.

Les tempes d'Anita battaient nerveusement, ses mains brûlaient de fièvre... Elle s'était toujours heurtée ici à la malveillance plus ou moins déguisée, mais jamais encore ce sentiment n'avait revêtu l'apparence perfide, la lâcheté qui essayait aujourd'hui d'exciter sournoisement contre elle les membres de sa famille, si hostiles déjà. L'enfant aimante, la jeune fille loyale et fière se sentait à la fois révoltée et brisée devant cette haine tenace qui la poursuivait.

Elle n'entendait pas les harmonies étranges de la *Rhapsodie hongroise*, elle ne voyait plus rien... D'une main fébrile, elle ramassa le livre qui avait glissé à terre et sortit de la salle d'étude.

Mais elle demeura subitement clouée au sol. De la pénombre du vestibule venait de surgir une forme masculine, haute et svelte. C'était Ary qui se promenait de long en large, les bras croisés sur sa poitrine, la tête penchée dans une attitude méditative...

Cette tête se redressa soudainement, le jeune homme, d'un geste las, passa la main sur son front. En même temps, ses yeux, dans lesquels se reflétait une profonde tristesse, se dirigèrent

Chapitre VIII

machinalement du côté où Anita, revenue de son saisissement, reculait dans l'ombre protectrice.

Ary eut un tressaillement et son regard exprima une extrême surprise. Se voyant découverte, Anita s'avança résolument.

– J'avais oublié ceci dans la salle d'étude, dit-elle en montrant le volume.

Il lui était insoutenable de penser que sa présence ici, à cette heure, pouvait être attribuée à une vulgaire curiosité.

– En aviez-vous donc absolument besoin ce soir ?

Elle crut percevoir un peu d'ironie dans son accent. Comprimant la petite irritation qui la gagnait, elle répondit avec froideur :

– Je ne pouvais m'en passer pour terminer un travail que je dois présenter demain. Sans cette nécessité, je ne me serais pas risquée à rencontrer l'un de vos invités... ou même vous.

Un sourire railleur entrouvrit les lèvres d'Ary.

– Moi surtout, probablement ? Mais avez-vous donc coutume de travailler si tard ?

– Rarement, mais cette semaine je suis accablée de besogne. Mlle Rosa Friegen est malade et j'ai emporté les devoirs de ses jeunes élèves afin de les corriger.

Ary eut un mouvement d'impatience.

– Décidément, il est dans vos idées de faire la maîtresse d'école ! dit-il ironiquement.

Son regard se fixait avec irritation sur le joli visage un peu pâli et creusé qui se tournait vers lui.

– Ces veilles prolongées ne peuvent que nuire à votre santé, et je suppose qu'il serait raisonnable de vous les interdire absolument.

Elle le regarda avec une intense surprise. À quel propos s'occupait-il de sa santé ? Probablement pour lui susciter quelque ennui, la priver de sa liberté de travail ? Oui, c'était cela, on n'en pouvait douter.

– Qu'importe ! dit-elle sèchement. Qui s'inquiétera si je me fatigue ou non ? J'ai besoin de travailler pour vivre, puisque la somme que je tiens de mon père sera insuffisante lorsque j'aurai ma liberté. Si je ne veux pas végéter dans des emplois subalternes, si je tiens à conquérir un jour une position un peu élevée dans l'enseignement, il m'est indispensable de posséder la plus grande somme possible de savoir.

– Cela est évident, mais il est au moins inutile d'y ajouter les corvées imposées par Mlle Friegen.

La jeune fille eut un énergique mouvement de protestation.

– Rien ne m'est imposé, et c'est de mon plein gré que j'ai proposé à Mlle Rosa – qui s'y est longtemps refusée – de lui rendre ce petit service. Je lui dois bien cela, certes !

Ary fit quelques pas vers le salon, puis se retourna tout à coup.

– Ainsi, vous vous destinez irrévocablement à l'enseignement ?

Son regard impérieux scrutait avec attention la physionomie de sa cousine.

– Mais oui, ainsi que je vous l'ai déjà dit. C'est pour moi le seul parti à prendre.

– Vraiment !... Vous croyez ? dit-il d'un ton railleur. Il y a cependant d'autres voies... le mariage, par exemple.

Les yeux étincelants semblaient chercher à pénétrer l'âme d'Anita, et la jeune fille dut faire appel à toute sa volonté pour ne pas laisser transparaître l'agitation amenée en elle par cette question. Les perfides et mensongères paroles du conseiller se présentaient nettement à son esprit, et, vraiment, il lui était impossible de supporter la pensée qu'Ary la crût capable de manœuvres hypocrites dont l'accusait son grand-oncle.

– Je ne me laisse pas aller à des rêves aussi inutiles, je vous prie de le croire, dit-elle froidement. Qui donc aurait la pensée de demander la main d'une orpheline pauvre et délaissée, absolument inconnue ? Je ne comprends même pas que cette supposition vienne à l'esprit de celui qui a si constamment proclamé, par ses paroles et par ses actes, que j'étais une paria, une créature que l'on peut mépriser et humilier... parce que ma mère était fille d'ouvriers et se servait de sa voix pour gagner le pain quotidien.

La main d'Ary, d'un geste nerveux, arracha la fleur piquée à sa boutonnière et se mit à la pétrir impitoyablement. Son beau visage était devenu d'une pâleur mortelle. Mais, sans s'en apercevoir, Anita continuait :

– Je me trouve précisément obligée, d'un côté, de garder une

Chapitre VIII

certaine situation sociale, et là se révèle l'opportunité de mon projet. L'enseignement est une carrière honorable et estimée qui ne pourra porter ombrage à votre amour-propre, dit-elle avec une mordante ironie. Songez donc, si j'avais fait quelque modeste et pauvre mariage !... Décidément, je crois que ma résolution est la bonne.

– Nous verrons si les circonstances ne la feront pas faiblir, dit-il d'un ton glacial. Dans tous les cas, il ne saurait être question de quitter cette maison avant votre majorité.

Il s'éloigna dans la direction du salon. Paolo apparaissait sur le seuil du couloir de l'office. Il jeta en passant un regard surpris sur la jeune fille, vêtue de laine grise, qui demeurait comme une Cendrillon, en dehors de l'élégant tourbillon s'agitant près d'elle.

Anita gravit lentement l'escalier. Une nouvelle souffrance venait de fondre sur elle. Cette liberté qu'elle souhaitait si ardemment, ce départ de la maison Handen, cet espoir qui la fortifiait dans son travail sans relâche, tout cela venait de s'évanouir, d'être reculé à plusieurs années par un caprice d'Ary... ou, plus exactement, par un sentiment de vengeance du jeune homme qu'avaient froissé sa franchise et le reproche tacite qu'elle lui avait adressé. Car on ne pouvait réellement exprimer autrement cette défense faite d'un ton tranchant, un véritable ton de maître. Et il l'était vraiment, car le tuteur d'Anita, un vieux cousin de son père, ne voyait que par ses yeux. Ainsi, il lui faudrait bien obéir à cette volonté implacable. Il faudrait demeurer ici encore !

Mais elle se reprocha aussitôt cette plainte intérieure. Qu'avait-elle à se désoler, puisque, plus heureuse que beaucoup, elle possédait la forte amitié des demoiselles Friegen, l'ardente affection de Charlotte... et, surtout, puisqu'elle avait celui en qui se résument toutes les tendresses de la terre ?

Elle s'était arrêtée un instant sur le palier du premier étage. Un léger courant d'air venait jusqu'à elle, la faisant un peu frissonner. L'atmosphère extérieure avait été considérablement rafraîchie par une averse torrentielle, mais les appartements étaient étouffants, et la jeune fille se sentait saisie par cette transition.

Sans doute quelque fenêtre était-elle demeurée ouverte, malgré la pluie qui commençait à tomber avec violence.

Anita fit quelques pas dans la direction de l'escalier du second, puis elle revint en arrière. Il était décidément préférable d'aller fermer cette fenêtre, car cela occasionnerait une gronderie à Charlotte ou à Mina si Mme Handen trouvait les parquets mouillés.

Guidée par le courant d'air, la jeune fille, marchant très légèrement pour ne pas éveiller les enfants, arriva au bout du couloir, en face de la chambre occupée par Léopold et Maurice. Ce soir ce dernier s'y trouvait seul. L'air venait de cette pièce par la porte entrouverte.

Anita la poussa complètement et retint, par un suprême effort de volonté, le cri d'effroi qui allait sortir de ses lèvres. La fenêtre était ouverte ; un homme, arrivé au sommet d'une échelle, s'apprêtait à sauter dans la chambre. Un second individu, penché sur le lit de Maurice, s'occupait à bâillonner le malheureux enfant.

Anita vit tout cela en un clin d'œil. Mais l'homme qui entrait par la fenêtre l'aperçut aussi, au moment où elle reculait doucement pour aller donner l'alarme en bas. Avec une exclamation de rage, il s'élança vers elle. Elle bondit sur le palier en jetant un cri :

– Au secours !... Ary !

Le malfaiteur s'était jeté sur elle, mais elle se débattait avec énergie. Tout à coup, elle sentit une lame pénétrer dans sa chair, une douleur aiguë lui mordre le bras. Au même instant, il lui sembla qu'on la lâchait, qu'elle tombait à terre, puis elle s'évanouit.

On ouvrant les yeux, elle vit quelqu'un penché sur elle. Mais cette syncope lui avait certainement laissé un peu de vague dans l'esprit, car il lui semblait sentir une main froide et tremblante qui pressait la sienne, elle croyait distinguer, s'attachant sur elle, un regard empreint d'une inexprimable angoisse. En réalité, il n'y avait là qu'Ary.

Le jeune homme se redressa un peu brusquement en voyant se fixer sur lui les grandes prunelles bleues d'Anita. D'un signe, il appela Paolo qui entrait, tout émotionné, et témoignant son agitation par de grands gestes et des exclamations italiennes.

– Tais-toi, dit impérieusement Ary, et va prévenir Charlotte que Mlle Anita est blessée. Mais tâche que personne d'autre ne le sache pour l'instant, il est inutile de troubler la soirée.

– Maurice... voyez Maurice ! balbutia la voix tremblante d'Anita.

Elle essayait en même temps de se soulever, mais un geste d'Ary l'arrêta.

– Restez en repos ! ordonna-t-il tout en s'élançant vers le lit de son jeune frère.

Il eut une exclamation d'angoisse et enleva rapidement le bâillon et les liens entourant les membres de l'enfant. Celui-ci était évanoui.

Lorsque, quelques instants plus tard, Ary, aidé de Charlotte, eut réussi à le ramener à la vie, ce fut pour le voir demeurer tremblant et sans voix, son regard plein de terreur sans cesse tourné vers la fenêtre.

– L'enfant est d'une faible santé et excessivement nerveux. Je ne sais ce qu'il adviendra de cela, murmura Charlotte d'un ton inquiet, tandis qu'elle pansait avec dextérité le bras d'Anita.

– La blessure n'est-elle vraiment pas grave ? Un médecin est-il nécessaire ? demanda Ary.

Il était demeuré près du lit de son frère et se retournait pour faire cette question d'un ton anxieux.

– Le médecin... pour cette égratignure ! s'écria Anita. Non, non, cela se guérira tout seul et très vite. Mais ne croyez-vous pas que pour Maurice...

– Oui, il le faut pour lui. Je suis véritablement très inquiet de ce tremblement qui augmente de minute en minute... Charlotte, envoyez vite Thomas... ou plutôt Paolo, il est plus leste. Puis revenez aider Anita à monter chez elle, car le repos lui est absolument nécessaire après cette secousse.

La femme de chambre sortit, et Ary se mit à arpenter lentement la pièce. Il s'arrêta tout à coup devant Anita assise dans un fauteuil près de la fenêtre.

– Vous êtes vraiment tombée à point pour empêcher les malfaiteurs d'accomplir leur œuvre, dit-il d'une voix qui frémissait un peu. Sans vous, nous étions en partie dévalisés, tandis que l'on s'amusait en bas. Les misérables avaient bien choisi leur jour et aussi cette partie de la maison, plus déserte et plus accessible que les autres. Si cela ne doit pas vous fatiguer, pouvez-vous me dire en deux mots ce que vous avez vu ?

Quand elle eut terminé, il hocha la tête d'un air soucieux.

– Ce sont évidemment des gens qui connaissaient bien la maison.

J'ai à peine entrevu celui qui vous tenait, car, en m'entendant arriver, il vous a lâchée et s'est précipité vers la fenêtre où son complice l'avait précédé. Cependant, j'ai cru trouver une ressemblance avec un homme que nous avions donné, il y a quelques années, comme aide à Thomas, lorsqu'il a été si malade. C'était un assez mauvais sujet...

Un gémissement le rappela vite près du lit de Maurice. L'enfant tremblait toujours et s'agitait étrangement. Ary demeura assis près de lui, son regard angoissé fixé sur le pâle petit visage de son frère. Charlotte revint peu après, annonçant la prompte arrivée du docteur et apportant un cordial pour Anita.

La jeune fille, l'ayant bu, se leva et s'approcha du lit de Maurice.

– Pauvre enfant ! dit-elle avec émotion. Que ne suis-je arrivée plus tôt !

Elle posa sa main sur le front de l'enfant, et, sous cette pression d'une extrême délicatesse, Maurice parut éprouver un soulagement. Sa physionomie contractée se détendit un peu, mais le tremblement qui inquiétait tant Ary ne cessa pas.

– Croyez-vous que ce soit très grave ? demanda Anita.

– On peut tout craindre avec une nature impressionnable telle que celle-là. Heureusement – et nous devons en bénir Dieu – que je me trouvais en bas de l'escalier lorsque vous avez jeté votre appel. Un second malheur aurait été probablement à déplorer.

Sa voix tremblait légèrement, et il passa la main sur son front comme pour en chasser quelque idée obsédante.

– Mais ne demeurez pas debout, Anita, montez vite vous reposer. Souffrez-vous beaucoup ?

– Oh ! c'est très supportable !... Et fort heureusement, c'est le bras gauche !

– Oui, cet accident n'interrompra pas votre labeur acharné. Cependant, il faudra vous résigner à demeurer au moins toute la journée de demain au repos complet, car je m'aperçois que vous avez aussi des tremblements nerveux... Il faut me promettre cela, Anita.

Il parlait avec sa froideur habituelle, mais il n'avait plus l'accent autoritaire qui avait si fortement froissé Anita lorsqu'il lui avait déclaré sa volonté tout à l'heure dans le vestibule.

– Oh ! oui, cela, je vous le promets volontiers, dit-elle tranquillement.

– Ce serait tout autre chose s'il s'agissait de l'abandon de vos projets d'enseignement ! fit-il avec une légère ironie.

– Certes ! Ceux-là sont immuables, je vous en préviens. Vous pouvez m'empêcher de les mettre à exécution quelques années encore, mais après, je serai libre... enfin ! murmura-t-elle avec un soupir d'allégement.

Les sourcils d'Ary se froncèrent légèrement, ses lèvres frémirent un peu.

– En vérité, je suis un impitoyable tyran ! dit-il en essayant de parler avec un calme railleur. C'est bien ainsi que vous me considérez, n'est-ce pas ?

– En tout cas, vous prenez plaisir à tourmenter sans motif une pauvre créature qui ne demande que le droit de travailler pour vivre et de quitter une demeure où vous l'avez accueillie à contrecœur, dit-elle en levant vers lui son regard fier. Car c'est là tout ce que je demande, monsieur Handen... et c'est là aussi ce que vous me refusez inflexiblement.

– Pour le moment, oui, car vous êtes trop jeune. Nous verrons plus tard, dit-il tranquillement.

Un rayon d'espoir éclaira les grandes prunelles bleues d'Anita.

– Votre décision n'est donc pas sans appel ?... Oh ! alors, vous réfléchirez, vous reconnaîtrez que j'avais raison, vous me donnerez la liberté...

– Nous verrons, répéta-t-il avec le même calme. Rappelez-vous que je ne promets rien.

– Mais je crois que vous ne serez pas assez cruel pour empêcher la réalisation d'un projet qui vous importe si peu, après tout ! Non, vous ne l'empêcherez pas, j'en suis certaine !

En parlant ainsi, elle levait vers lui son regard où passait une inconsciente prière. Il pâlit et détourna le sien vers le lit de Maurice.

– Il sera temps de voir cela plus tard... Bonsoir, Anita, tâchez de dormir et laissez-vous bien soigner par Charlotte, dit-il d'un ton bref.

Il s'inclina légèrement, et Anita s'éloigna au bras de Charlotte.

En bas, le piano résonnait, jetant à tous les coins de la maison les échos d'une valse fantastique. Personne, dans l'élégante assemblée, ne s'était douté du drame commencé là-haut.

Le monde de pensées tourbillonnant dans le cerveau d'Anita l'aurait empêchée de trouver le sommeil en dehors même de la douleur ressentie à son bras blessé et de l'agitation nerveuse causée par le danger qu'elle avait couru. Cette soirée, qu'elle croyait passer si tranquillement, avait été fertile en événement pénibles et tragiques.

Elle frissonna au souvenir de l'agression. Sa nature énergique l'avait soutenue au moment du danger, mais maintenant elle se sentait brisée. Un peu de fièvre la gagnait ; sans cesse, devant son regard, flottait la vision de l'odieux conseiller, un sarcastique sourire aux lèvres, et près de lui Ary, sévère et méprisant. Puis le regard de ce dernier changeait d'expression. C'était celle qu'elle avait rêvée tout à l'heure en revenant à elle, cette expression d'indicible angoisse.

Elle passa brusquement la main sur son front moite et brûlant. Ces idées étranges, ces folles imaginations étaient le produit de la fièvre, tout simplement.

Charlotte revint bientôt. Des larmes coulaient sur les joues de l'excellente femme. D'une voix brisée, elle apprit à Anita que le docteur était fort inquiet au sujet de Maurice. L'enfant venait d'avoir une crise nerveuse d'une extrême violence, et Ary avait fait prévenir Mme Handen.

– Elle n'a pas dit un mot, mademoiselle, pas jeté un cri ; elle est aussi calme qu'à l'ordinaire ; mais, voyez-vous, il ne faut pas s'y tromper. Madame n'a jamais aimé que son mari et ses enfants, tout son cœur s'en est allé là. Aussi, vous pensez ce qu'elle doit en souffrir. Ils sont tous partis en bas, M. le conseiller le premier, car le malheur le fait toujours fuir. Mlle Frédérique passe le reste de la nuit près de son frère, mais Madame ne veut pas s'en aller de là. Ah ! Seigneur, comment cela finira-t-il ? gémit-elle avec angoisse. Mais, mademoiselle Anita, je venais vous prévenir que M. Ary veut que le docteur monte pour vous voir... Oui, il le veut absolument, répéta-t-elle en voyant le geste de dénégation de la jeune fille. Or, il faut toujours obéir à M. Ary, chacun sait ça.

Oui, Anita le savait par expérience. Cependant, il avait paru regretter un peu son interdiction absolue, il avait été vraiment moins sévère, ce soir, et il montrait pour elle une certaine sollicitude, très inaccoutumée. Question de stricte justice et de correction mondaine, évidemment.

Lorsque Charlotte se fut éloignée, Anita se souleva un peu sur son lit et joignant les mains, murmura en regardant le crucifix :

– Seigneur, ne punissez pas celle qui a refusé de servir de mère à une orpheline. Gardez-lui son fils, mon Dieu !

Chapitre IX

Un silence absolu régnait dans la salle d'étude. Il y avait là cependant de jeunes êtres pleins de vie, mais une exacte discipline leur avait toujours fait considérer comme sacrées ces heures attribuées au travail, et même en ce jour qui était l'avant-veille du mariage de leur sœur, aucun ne pensait à s'y soustraire, pas plus Frédérique que la petite Claudine.

Un peu à l'écart, Mme Handen cousait près de la fenêtre ouverte. Les années avaient marqué leur trace sur ce visage autrefois d'une beauté fraîche – ce placide visage de blonde qui avait charmé Conrad Handen pendant... eh bien ! pendant le temps exact de leurs fiançailles, car bien vite, dans l'intimité et le contact continuel de leurs âmes, il avait compris les divergences absolues qui les séparaient. Aujourd'hui, Mme Handen était vieillie et lasse, mais le gouvernement de sa maison – cette constante préoccupation de sa vie – n'avait pas échappé à ses mains habiles.

Son regard se leva un instant et se dirigea vers l'extrémité de la pièce. Là, près d'une seconde fenêtre, travaillait Anita, et à côté, sur un lit de repos était étendu Maurice. Dans les yeux de la mère passa un éclair de douleur. L'enfant qui était là serait désormais infirme. Après plusieurs jours de lutte, il avait été sauvé de la mort, mais les jambes demeuraient inertes, atteintes d'une paralysie nerveuse. Oui, il ne serait qu'un triste infirme, le bel enfant sérieux, l'intelligent Maurice, qui était le vivant portrait du défunt professeur. Et, sur ce pâle petit visage, on pouvait lire une mélancolie qui ne s'effacerait peut-être plus.

Mme Handen détourna la tête avec un imperceptible soupir.

Anita travaillait assidûment, mais, de temps à autre, elle levait ses beaux yeux bleus vers le petit malade, et un doux sourire, un mot aimable venaient mettre un peu de gaieté sur cette physionomie souffrante. Maurice s'était pris d'une vive affection pour sa cousine. Cela avait eu lieu dès les premiers jours de sa maladie, alors que la jeune fille, plus fatiguée qu'elle ne l'aurait pensé par cette secousse, avait dû demeurer quelque temps au logis. Un matin, en descendant, elle avait rencontré Ary. Celui-ci avec la courtoise politesse d'un homme du monde s'adressant à une étrangère, s'était informé de sa santé – devoir dont il s'acquittait d'ailleurs ponctuellement chaque jour près de Charlotte, ainsi que la femme de chambre l'avait appris à Anita. Celle-ci l'avait alors interrogé sur Maurice et Ary lui avait fait part des tristes pronostics du médecin.

– S'il guérit, il ne pourra plus marcher, notre pauvre petit Maurice ! murmura-t-il avec une émotion qui faisait trembler sa voix. Il est si calme, si résigné ! Il demande souvent de vos nouvelles, Anita, et souhaite ardemment vous voir.

Dans son immense compassion pour l'enfant si douloureusement frappé, Anita avait accédé avec empressement à ce désir et, dès lors, Maurice l'avait réclamée chaque jour. Comme on ne refusait rien au petit malade, Mme Handen avait autorisé Anita à venir quand elle le voudrait près de son fils.

– C'est un caprice de malade qui passera vite, avait-elle dit.

Mais la jeune fille avait vu tout autre chose dans ce désir de Maurice. C'était l'affection d'une petite âme très ardente sous des dehors froids qui s'offrait à la cousine jusqu'ici délaissée et moralement inconnue. Cette attirance subite était due sans doute en partie à ce fait qu'elle lui était apparue dans la nuit néfaste comme un ange libérateur, mais peut-être fallait-il l'attribuer plus encore à l'irrésistible influence du charme très doux et si pur qui émanait d'Anita.

Elle occupait donc maintenant sa place dans le cercle de la famille – place bien humble, bien effacée d'ailleurs. Elle venait travailler souvent dans la salle d'étude, car Maurice, peu exigeant, se trouvait satisfait, pourvu qu'il la vît près de lui. Parfois, elle lui faisait la lecture ou entamait avec lui une conversation enjouée qui laissait voir, en cette jeune fille à l'ordinaire silencieuse et réservée, un fonds naturel de gaieté et une simplicité d'enfant. Le charme de cette nature consistait précisément dans le mélange de cette simplicité avec une raison au-dessus de son âge, une intelligence remarquablement développée et un jugement très sûr. Dans ces entretiens destinés à distraire et à réconforter le petit infirme, elle faisait habilement entrer quelque enseignement moral que savait apprécier l'enfant précocement réfléchi. Et chaque jour elle regrettait qu'il ne lui fût pas permis de faire connaître les dogmes admirables et consolants du catholicisme à cette petite âme souffrante.

Sauf Mme Handen, qui se montrait toujours aussi froide et même légèrement agressive, les autres membres de la famille semblaient accorder à Anita un peu plus d'attention. Frédérique elle-même lui adressait assez souvent la parole, généralement pour discuter quelque point d'histoire ou de science – faveur très rarement accordée et seulement à ceux ou celles qu'elle jugeait à peu près égaux à elle en intelligence et en savoir.

Ary, sans se départir de sa froideur distante, était vis-à-vis de sa cousine le plus correct des hommes du monde dans les rapports obligés que nécessitait leur présence près du petit malade. Car Maurice aimait passionnément son frère aîné et celui-ci était le seul, avec Anita, qui eût réussi à adoucir le désespoir des premiers jours. En dépit de ses préventions, Anita avait dû intérieurement rendre justice à la tendresse fraternelle, au dévouement parfait d'Ary. Tandis que des succès l'attendaient dans plusieurs cités allemandes, alors que des compositions inachevées s'étalaient sur sa table de travail, il n'avait pas quitté son jeune frère malade et lui avait prodigué les soins les plus tendres. Et maintenant encore, il venait fréquemment s'asseoir près de lui, causant gaiement, mettant sa profonde intelligence à la portée de l'enfant et déployant pour lui la magie de ce talent universellement célèbre.

Anita jouissait – avec quel plaisir ! – de ces petites auditions privées, car il se trouvait qu'Ary venait faire de la musique chez son frère précisément lorsqu'elle était près du petit infirme, occupée à travailler ou à causer. Le jeune homme jouait complaisamment tout ce que lui demandait Maurice, mélomane passionné. Celui-ci, d'ailleurs, consultait souvent les goûts de sa cousine, car il avait remarqué l'enthousiaste admiration dont témoignait le beau regard d'Anita au cours de ces petites séances musicales que multipliait

Ary. Maintenant, celui-ci connaissait probablement toutes les préférences de ses deux auditeurs, car il ne se trompait jamais dans le choix des morceaux de maîtres ou des improvisations personnelles qui pouvaient leur plaire davantage.

– Que dites-vous de cela, Anita ? demandait souvent Maurice lorsque l'archet d'Ary avait fait vibrer la dernière note d'une mélodie exquise, soudainement éclose dans l'esprit du jeune artiste et exécutée par lui avec un charme incomparable.

– Oh ! c'est tellement beau ! disait-elle, encore sous le coup d'une émotion qu'elle n'avait pu maîtriser et qui se manifestait si bien sur son expressive physionomie.

Ary avait un léger sourire devant cette naïve admiration d'une petite fille ignorante. Il était, en effet, accoutumé à bien d'autres hommages ! Et, si Anita avait remarqué la petite lueur heureuse qui traversait son regard sérieux, elle n'aurait jamais eu l'idée de l'attribuer à la satisfaction procurée par son compliment Implicite.

Parfois, Ary laissait pour un instant son instrument, il parlait de son art en penseur et en poète, et Anita l'écoutait, involontairement charmée, répondant par une observation juste et fine lorsqu'il lui demandait son opinion, ou l'interrogeant sur quelques points artistiques un peu obscurs qu'Ary savait merveilleusement élucider.

– Comme vous vous intéressez à tout ! Comme vous comprenez bien, Anita ! lui dit un jour Maurice. C'est bien dommage que vous n'ayez pas appris la musique !

Elle avait un peu pâli, en se rappelant soudain les paroles cruellement méprisantes qui lui avaient été dites, jadis, lorsqu'elle avait demandé la raison de l'ostracisme qui frappait, pour elle, l'art aimé entre tous.

Ary avait détourné un peu brusquement les yeux, et son archet, manié d'une main nerveuse, avait exécuté une fantaisie étrange, mélange de plaintes mélancoliques et d'élans farouches, qui était une pure merveille.

– Oh ! il faut transcrire cela, Ary ! s'était écrié Maurice, enthousiasmé.

– Certes non, cette sottise n'en vaut pas la peine, avait répondu dédaigneusement Ary en levant les épaules. C'est une impression d'un moment, impression insaisissable dont je ne me souviens déjà plus.

Ainsi Anita, dans ses rapports fréquents, bien que toujours dépourvus d'intimité, avait pu reconnaître qu'Ary méritait l'estime enthousiaste dont il était l'objet partout où il paraissait, de même que l'orgueilleuse admiration de sa mère et l'affection ardente de ses frères et sœurs, y compris Frédérique... Oui, il avait un noble cœur, une intelligence tout à fait supérieure ; sur toutes choses, ses opinions étaient extrêmement élevées, et son appui se trouvait acquis à toutes les grandes causes.

Et cependant, comment concilier ces sentiments avec l'injustice dont il était complice envers la fille de Bernhard Handen ? Car s'il ne lui témoignait plus l'animosité parfois cruelle d'autrefois, il prouvait, par son attitude si froidement réservée, par son excessive politesse même, qu'il n'avait cessé de la considérer comme une étrangère. Évidemment son orgueil lui dictait toujours cette conduite envers celle qu'il qualifiait autrefois avec tant de mépris de « fille d'aventuriers »... Mais c'était là, songeait Anita avec une tristesse mélangée d'irritation, une injustice et une faiblesse qui déparaient extrêmement ce caractère si admiré.

Il entrait en ce moment, et Anita, en levant machinalement les yeux, rencontra son regard, un peu assombri, qui se dirigeait vers elle. Derrière lui apparaissait Ulrich Heffer, de retour d'un voyage de vacances au Danemark.

Pour éviter tout prétexte aux venimeux racontars du conseiller, Anita avait résolu de se tenir à l'écart, sans affectation, lorsque le fils du pasteur viendrait chez les Handen. Elle se leva donc et se mit à rassembler ses livres, un peu après avoir répondu au cordial salut du jeune homme.

– Vous partez ? dit la voix plaintive de Maurice. Cela vous gêne peut-être d'entendre parler tandis que vous travaillez ? Mais il faudrait vous reposer un peu, Anita.

– Oh ! je ne suis pas fatiguée du tout, je vous assure, Maurice, dit-elle en passant doucement la main sur l'épaisse chevelure blonde de l'enfant.

– Pourtant on croirait bien que vous avez mal à la tête. Je pense que vous travaillez trop, Anita.

– Et moi, j'en suis sûr, dit la voix brève d'Ary.

Il s'était rapproché de son frère, et son regard un peu impérieux se posait sur le visage légèrement fatigué d'Anita.

– Oui, vous exagérez le travail, surtout après cette secousse encore récente. Il serait beaucoup plus raisonnable de laisser vos livres pour ce soir.

– Soit ! répondit-elle avec indifférence. Je vais me reposer au jardin.

– Il y fait encore étouffant à cette heure, dit Frédérique qui avait aussi abandonné ses livres et quittait son siège.

Véritablement, il fait meilleur ici, Anita.

– Allons, asseyez-vous, dit joyeusement Maurice.

Sans insister davantage, Anita reprit sa place près de l'enfant. Frédérique s'assit à peu de distance et invita Ulrich à lui faire connaître ses impressions de voyage. Ce que voyant, Félicité et Léopold, même Hermann et la petite Claudine, s'empressèrent de s'approcher pour écouter le jeune homme, très amusant conteur. Seules, Mme Handen et Bettina demeurèrent à leur place. La jeune fille tenait entre ses doigts une broderie commencée, mais elle restait oisive, le regard vaguement fixé au plafond, comme aux jours de son enfance. La mère avait un instant abandonné son ouvrage, et ses yeux bleu pâle se posaient sur le groupe réuni près de Maurice, tour à tour empreints d'amertume, de fierté ou d'aversion, selon qu'ils s'arrêtaient sur le jeune malade, Ary ou Anita.

Ary s'était accoudé au dossier du siège de Frédérique, et son regard distrait se fixait sur le jardin que l'on entrevoyait, verdoyant et sauvage, à travers les stores baissés. Il tressaillit tout à coup, comme tombant d'un rêve, en s'entendant interpeller par la voix sonore d'Ulrich.

– Sais-tu qui j'ai rencontré chez mon cousin Rusfeld, Ary ? Notre ancien camarade Friedrich Longman, qui passe sa vie à voyager à travers le monde. Il m'a parlé de toi avec enthousiasme, car, étant de passage à Florence, il t'a entendu à Santa-Maria del Fiore et encore dans je ne sais quelle autre église. Et ceci – entre parenthèses – nous a procuré l'agrément d'une filandreuse allocution de l'honorable M. Derdrecht qui se trouvait présent à notre entretien. Il paraît que ce fait d'un protestant zélé donnant l'appui de son talent à une cérémonie catholique l'inquiète énormément.

– Vraiment ? dit négligemment Ary dont le beau visage s'éclaira d'un sourire moqueur. Ce fait n'est cependant pas isolé, car j'ai joué maintes fois dans les églises catholiques.

– Ary ! ceci n'est-il pas vraiment répréhensible ? dit la voix un peu agitée de Mme Handen.

Elle s'était levée et se rapprochait de son fils.

– Mais non, ma mère, pas du tout. Ceci se fait tous les jours parmi les artistes, et il faut le rigorisme de M. Derdrecht pour trouver là matière à reproche.

– Derdrecht est un excellent chrétien, répliqua sèchement Mme Handen, et, par son ardent dévouement à notre religion, il est fort apte à juger ces questions. Sa piété...

– Dites son hypocrisie, ma mère ! interrompit vivement Ary. Je ne puis souffrir ce mielleux personnage qui excelle dans l'art de déchirer son prochain en le comblant de caresses.

– Ah ! par exemple voilà bien mon avis ! s'écria Ulrich, tandis que Frédérique faisait un geste approbateur.

Mme Handen semblait pétrifiée. Elle se remit pourtant assez vite et enveloppa son fils d'un regard d'indicible stupeur.

– Toi !... c'est toi, Ary, qui oses dire cela ! balbutia-t-elle. Cet homme si honorable, universellement estimé dans notre ville !... Et Ulrich s'en mêle aussi !... Si son père l'entendait !...

– Mon père partage mon opinion à ce sujet, ma tante. Malgré toute sa bonté, il éprouve toujours un sentiment de répulsion en présence de cet homme.

– Allons, ma mère, ne vous émouvez pas ainsi, dit Ary en se rapprochant de Mme Handen.

Mais elle le repoussa avec une certaine irritation, très rare envers ce fils qui possédait sur elle un empire absolu.

– Je ne supporterai pas de telles calomnies en ma présence, dit-elle sèchement. Tu me parais étrangement changé, Ary, et M. Derdrecht avait peut-être raison en me faisant part de ses craintes à ton sujet, en me dépeignant les dangers courus par ta foi dans ces voyages à travers des pays impies...

– Ah ! cet homme estimable, ce pieux personnage se préoccupe de moi... de ma conscience ? dit ironiquement Ary. Très obligé, vraiment ! Mais je n'ai aucune velléité de me mettre sous sa direction, je vous assure... Quant à ce terme d'impies appliqué aux contrées catholiques visitées par moi, je ne le comprends pas, en vérité, ma mère. Ceux qui pratiquent cette religion sont des chrétiens comme nous, et il y a parmi eux – en grand nombre – d'admirables caractères et de véritables héros... D'ailleurs, on ne peut le méconnaître, les grandes inspirations de l'art musical découlent du catholicisme, et il me semble impossible d'en trouver une étincelle dans notre foi protestante si on la dépouillait de tout ce qu'elle a gardé de cette même religion romaine.

Anita releva brusquement la tête et regarda Ary avec une intense surprise. Ces paroles lui semblaient absolument inattendues dans la bouche de ce protestant zélé. Mais non, au fait, n'étaient-elles pas compréhensibles de la part de cette âme droite et loyale qui avait pu toucher du doigt les différences immenses séparant les deux religions ?

– Je ne sais vraiment pas ce qui se passe en toi, Ary ! Voici maintenant que tu t'apprêtes à décrier notre sainte religion ! dit Mme Handen d'un ton oppressé.

Il était visible qu'elle avait peine à garder le calme dont elle se départait si rarement.

– Soyez tranquille, ma mère, il n'y a en tout ceci que des émotions d'artiste, dit Frédérique avec un sourire ironique.

Elle se leva et posa sa main sur l'épaule de son frère. En même temps, ses grands yeux gris se levaient vers lui, empreints d'une tendresse dont elle était peu prodigue.

– N'est-ce pas, Ary, que tu ne vois dans le catholicisme qu'un beau spectacle pour les yeux ?

Il secoua doucement la tête en la regardant d'un air sérieux.

– On voit bien que tu n'as pas approché comme moi de cette religion, de ses dogmes sublimes, de ces cérémonies d'un merveilleux symbolisme. Non, Frédérique, il y a là plus qu'un spectacle. C'est une âme qui vibre ou plutôt des milliers d'âmes unies en une seule, celle du Christ sauveur qui les dirige en la personne de son Vicaire... Mais ne craignez rien, dit-il en voyant les visages stupéfiés qui se tournaient vers lui, je ne suis pas pour cela catholique. Ainsi, Anita, ne vous réjouissez pas trop tôt en me croyant prêt à devenir votre coreligionnaire.

Une vive rougeur envahit le visage de la jeune fille. Avait-il donc aperçu le regard de surprise joyeuse qui s'était levé involontairement vers lui ? Mais ces derniers mots, prononcés d'un accent railleur, étaient destinés à couper court aux pieuses espérances qu'elle aurait eu la folie de concevoir. Oui, Frédérique avait raison, il n'y avait là qu'une question d'art et d'imagination.

Et, sans doute, Mme Handen en jugeait-elle ainsi, car elle parut se rasséréner après cette dernière déclaration de son fils.

– Tu as quelquefois des idées bizarres, de véritables idées d'artiste, Ary. Je ne m'en défie pas toujours et tu me causes des inquiétudes.

– Il n'y a vraiment pas de quoi, ma mère, dit Frédérique avec un petit rire sarcastique. Je ne vois pas trop pourquoi Ary se gênerait pour chercher le bonheur ailleurs que dans notre religion.

– Frédérique !... Mais, véritablement, tous mes enfants sont-ils fous ? s'écria Mme Handen avec stupeur.

Tout conspirait aujourd'hui pour la faire sortir de son habituelle placidité.

– Frédérique s'explique mal, ma mère, dit Ary en arrêtant d'un signe impératif la réplique de sa sœur. Il ne s'agirait pas de quitter notre religion pour la première idée venue, fût-elle en apparence la plus admirable, la plus propre à flatter l'esprit et à séduire l'imagination ; mais si un jour la vérité se montrait ailleurs, notre devoir serait de tout sacrifier pour l'atteindre... Est-ce bien là ta pensée, Frédérique ?

– Mais non, pas absolument. Qu'est-ce que la vérité ? dit-elle, sans penser peut-être qu'elle rééditait la question de Pilate à Jésus. Oui, qu'appelles-tu la vérité ?... Pour moi, il me semble que c'est le bonheur... ou la parcelle de bonheur que nous pourrons recueillir en cette vie.

– Frédérique, tu raisonnes en païenne ! s'écria Ary avec une surprise un peu indignée. Où est donc ta foi, et qu'as-tu fait des enseignements qui t'ont été donnés ?

– Les enseignements ? On m'a dit que j'étais libre de les interpréter à mon gré, et j'en ai conclu qu'il n'y avait rien de certain, que je pouvais croire ce qui me plairait. De là à ne rien croire du tout, il n'y a qu'un pas. Une religion qui ne s'appuie sur aucune autorité, qui n'éclaire rien, qui laisse dans le vague tant d'angoissantes questions, croyez-vous que ce soit là une religion idéale, et pensez-vous que je puisse trouver là le bonheur dont j'ai besoin ? dit-elle d'un ton d'ironie amère.

– Ce sont là d'intolérables paroles ! s'écria Mme Handen presque hors d'elle-même. Cesse de les prononcer en présence de ces enfants. Oui, au moins, n'enlève pas la foi aux autres par tes opinions détestables, puisées sans doute dans ces livres au milieu desquels tu passes ta vie. Mais je mettrai ordre à cela, car jamais un de mes enfants n'abandonnera la vraie foi.

– Cela n'est pas en votre pouvoir, ma mère, dit Frédérique d'un ton de triomphe en redressant sa belle tête hautaine. Non, vous ne pouvez rien sur notre conscience, sur l'intime de notre cœur. Mais enfin, rassurez-vous, je ne suis pas encore si impie que vous semblez le croire, et je suppose que vous pouvez encore conserver un peu d'espoir de sauver mon âme.

Anita tressaillit à cet accent railleur et jeta vers l'étrange jeune fille un regard d'indicible pitié. Eh quoi ! en était-elle là, pauvre Frédérique ! Oh ! que ne pouvait-elle tenter de retirer cette malheureuse âme dans la voie où elle s'égarait, en lui montrant celle, lumineuse et sûre, où elle marchait elle-même !

Mme Handen, un pli soucieux au front, regagna sa place. Frédérique s'approcha de la fenêtre et, levant le store, offrit à l'air son front brûlant. Ses beaux yeux se levèrent farouches et pleins de détresse, comme s'ils voulaient scruter le ciel.

Maurice, évidemment fatigué de la discussion qui avait eu lieu près de lui, fermait les yeux avec lassitude. Les autres enfants avaient quitté la pièce pour prendre leur récréation. Debout un peu à l'écart, Ulrich semblait absorbé dans la contemplation d'un tableau. Très attaché par habitude et par intérêt de famille au protestantisme dont il n'avait jamais cherché à sonder les doctrines, il trouvait incompréhensibles et choquants les sentiments exprimés par Frédérique, et cette désapprobation se lisait clairement sur sa physionomie.

– Frédérique vous fait compassion, n'est-ce pas ?

Anita regarda Ary avec surprise. Il s'était assis en face d'elle, près de Maurice, et venait de faire cette question d'un ton indifférent.

Sans doute avait-il, cette fois encore, surpris le regard attristé jeté par la jeune fille à sa cousine.

– Oui, je l'avoue, dit-elle avec une émotion qu'elle ne put maîtriser. Je ne me serais pas douté que Frédérique fût si près de perdre la foi.

– Et vous souhaiteriez de la sauver, sans doute ?

Elle rougit légèrement. Quelle faculté possédait-il donc de deviner ses pensées ? Cela l'irrita un peu, d'autant plus que la question avait été faite, lui semblait-il, avec un peu d'ironie.

– Vous ne devez pas en douter, je suppose, et ce doit être là le sentiment de tout chrétien, dit-elle froidement. Aussi le tenterai-je par mes faibles prières.

– Oui, ce sera là le plus sûr moyen, répondit-il d'un ton grave.

Il n'y avait plus trace de raillerie dans le regard qui se dirigeait plein d'une émotion inquiète vers la forme mince et incomparablement élégante penchée à la fenêtre.

– Mais, après tout, il ne faut rien exagérer, et il n'y a là, vraisemblablement, qu'une des idées paradoxales propres à ce caractère assez énigmatique.

– Peut-être, dit Anita sans pouvoir réprimer un geste de doute. Mais d'ailleurs, je la comprends un peu...

– Vous la comprenez ? murmura Ary avec l'accent d'une extrême surprise. Vous, une catholique... et très fervente, paraît-il !

– C'est bien pour cela que je comprends les angoisses et les doutes de ceux qui n'ont pas ce bonheur ! répondit-elle avec vivacité.

Elle s'attendait à une riposte dédaigneuse ou irritée, mais Ary demeura silencieux, une expression pensive dans le regard.

Chapitre X

Quelques instants plus tard, les jeunes filles quittaient la salle d'étude afin de changer de toilette. Le dîner réunissait, outre le conseiller Handen et Wilhelm Marveld, le pasteur Heffer avec sa femme et ses filles, ainsi que quelques autres parents. En raison de la stricte intimité de cette soirée, Anita n'en avait pas été exclue. Le contraire ne lui aurait aucunement déplu, car la présence du conseiller était toujours pour elle un ennui. Mais enfin, il n'y avait pas de prétexte pour s'en dispenser.

Et, sans empressement, elle revêtit la plus élégante de ses toilettes : une robe de lainage bleu foncé qui ferait certainement un étrange contraste avec les costumes clairs de ses cousines. Le pire, c'est qu'elle était passablement défraîchie. Mais la petite bourse d'Anita était fort mince pour l'instant, car il y avait dans le quartier une famille si misérable ! N'aurait-il pas été criminel, pour acheter une robe neuve, de refuser sa petite obole à ces pauvres gens ? Et d'ailleurs, qui s'occuperait du plus ou moins de fraîcheur de sa toilette dans cette réunion où elle était destinée, comme d'ordinaire, à passer inaperçue ? Avec ce fichu de gaze blanche, confectionné la veille par ses mains habiles, elle serait encore présentable.

La coquetterie la plus recherchée n'aurait pu trouver mieux... Ce costume foncé, le nuage vaporeux de cette gaze autour de son teint d'Espagnole, sa belle chevelure brune aux ondulations naturelles, tout cela formait un ensemble d'une sobriété, d'une simplicité délicieuse, qui s'harmonisait merveilleusement avec ce visage aux traits si fins, à l'expression d'une lumineuse et fière douceur.

Ce fut le cri spontané de Maurice lorsque Anita descendit près de lui.

– Que vous êtes jolie, Anita !

L'enfant se trouvait seul dans la salle d'étude où il prenait ses repas depuis qu'il ne pouvait plus se mouvoir. Mais, par la porte entrouverte, il voyait ce qui se passait dans le salon, et fréquemment l'un ou l'autre de ses parents venait lui tenir compagnie. À son exclamation, quelques personnes debout non loin de cette porte se retournèrent vivement. Anita souhaita avec ardeur de rentrer sous terre lorsqu'elle eut reconnu en l'une d'elles le conseiller, lorsqu'elle rencontra son regard plein d'une malice diabolique.

– Ah ! vous jouez à la petite violette, mademoiselle Anita ! s'écria-t-il de sa grosse voix railleuse. Vous avez mis du temps à étudier votre robe, hein ? C'est assez bien réussi, vraiment, et bien des naïfs pourraient s'y laisser prendre. Vous êtes une dangereuse petite coquette et vous excellez à jouer la comédie de la tristesse et de la simplicité. Mais vous avez, du reste, de qui tenir ! acheva-t-il d'un ton d'insultant mépris.

Aux premiers mots de cette apostrophe inattendue, Anita avait tour à tour rougi et pâli, car jamais le malveillant personnage n'avait montré si ouvertement devant tous ses sentiments haineux à l'égard de la fille de son neveu. Mais, à ces dernières paroles qui s'adressaient à sa mère morte, l'indignation lui fit surmonter son premier saisissement.

– Vous pouvez m'injurier, moi qui ne suis qu'une enfant sans défense, mais je ne souffrirai pas que vous insultiez ma mère, s'écria-t-elle en fixant ses grands yeux étincelants de colère sur le conseiller qui ricanait méchamment.

– Oui, c'est odieux, mon oncle, ce que vous faites-là ! s'écria Frédérique d'un ton méprisant.

Ulrich, le regard chargé de colère, avait fait un pas en avant et ouvrait la bouche pour riposter vertement au conseiller. Mais quelqu'un s'approchait vivement. Sous l'éclatante lueur des lampes posées près de Maurice apparut le visage d'Ary, très pâle et témoignant d'une effrayante irritation.

– Que signifient de semblables paroles, mon oncle ? Dois-je vous rappeler, tout d'abord, les égards qui sont dus à une femme ? dit-il d'une voix qui tremblait d'indignation.

– À une femme ? Tu appelles une femme cette petite fille ! s'écria le conseiller avec un éclat de rire sardonique. Et tu me demandes la raison du petit discours que j'ai tenu à lui adresser ? Mon cher neveu, c'est que j'ai en horreur, oui, positivement en horreur ces petites saintes nitouches, ces...

– Taisez-vous, mon oncle, je ne souffrirai pas un instant de plus qu'Anita soit ainsi insultée ! interrompit Ary avec une sorte de violence. Je ne sais à quel propos vous vous attaquez à sa toilette – et Frédérique comme Ulrich se le demandent aussi, probablement, – mais si vous la trouvez trop dépourvue de fanfreluches, il y a non loin d'ici une pauvre famille qui sait où est passé l'argent qui aurait procuré une toilette neuve à Anita. Il y a encore, monsieur le conseiller, des âmes qui savent se priver et supporter des humiliations pour secourir leur prochain.

Le regard d'Anita, indiciblement surpris, se leva vers Ary. Comment était-il instruit de cela ?

Mais le conseiller eut un formidable haussement d'épaules et s'éloigna en marmottant entre ses dents les mots « d'habile comédie ».

– Enfin, le voilà parti ! s'écria Frédérique avec un soupir de soulagement. Ary, tu me blâmais autrefois de mon antipathie pour lui, mais tu peux juger si j'avais raison. Bien qu'il soit malheureusement notre grand-oncle, tu ne peux méconnaître l'étonnante malveillance de ce caractère, surtout envers certaines personnes... moi, par exemple, et vous, ma pauvre Anita. Oui, vous aussi êtes favorisée de sa haine. Mais ne vous en tourmentez pas, ce qu'il pourra dire contre vous ne sera jamais cru par nous, ajouta-t-elle en tendant la main à sa cousine avec un élan bien rare chez elle.

– Oh ! non, jamais, soyez-en assurée, mademoiselle Anita ! dit Ulrich avec vivacité.

Son visage, si jovial à l'ordinaire, témoignait d'une vive colère, et le regard dont il avait suivi le conseiller en disait long sur ses sentiments à son égard.

Il s'éloigna avec Frédérique et rentra dans le salon. Anita se laissa tomber sur une chaise près de Maurice. Elle était maintenant toute pâle, et, malgré ses efforts, des larmes voilaient son regard. Cette courte scène l'avait brisée, en lui montrant une fois de plus l'aversion tenace et bassement cruelle dont la poursuivait celui qui était cependant son grand-oncle.

– Pourquoi pleurer, chère Anita ? dit la voix compatissante de Maurice. Oubliez vite ce que vous a dit ce méchant oncle, je vous en prie !

– Non, ne pleurez pas, Anita. Cela, voyez-vous, je ne pourrais le supporter, dit la voix émue d'Ary.

Il était demeuré appuyé contre la table de Maurice, les bras croisés et le regard très sombre. En entendant les paroles de son jeune frère, il venait de se retourner et s'approchait d'Anita.

La jeune fille leva ses yeux encore brillants de larmes sur celui qui venait de prononcer ces étonnantes paroles. Était-il donc d'une sensibilité particulière, cet Ary cependant si maître de lui-même, si orgueilleusement énergique, pour ne pouvoir supporter la vue des larmes ?... Cela était, sans doute, car son visage encore pâle témoignait d'une profonde émotion.

– ... Les paroles si inattendues et si odieuses qui viennent de vous être adressées mériteraient, si leur auteur n'était mon oncle, que

Chapitre X

j'en exige immédiatement la réparation. Ne le pouvant, je vous prie de recevoir toutes mes excuses et de croire que je déplore de toute mon âme ce qui vient de se passer.

– Ary, n'as-tu pas entendu que le dîner était annoncé ? dit Félicité en apparaissant au seuil de la salle d'étude.

– Me voilà... Venez, Anita.

Mais elle leva vers lui un regard un peu hésitant.

– Ne pensez-vous pas qu'il serait préférable que je dîne avec Maurice ? Je crains que le conseiller...

Mais il l'interrompit avec un sourire.

– Crainte inutile, Anita, je suis là et je puis vous assurer que, devant moi du moins, il ne renouvellera pas ses attaques.

– Je vous remercie de m'avoir défendue ! dit-elle avec élan.

– C'était chose toute naturelle ; mon devoir de cousin et de chef de famille m'ordonne de vous prêter aide et protection en toutes circonstances. Ne l'oubliez pas, Anita.

Ils entrèrent tous deux dans le salon et Anita alla rejoindre le groupe des jeunes filles, parmi lesquelles Anna et Élisabeth Heffer se faisaient remarquer par leurs manières simples et affables. Anita les avait vues à chacun de leurs voyages à M..., et toujours elle avait trouvé chez ces jeunes personnes la même amabilité, avec cet attrait fait de bonté et de droiture qui distinguait le pasteur et son fils. Comme contraste, ce soir-là, une autre jeune fille, leur parente, toisa Anita avec hauteur et répondit à peine à son salut. C'était là une des mille piqûres journalières, lot de la parenté pauvre et presque reniée – autrefois du moins. Mais le dîner se passa pour Anita assez gaiement, grâce au voisinage des demoiselles Heffer et d'Ulrich, et à l'éloignement du conseiller. Celui-ci, qui semblait de détestable humeur, avait pris pour cible le héros du jour, Wilhelm Marveld. L'excellent garçon le laissait dire, absorbé qu'il était dans la contemplation de sa jolie et placide fiancée. Mais il vint un moment où Ary, qui semblait fort impatienté, riposta assez sèchement à son oncle, et celui-ci finit par se renfermer dans un silence maussade.

Le dîner terminé, Anita alla rejoindre Maurice, ainsi qu'elle le faisait chaque soir. Mais la migraine la gagnait, et Maurice, s'apercevant qu'elle fermait les yeux, lui dit gaiement :

– Allez vite vous reposer, Anita, je ne veux pas que vous restiez ici pour moi. D'ailleurs, voici Ary et Léopold qui viennent me tenir compagnie.

– Oui, reposez-vous, Anita, et ne pensez plus à ce qui s'est passé tout à l'heure, dit Ary en lui tendant la main.

C'était la première fois.

Il avait eu une seconde d'hésitation qui n'avait pas échappé à Anita, et, lorsque la petite main de sa cousine se posa dans la sienne, ses traits eurent une rapide crispation.

Mais enfin, il avait réparé d'une façon tout à fait correcte la faute de son grand-oncle. Oui, Anita devait lui rendre cette justice. Et, tout en remontant vers sa chambre, elle songeait qu'il avait dû faire subir à son orgueil, à ses préjugés, une extrême violence, pour transformer ainsi son attitude envers elle et – pour la première fois – avoir fait allusion à leurs liens de parenté.

Ce soir-là, en cherchant un objet dans son armoire, Anita mit la main sur un très léger petit paquet enveloppé de papier de soie. Elle eut un tressaillement. Ses doigts tremblants écartèrent le papier et son regard plein de larmes se posa sur un tout petit bouquet flétri, une grappe de lilas blanc et une rose rouge, tous deux teintés d'une indéfinissable nuance jaunâtre et exhalant un léger parfum, un peu âcre. Un étroit ruban de soie noire les réunissait... un ruban qui avait retenu les boucles brunes d'une petite orpheline amenée un soir dans cette maison.

Et ces fleurs avaient touché un instant la dernière demeure du père bien-aimé... Un instant seulement, car aussitôt une main irritée les avait saisies et jetées au loin, une jeune voix méprisante avait appelé Anita « voleuse », et – souvenir ineffaçable – avait insulté Bernhard Handen en l'accusant d'avoir causé la mort du professeur.

Cependant, ce même jeune garçon, orgueilleux et cruel, aujourd'hui devenu un homme, venait de prendre la défense de la cousine méprisée, il s'était montré vraiment bon, sincèrement irrité des grossières attaques du conseiller. Un sentiment de stricte justice, acquis par l'âge et la réflexion, lui avait fait surmonter l'aversion que lui inspirait certainement toujours la fille de Bernhard.

Anita se laissa glisser à genoux devant son crucifix. Durant ces sept années, elle avait eu fréquemment à lutter contre des sentiments de haine s'agitant dans son cœur d'enfant et d'adolescente. Maintenant, éclairée et fortifiée par la religion, elle savait pardonner. Mais cela... cette scène douloureuse qui s'était passée près du cercueil de son père, le mépris ironique d'Ary chaque fois qu'il avait parlé de sa mère ; tous ces dédains qui ne s'adressaient pas à elle, mais à ses parents bien-aimés, pouvait-elle sans ingratitude les oublier ?

Chapitre XI

Le mois de septembre touchait à sa fin. Les tilleuls jaunissaient et se dépouillaient, brûlés par le soleil persistant d'un été torride, l'herbe se fanait en prenant une teinte grisâtre, et les dernières fleurs sauvages croissaient à l'ombre des massifs d'arbustes. C'était déjà l'automne – un automne précoce et maussade – avec un ciel gris de plomb et un vent aigre qui soulevait des tourbillons de poussière.

On aurait pu attribuer à l'état de l'atmosphère les physionomies mélancoliques qui peuplaient la maison Handen. En réalité, c'était le départ d'Ary qui en était cause. L'intention primitive du jeune homme avait été de passer le commencement de l'hiver à M..., mais, subitement, quelques jours après le mariage de Bettina, il avait déclaré ne pouvoir refuser l'offre d'une série de concerts en Belgique. En conséquence, son départ avait été irrévocablement fixé à la fin du mois.

Ce jour était arrivé, amenant dans la maison une recrudescence de tristesse. Ary était aimé de tous, et le rude Thomas lui-même se mêlait aux louanges qui lui étaient décernées à l'envi. Seulement, celui-là trouvait une compensation dans le départ de Paolo qu'il ne pouvait souffrir. L'adresse de l'Italien, son attachement passionné à son maître portaient ombrage au maussade serviteur.

Dans l'appartement d'Ary, Paolo s'agitait au milieu des malles, tandis que son maître, accoudé à une fenêtre, regardait vaguement les platanes de la promenade voisine et les enfants s'ébattant dans les allées poussiéreuses. Les hirondelles décrivaient leurs courbes au-dessus de lui, quelques moineaux babillards s'agitaient sur les corniches sculptées de la maison d'en face. Et Ary, le front traversé d'un grand pli, sentait une immense tristesse l'étreindre à la pensée qu'il lui fallait quitter cette demeure. Y laissait-il donc vraiment quelque chose de plus qu'autrefois ?

Il s'éloigna de la fenêtre et, traversant un couloir, ouvrit une porte presque toujours close depuis sept ans. Là était le cabinet de travail du défunt professeur, demeuré tel qu'au dernier jour de sa vie. Le manuscrit terminé en avait été seul enlevé, afin de répandre dans le monde savant les connaissances remarquables et les recherches dues à un labeur patient qui s'y trouvaient renfermées. Le nom de Conrad Handen, déjà connu, était dès lors devenu célèbre. Mais l'auteur de cet ouvrage admiré n'avait pas joui de sa gloire, et le sanctuaire où s'était élaborée son œuvre demeurait à jamais désert.

Ary écarta un des lourds rideaux abaissés devant les fenêtres, ce qui permit à un filet de jour de pénétrer dans la pièce très sombre. Il y flottait une vague odeur de renfermé, et la poussière avait envahi les meubles et les volumes épars un peu partout. Thomas, chargé d'aérer et d'épousseter ici chaque semaine, avait évidemment négligé depuis longtemps de remplir son office.

Ary demeura un instant immobile, considérant avec une respectueuse émotion cette pièce où, bien souvent, autrefois, il avait passé des heures, silencieux et travailleur, près du père ardemment aimé. Avec quelle tendresse fière le professeur contemplait son fils aîné ! Et il avait suffi d'un instant pour anéantir ce bonheur, il n'avait fallu que l'arrivée inopinée et bouleversante de ce Bernhard Handen, le père de…

Il passa brusquement la main sur son front. Décidément, il était temps de se soustraire aux images importunes qui le poursuivaient sans cesse ! Il avait choisi le meilleur moyen : dans quelques heures, il s'éloignerait de la vieille demeure, il oublierait ce rêve fou, cette image charmante. Mais auparavant, il avait voulu revoir la pièce préférée du professeur, celle où le laborieux savant avait passé une partie de sa vie. Surtout, il souhaitait relire les derniers mots tracés par la main paternelle.

Il prit dans un tiroir la feuille trouvée sept années plus tôt dans la chambre de Bernhard, devant le corps rigide du professeur. Elle avait acquis une légère teinte jaune, car, depuis le jour où la veuve l'avait enfermée là, nul n'avait éprouvé le désir de relire ces lignes.

Ary n'en avait conservé qu'un vague souvenir, suffisant cependant pour l'engager à revoir ces dernières pensées du père toujours regretté.

Il avait lu, et maintenant il demeurait immobile, un bras appuyé sur la cheminée soutenant sa tête courbée. Des lettres de feu subitement apparues à son regard n'auraient pu lui produire plus d'effet que ces quelques lignes tracées par une main fiévreuse. L'homme proclamé par tous impeccablement droit et juste, le jeune artiste admiré, comblé d'adulations, venait d'y trouver à la fois la condamnation de toute sa conduite envers une pauvre orpheline et la révélation du néant des gloires et des bonheurs de la terre.

Sous cette brusque irruption de lumière, l'âme d'Ary, éperdue, voyait se dresser le spectre du professeur étendant sévèrement la main vers lui et lui disant avec une infinie tendresse : « J'avais promis à Bernhard que sa fille serait heureuse sous mon toit, qu'elle y trouverait des frères et des sœurs. Et toi, l'aîné, ne t'es-tu pas montré autrefois le plus dur pour cette orpheline innocente, digne de toutes les affections et de tous les respects ? N'as-tu pas insulté par ton mépris celui que j'aimais tant ?... Ary, qu'as-tu fait des désirs sacrés de ton père mort ? »

Oui, il ne pouvait le nier, sa mère, Frédérique, lui-même avaient, par une étrange aberration, considéré de leur devoir rigoureux d'accomplir une partie des volontés du professeur : Anita était demeurée catholique, on lui avait donné l'abri de la vieille demeure, on avait pourvu à son éducation. Mais l'autre partie, celle sur laquelle Conrad Handen s'était plus particulièrement appesanti ?

Le jeune homme cacha son visage entre ses mains. Une à une se retraçaient à son esprit les scènes du passé, les mépris, la froideur hostile dont ils avaient accablé la douce orpheline... et surtout... surtout ce qui s'était passé près du cercueil de Bernhard Handen. Oh ! ce regard empreint d'un reproche navrant qui s'était levé vers lui, cette petite voix brisée qui avait murmuré : « Mais il n'a rien... vous voyez bien qu'il n'a rien ! » Quel être sans cœur, sans entrailles était-il donc alors pour avoir impitoyablement jeté au loin l'humble bouquet de la pauvre petite Anita, lui qui souffrait maintenant en voyant un peu de mélancolie dans ses grands yeux lumineux !

Oui, ils avaient vraiment bien mal accompli les volontés d'un mort ! Leur orgueil, leur ressentiment aveugle envers Bernhard les avaient conduits à traiter en paria l'enfant qu'ils devaient consoler et aimer, si bien qu'elle n'aspirait qu'à quitter ce toit inhospitalier.

Mais comme elle était vengée sans le savoir, pauvre petite Anita ! Jamais elle ne se douterait qu'il fuyait la demeure de ses pères avec un souvenir radieux et déchirant qui le poursuivrait longtemps... toujours peut-être.

Ses mains se tordirent inconsciemment. Celui que tous enviaient et admiraient aurait donné avec bonheur sa célébrité et ses triomphes d'orgueil, ses joies d'artiste et toute sa fortune pour réaliser le rêve éclos dans son cœur. Mais c'était une folie, et il était de son devoir d'y couper court, car chaque jour il la sentait grandir en lui. Il fallait oublier... oublier !

Il reprit le testament de son père. Avec quelle terrible netteté, en si peu de mots, le professeur montrait à son fils l'inanité de toutes les vanités humaines, à cette heure suprême qu'il avait sentie venir ! Entouré d'enfants beaux et intelligents et d'amis dévoués, comblé lui-même des dons de l'esprit et du cœur, riche et bientôt célèbre, il était arrivé un instant où cet homme avait vu tout disparaître et, torturé par le doute avait tremblé en se demandant : « Que trouverai-je au-delà de la tombe ?... Rien ou... tout ? » Alors, désespérément, il avait crié à son fils : « Cherche la Vérité, car on souffre trop de ne pas savoir... Je crois... »

La mort avait ici arrêté sa main. Peut-être une lueur de la vérité vers laquelle il soupirait l'avait-elle éclairé à cette dernière minute.

Il est dans la vie des heures terribles où une lutte s'engage entre les puissances de l'âme, alors que cette pauvre âme chancelante ne sait que croire et sur qui s'appuyer et semble prête à sombrer dans un épouvantable naufrage. Ary traversait une de ces heures. L'émotion causée par cette évocation d'outre-tombe, son poignant regret à la pensée du bonheur qu'il lui fallait fuir, la conscience d'avoir méconnu en partie la volonté paternelle en faisant souffrir une petite âme innocente, d'étranges incertitudes, déjà latentes en lui et l'assaillant soudain avec violence, tout cela causait dans cette âme un véritable bouleversement. Il n'avait jamais cessé de se montrer exact observateur de sa religion, mais dans la vie agitée et voyageuse qui avait été la sienne pendant ces dernières années, il avait pu voir et comparer bien des choses. Lentement, mais réellement, le doute avait pénétré en lui, et aujourd'hui il se trouvait entre deux voies : celle qu'avait suivie son père et qui l'avait mené au scepticisme... celle qu'il avait vu parcourir par tant d'âmes d'élite et qui les conduisait, à travers tous les obstacles, dans les bras de l'Église catholique.

Et entre ces deux routes, Ary, armé de la liberté d'examen et des principes incertains de sa propre religion, chancelait, hésitant et troublé.

– Maintenant, vous savez où est la vérité, père. Mais moi !... murmura-t-il en regardant le portrait du professeur.

Les yeux bleus, mélancoliques et doux, semblaient contempler un mystérieux au-delà, et le père ne répondit pas à la demande passionnée de son fils préféré.

Quelques instants plus tard, Ary pénétrait dans l'office où Mme Handen surveillait l'arrivée de provisions que Charlotte et la cuisinière rangeaient à mesure dans les vastes armoires. La veuve tourna vers son fils un visage légèrement surpris.

– Que désires-tu, Ary ? Te manque-t-il quelque chose pour ton voyage ?

– Non, mère, ce n'est pas cela... Je voudrais seulement savoir si vous vous rappelez le contenu du testament trouvé entre les mains de mon père.

L'expression d'étonnement s'accentua dans les yeux pâles de Mme Handen.

– Naturellement... Charlotte, mettez ces biscuits ici... Plus doucement, Julia, ce sont choses fragiles que vous maniez là... Il serait au moins étonnant que je l'eusse oublié, d'autant plus qu'il y avait là – on ne peut le méconnaître – moralement, du moins – à garder sous notre toit une enfant odieuse...

– Ma mère !

Mais Mme Handen ne s'aperçut pas de l'ardente protestation de son fils. Elle était fort occupée à surveiller le rangement des derniers paquets. Tout était enfin terminé. Avec un soupir de soulagement, elle ferma les armoires et réunit les clés en un trousseau qu'elle glissa dans sa poche. Alors, elle se tourna vers son fils demeuré à la même place, anxieux et absorbé.

– À quel propos me poses-tu cette question, Ary ?

– Je viens de relire cette page, dit-il avec effort en fixant son regard attristé sur le calme visage de sa mère, et de cette lecture il résulte pour moi que nous n'avons accompli qu'une très petite partie des désirs de mon père. Cette enfant a souffert ici...

– Je ne te comprends absolument pas, Ary ! interrompit Mme Handen avec une stupéfaction sincère. Malgré toutes mes répugnances, j'ai gardé cette étrangère dans notre demeure, je l'ai laissée libre de suivre sa religion et l'ai pourvue d'excellentes éducatrices..., et voilà que tu viens m'apprendre que je n'ai à peu près rien fait pour elle !

– Pas seulement vous, ma mère, mais nous tous. Nous avons été durs et cruels envers cette orpheline, nous lui avons refusé l'affection promise par mon père...

– Pour cela, oui ! interrompit sèchement Mme Handen. L'enfant de Bernhard Handen est restée ce qu'elle devait être : une étrangère, et ton père sortant de sa tombe pour m'adjurer de l'aimer n'aurait pu obtenir de moi une autre réponse que celle-ci : « Jamais... jamais rien ne pourra m'empêcher de détester cette fille d'aventuriers ! »

À ces paroles, prononcées avec un accent violent surprenant chez cette placide nature, le beau visage d'Ary s'altéra subitement. Le jeune homme se détourna et se dirigea vers la porte.

– Je ne sais quelle idée te prend ! dit Mme Handen de son ton ordinaire. Ne t'es-tu pas toujours entendu avec moi pour tenir à l'écart cette petite fille et lui faire sentir l'infériorité de sa position ? Cette année encore, quelques jours après notre retour ici, tu m'as dit qu'il était de toute nécessité de garder plus strictement que jamais notre ligne de conduite envers elle, d'autant plus qu'avec l'âge augmenteraient les défauts qui ne pouvaient manquer d'exister en elle... Ce sont là tes paroles, Ary.

– Oui, c'est moi qui ai dit cela ! murmura-t-il avec amertume. Je croyais alors être dans le vrai, et ceci est un peu mon excuse. Mais j'ai reconnu que nous avions injustement agi.

– Ce sont là des illusions dont tu reviendras bien vite. Quant à moi, je suis certaine d'avoir accompli mon strict devoir, dit-elle avec une froide décision.

Un pli profond se creusa sur le front du jeune homme, mais il n'insista pas. Depuis quelque temps, il s'était aperçu qu'en voulant discuter certaines questions avec Mme Handen, on se heurtait à une invincible obstination.

– Charlotte, vous servirez le café dans la salle d'étude, ordonna la veuve. Avez-vous su où était passée Claudine ?

– Mina vient de me dire que mademoiselle Anita l'avait emmenée à l'orangerie, madame.

– Quelle idée !... Il faudra que je lui défende d'accaparer ainsi les enfants ! dit Mme Handen avec impatience. Charlotte, allez chercher Claudine.

– Je puis y aller, si vous voulez, ma mère, proposa Ary avec empressement.

– Certes, je ne demande pas mieux, Charlotte est extrêmement pressée aujourd'hui. Tu pourras dire à Anita que je ne veux pas qu'elle emmène ainsi l'enfant.

Sans répondre, il ouvrit la porte-fenêtre et, descendit dans le jardin. Il marchait rapidement, mais son pas était amorti par l'herbe épaisse couvrant les allées. Soudain, il s'arrêta. Une voix profonde et chaude arrivait jusqu'à lui, chantant un cantique espagnol. Il n'était pas nécessaire de posséder sa science musicale pour reconnaître l'inexpérience de cette voix, mais le timbre était admirable et l'expression empreinte d'un charme pénétrant.

Le silence s'était fait, rompu presque aussitôt par la voix de la petite Claudine.

– Chante encore, Nita !

– Non, mignonne, il faut rentrer, maintenant. Votre frère part ce soir et il faut bien rester un peu avec lui.

– Ah ! oui, pauvre Ary ! Pourquoi part-il si vite, Nita ?

Le jeune homme n'entendit pas la réponse. Il s'avança et atteignit les derniers tilleuls de l'avenue. Anita était assise sous leur ombrage, et ses doigts maniant agilement un crochet, tandis que la petite Claudine, debout devant elle, tenait avec gravité le peloton de laine blanche qui se déroulait lentement.

Mais peloton et crochet échappèrent soudainement aux mains de l'enfant et de la jeune fille, et Claudine, avec un cri de joie, s'élança vers son frère.

– Allons, du calme, petite folle ! dit-il en souriant, tout en baisant le petit visage rose qui se levait vers lui. Je venais la chercher de la part de ma mère, ajouta-t-il en s'adressant à Anita.

– J'allais précisément la ramener. Il est regrettable que vous vous soyez dérangé.

– Pas du tout. Cela m'a procuré le plaisir de connaître un don que nous ignorions tous. Vous possédez un contralto magnifique.

Les joues d'Anita s'empourprèrent un peu.

– Ah ! vous avez entendu ? Et vous vous dites sans doute qu'il est bien dommage de n'avoir pu supprimer cet instrument, comme vous avez fait des autres à mon égard ? fit-elle d'un ton mordant.

Ary, très pâle, se mordit violemment les lèvres. Anita continua, emportée par les souvenirs douloureux qui affluaient à son esprit.

– Sans doute, craignez-vous déjà de voir votre nom sur les affiches de théâtre, comme vous me l'avez dit un jour ? Vous rappelez-vous ?

S'il se rappelait ! Les mêmes yeux bleu foncé qui le regardaient en cet instant avec une fierté un peu railleuse s'étaient levés vers lui autrefois, étincelants d'indignation, et l'enfant faible et isolée avait courageusement défendu sa mère.

– Mais rassurez-vous, cela n'est pas dans mes intentions. Ma noble et chère mère avait adopté cette profession pour obéir à ses parents, mais je crois que ce ne peut être là qu'une exception. Ainsi cette voix que vous venez, le premier, de qualifier d'une manière si flatteuse, demeurera probablement inconnue et inutilisée.

De nouveau, le crochet se remit en marche. Les mains de la jeune fille tremblaient un peu, une ombre s'étendait sur son front. Elle ressentait maintenant quelque confusion de s'être laissée aller à dévoiler ses sentiments sur ce ton d'amertume. Une impulsion subite l'y avait poussée, et elle la regrettait maintenant, vis-à-vis de lui surtout dont l'attitude envers elle était vraiment bien éloignée de celle de l'Ary d'autrefois.

– Vous vous résignez bien facilement à cette perspective. À mon avis, ce serait extrêmement regrettable, car, sans monter sur les planches, il est toujours agréable, pour soi et pour les autres, de cultiver un tel don.

Il parlait avec calme, mais il était facile de discerner dans sa voix une légère altération. Et réellement, on n'y pouvait trouver la moindre trace d'ironie.

– Oh ! qu'importe ! dit-elle avec un geste d'insouciance. D'ailleurs, j'aurai peu le loisir de m'occuper de cela dans la profession que j'ai choisie.

Il demeura un instant silencieux, une pensée pénible flottant dans son regard. Puis il tendit un papier à sa cousine.

– Lisez cela, je vous prie, dit-il très grave.

Tandis qu'elle parcourait le testament du professeur, il se mit à arpenter l'allée, en suivant machinalement du regard la petite Claudine qui courait devant lui en jetant des cris de joie.

Au bout d'un instant, il revint lentement vers Anita. La jeune fille avait terminé et lui tendit le papier sans lever les yeux.

– Eh bien ! quelle est votre opinion ? Trouvez-vous que nous avons bien rempli les volontés exprimées là ?

Dans les grands yeux attristés qui se tournèrent vers lui, il lut sans doute une réponse suffisante, car il reprit d'une voix oppressée :

– Oui, vous avez raison de nous détester, nous qui avons rendu votre enfance triste et isolée.

– Je ne déteste personne ! s'écria-t-elle avec un geste de protestation. J'ai pardonné, il n'y a pas très longtemps, je l'avoue, à tous ceux qui m'ont causé quelque souffrance, car j'ai compris que ce ressentiment était indigne d'une chrétienne. Oui, les souffrances personnelles s'oublient facilement... mais il n'en va pas de même de l'injustice, des mépris qui ont accablé mon père et ma mère. Cela, je m'en souviens toujours.

Le regard douloureux d'Ary enveloppa la physionomie contractée de sa cousine.

– Toujours, Anita ?... Même si l'un des coupables reconnaissait la fausseté de ses opinions et l'injustice de ses actes ? Même s'il venait en solliciter le pardon ?...

– Ary !... vous !...

Était-ce bien lui, en effet, l'orgueilleux Handen, qui se tenait incliné devant elle, ses yeux bleus, dont elle craignait tant autrefois le regard, empreints d'une ardente supplication ?

En un instant, toutes les hésitations d'Anita s'évanouirent comme un souffle.

– Oui, j'oublie tout, Ary ! Certainement, mes chers parents vous ont déjà pardonné du haut du ciel, dit-elle en lui tendant la main.

Une joie indicible éclaira soudainement le visage d'Ary.

– Vous ne vous doutez peut-être pas du poids immense que vous m'enlevez, Anita ! Il m'était dur de partir en songeant qu'un ressentiment bien justifié, hélas ! me poursuivait toujours. Maintenant, nous voilà réconciliés et devenus de bons cousins, n'est-ce pas ? demanda-t-il d'une voix un peu frémissante.

– Oh ! oui, Ary !... J'en suis si contente ! dit-elle avec élan. Mais justement, voilà que vous partez !

– Oui, je pars, il le faut... Vous prierez un peu pour moi, ma petite cousine.

Il porta à ses lèvres la petite main qu'il tenait entre les siennes et, se détournant un peu brusquement, s'éloigna après avoir appelé Claudine.

Anita ne put se remettre au travail. Le front entre ses mains, elle se mit à songer à cette scène si inattendue qui lui laissait au cœur un sentiment complexe, fait de joie et de tristesse. Comme il était noble, loyal et bon, cet Ary autrefois détesté ! De quelle manière parfaite il venait de réparer ses torts ! Et justement il allait s'éloigner, lui qui avait su si bien effacer, en un seul instant, les souffrances morales, l'isolement et les dédains qui avaient été dans cette maison le partage d'Anita Handen !

À cette pensée, des larmes coulèrent sur les joues de la jeune fille et elle murmura pensivement :

– Aurais-je jamais eu l'idée autrefois que je pleurerais parce qu'Ary s'en va !

Chapitre XII

Pour la première fois depuis plusieurs mois, le soleil s'était décidé à faire son apparition et inondait victorieusement de sa lumière d'or la cité attristée jusqu'ici par des pluies persistantes. Le printemps n'avait été que la maussade continuation d'un hiver humide et malsain, mais en ce jour il prenait sa revanche... revanche charmante et ardemment désirée.

Chapitre XII

Sous la main de Charlotte, toutes les fenêtres de la maison Handen s'ouvraient, afin de laisser pénétrer dans les pièces sombres ce bienheureux rayon de soleil. Seule, l'une d'elles, au second étage, demeurait close. Là était la chambre d'Anita. La jeune fille revêtait en cet instant son costume de sortie, et sa hâte fébrile, sa pâleur, la tristesse décelée par ses grands yeux un peu cerclés de noir témoignaient d'une souffrance et d'une inquiétude extrêmes. Mlle Rosa Friegen était mourante, il n'était pas sûr qu'elle pût voir la fin de cette journée. Aussi la jeune fille, reconnaissante et désolée, se souciait-elle peu du gai printemps agitant sa brise fraîche et lançant vers sa fenêtre des flèches lumineuses. Toutes ses pensées s'en allaient vers la maison grise où agonisait doucement la femme tendre et dévouée qui lui avait donné la solide nourriture de l'intelligence et de l'âme.

Une fois prête, elle descendit rapidement. Sur le palier du premier étage, on apercevait, par une porte entrouverte, une vaste pièce envahie par les ouvriers. Mme Handen faisait repeindre et tapisser la chambre d'Ary. Il n'y avait aucun espoir de le voir revenir à M... cette année : sa décision était formelle à ce sujet, ses occupations ne lui permettant pas, disait-il, de s'accorder ce congé. En conséquence, Mme Handen avait projeté pour la fin de l'été un séjour assez long en Italie, afin d'avoir l'occasion de voir fréquemment son fils. Le jeune homme avait établi sa résidence à Rome, d'où il rayonnait dans toutes les capitales du monde, excitant un enthousiasme extraordinaire. Mais le projet de restauration n'en avait pas moins été maintenu, Mme Handen détestant abandonner une idée longuement préparée.

Tout en avançant vers la maison grise, Anita se demandait si l'été serait aussi mélancolique que cet hiver qui finissait.

Elle s'était trouvée, en effet, en butte à la froideur toujours grandissante de Mme Handen, jalouse de l'affection ardente témoignée par Maurice à sa cousine. Peut-être aussi la veuve croyait-elle les calomnies du conseiller par rapport à Ulrich.

Et, de la part de ce malveillant personnage, que n'avait-elle pas eu à souffrir ! Personne dans la maison n'étant assez influent pour remplacer Ary, le lâche conseiller en avait profité pour tourmenter la fille de ce Bernhard qu'il semblait poursuivre d'une haine particulière.

Oui, cet hiver avait été véritablement triste... pour tous d'ailleurs. Frédérique, replongée dans son humeur sombre, s'isolait de sa famille et travaillait avec une dévorante ardeur ; elle refusait obstinément de prendre part aux réunions mondaines, celles-ci ayant perdu en partie le caractère littéraire qui dominait dans celles de l'été précédent. Joël Ludnach, le doux poète scandinave qui en était le charme, avait regagné son pays au début de l'hiver, étant appelé près de son père mourant. En revanche, Bettina n'avait pas manqué une fête, et l'excellent Wilhelm, radieux de voir sa jeune femme si jolie dans ses vaporeuses toilettes, l'accompagnait complaisamment jusqu'au jour, par très tardif, où une pleurésie arrêta la vie frivole et insouciante de la charmante créature. Elle échappa à la mort, mais demeurait languissante et ne pouvait quitter la villa luxueuse qui était la propriété de Wilhelm, un peu en dehors de la ville.

Mais de toutes ces tristesses, la plus pénible était celle qu'endurait aujourd'hui Anita. Et, en entrant dans la chambre austère de Mlle Rosa, elle constata avec un indicible déchirement que le mal avait fait d'effrayants progrès.

Un rayon de bonheur traversa les yeux de la malade en voyant approcher la jeune fille.

– Vous voilà revenue, ma chérie. Vous vous fatiguez, pauvre petite !

Anita se laissa glisser à genoux contre le lit, près de Mlle Élisabeth. La mourante posa sa main sur la tête de la jeune fille.

– J'aurais voulu vous voir un peu plus heureuse, ma petite. Enfin, pourvu que vous accomplissiez la volonté divine !... Tâchez de vous associer à Élisabeth dans son œuvre d'instruction. Demandez à votre cousin, Anita...

Elle s'arrêta de nouveau et demeura plusieurs heures sans parler, égrenant son chapelet avec une ardente dévotion. Vers cinq heures, elle dit à Anita, demeurée près d'elle :

– Rentrez, enfant, et demandez la permission de revenir me voir ce soir, n'est-ce pas ?

– Je vais rester encore un peu, mademoiselle...

– Non, non, il ne faut pas mécontenter votre tante, ma chérie.

Anita obéit à cette voix toujours écoutée. Elle quitta la vieille maison dont le soleil dorait joyeusement la façade et suivit la petite rue au pavé inégal où l'herbe poussait à volonté. Derrière elle retentissait le bruit d'un pas pressé. Une voix vibrante d'émotion dit tout à coup :

– Bonjour, Anita !

Elle sursauta un peu et se détourna. Ary était près d'elle, la physionomie éclairée d'un rayon de bonheur. Devant le regard stupéfait et incrédule qui se levait vers lui, il sourit joyeusement.

– Vous vous demandez si c'est bien moi ? Eh oui ! j'arrive tout droit de la gare, ayant pris le chemin le plus court. Vous ne vous attendiez pas à me voir surgir ainsi dans cette vieille rue ?

– Non, certes ! dit-elle avec un sourire heureux en serrant la main qu'il lui tendait. Nous ne comptions pas sur vous cette année, Ary.

– En effet, j'étais fort résolu à ne pas venir, mais...

Il n'acheva pas, mais dans ses yeux bleus passa soudain une expression très douce qui transfigura sa physionomie un peu altière. Anita la vit, et son cœur se serra un peu en se demandant quelle radieuse espérance illuminait ce regard.

Elle se remit en marche et, durant un court instant, Ary chemina près d'elle en silence.

– Avez-vous donc été malade ? demanda-t-il tout à coup. Vous avez bien mauvaise mine et vous semblez fatiguée.

Elle lui apprit la maladie de Mlle Friegen et la fatigue, jointe à l'inquiétude, qui en était résultée pour elle. En parlant de la fin prochaine de sa chère maîtresse, les larmes, courageusement refoulées jusqu'ici, perlèrent à ses paupières. Ary prit doucement sa main et enveloppa sa cousine d'un regard de sympathique émotion.

– Pauvre Anita, ceci est une dure épreuve ! Cette noble femme a droit, en effet, à toute votre affection, à votre dévouement. Cependant, il faudrait prendre quelque soin de votre santé. Et, d'ailleurs, Anita, n'y a-t-il pas d'autres causes ? La vie, cet hiver, a-t-elle été bien facile pour vous dans cette demeure ?

Elle rougit et détourna les yeux de son regard perspicace.

– C'est Maurice qui vous a écrit cela ?

– Lui, et d'autres aussi. Ne prenez pas cet air mécontent, Anita, ils ont très bien agi en me prévenant, et je viens mettre fin à ces lâches petites persécutions.

– C'est pour cela que vous êtes revenu ? murmura-t-elle, incrédule.

– Pour cela... et pour autre chose aussi. Vous semblez étonnée, Anita ? dit-il en riant.

– Mais oui, je le suis, en effet, car j'ai toujours entendu dire par votre mère et par vos sœurs que vous n'étiez pas sujet aux revirements d'idées et qu'il fallait une cause grave pour vous faire changer vos projets, une fois bien arrêtés.

– Et ma modeste petite cousine juge naturellement que je ne puis considérer comme une obligation importante de venir la délivrer ? dit-il avec un sourire malicieux.

Elle le regarda, un peu perplexe, se demandant s'il parlait sérieusement. Mais il avait légèrement tourné la tête et semblait saisi d'un soudain intérêt pour le vieux mur pittoresquement fleuri qu'ils longeaient en ce moment.

– En effet, je n'aurais jamais cette idée, Ary. Mais puisque vous parlez de me délivrer, il existe une combinaison bien simple : Mlle Élisabeth va se trouver seule maintenant, laissez-moi être sa collaboratrice... Dites, Ary, vous voulez bien maintenant ? demanda-t-elle d'un ton de prière.

Une émotion traversa le regard d'Ary en rencontrant les grands yeux bleus qui exprimaient une demande irrésistible.

– Attendez encore un peu, Anita, j'aurai peut-être une autre solution à vous proposer. Ayez confiance en moi, petite cousine ; je ne vous laisserai plus exposée aux méchancetés du conseiller ; déjà, je me reproche de n'avoir pas mis ordre à cela dès cet hiver.

Ils arrivaient à la porte de la maison. Un instant plus tard, la vieille demeure s'emplissait d'une agitation inexprimable. De sa chambre, Anita entendait les exclamations sans cesse renaissantes. L'arrivée inattendue d'Ary prenait chacun au dépourvu et bouleversait toutes les têtes.

En descendant un peu avant le dîner, Anita rencontra Frédérique sur le palier du premier étage. Une lueur joyeuse éclairait ce visage si souvent assombri.

– Quel événement ! dit-elle en souriant. Qui aurait attendu cela d'Ary, dont les résolutions sont immuables ! Et peut-être restera-t-il plusieurs mois. Il est fatigué et a refusé de nombreux concerts. Mais voyez cette malchance ! Il tombe en pleine restauration de son appartement et le voilà obligé de s'installer dans la chambre bleue. Mais il prend tout en souriant et a une physionomie heureuse qui pourrait bien présager quelque chose...

Elle s'arrêta un instant avec un petit sourire un peu malicieux.

– ... Je crois que notre été sera plus gai que cet effroyable hiver, reprit-elle avec un soupir d'allégement. Nous aurons des recrues du dehors et entre autres M. Ludnach, qu'Ary a rencontré à Paris. Il doit venir passer quelque temps chez le baron Acker. Nous aurons aussi dona Ottavia Pedroni et sa nièce, Clélia. Vous nous en avez peut-être entendu parler ?

Et, sur un signe négatif d'Anita, elle continua :

– Dona Clélia est une jeune Italienne que nous avons connue à Naples, où elle habite avec sa tante. Ces deux dames ont projeté un voyage en Allemagne, et, naturellement, nous les retiendrons ici le plus longtemps possible. Dona Clélia est très jolie, extrêmement gaie et mondaine, musicienne accomplie. Ainsi, nos réunions de cet été ne pourront manquer d'être intéressantes et fort animées.

Il y avait lieu de s'étonner que cette même personne si ennemie, cet hiver, des plaisirs mondains s'en montrât soudain presque enthousiaste. Mais si ces réflexions traversèrent un instant l'esprit d'Anita, elle ne songea pas à approfondir l'énigme. Quelque chose s'était ému et attristé en elle à l'annonce de l'arrivée de cette étrangère, et, malgré ses efforts, elle ne put chasser complètement cette impression.

Depuis longtemps le dîner n'avait été aussi animé que ce soir-là. Ary avait maintes anecdotes à conter ; Frédérique se montrait d'une gaieté inaccoutumée ; Félicité, tout à fait remise maintenant et douée d'un tour d'esprit original, semait la conversation de ses saillies joyeuses. Mme Handen elle-même semblait retrouver un peu de vie.

Seule, Anita demeurait triste et absorbée. Elle songeait à Mlle Rosa et appréhendait l'instant où il lui faudrait demander à Mme Handen l'autorisation de retourner à la maison grise. La veille déjà, elle avait été assez mal accueillie. Et cependant, ce serait vraisemblablement le dernier soir !

À l'instant où chacun se levait de table, le conseiller entra. Avec son habituel empressement bruyant, il souhaita la bienvenue à son petit-neveu, sans paraître s'apercevoir de l'attitude glaciale d'Ary. Anita attendit que tous fussent entrés dans la salle d'étude, espérant pouvoir, pour adresser sa requête, éviter la présence trop rapprochée du conseiller qui ne manquerait pas de la contrecarrer. Mais il s'asseyait précisément près de Mme Handen, et les jeunes gens se réunissaient autour d'eux.

– Eh bien ! venez donc vous asseoir, Anita, dit Ary en approchant un fauteuil près de Frédérique.

– Non, je vous remercie, Ary, mais il faut...

Résolument, elle s'avançait vers Mme Handen.

– Mlle Rosa est mourante, et je voudrais bien que vous m'autorisiez à retourner ce soir, madame.

– Encore !... Je n'en vois pas la nécessité, cette personne n'étant pas votre parente, répliqua sèchement Mme Handen.

– Non, madame, elle a été pour moi mieux qu'une parente !

Ces mots étaient sortis presque involontairement des lèvres d'Anita. Une vive rougeur s'étendit sur le visage de Frédérique et de Félicité, une crispation passa sur la physionomie d'Ary. Mais le calme de Mme Handen ne fut pas troublé, et le conseiller s'écria en ricanant :

– Tout ça, ce sont des mots, ma petite, et je partage entièrement l'avis de ma nièce en ce qui concerne cette promenade nocturne, peu convenable d'ailleurs à accomplir à cette heure.

– Charlotte peut l'accompagner, dit Frédérique qui regardait sa cousine avec un intérêt inaccoutumé.

– Charlotte a autre chose à faire que de se déranger pour les caprices d'Anita ! répondit froidement la veuve en attirant à elle son éternel tricot.

– C'est évident. Peut-être faudrait-il, à ton avis, Frédérique, mettre tous les domestiques à la disposition de cette demoiselle ? dit narquoisement le conseiller. Allons, asseyez-vous vite dans votre coin, petite exagérée, et ne nous imposez pas le supplice de voir votre mine révoltée, si particulièrement désagréable.

Une riposte indignée montait aux lèvres d'Anita. Mais Ary, sans se déranger, posa sa main longue et fine sur l'épaule de son grand-oncle.

– Je vous ai déjà prié de mesurer vos paroles, mon oncle, dit-il d'un ton bref où passait un souffle d'irritation contenue avec peine.

– Eh !... mais Ary, ne broie pas ainsi ma pauvre épaule, s'écria le conseiller avec une affreuse grimace en se démenant pour échapper à l'étreinte de cette main si dure sous son apparence élégante. Que te prend-il donc ?

Ary retira sa main et se tourna vers sa cousine.

– Paolo est à votre disposition, Anita.

– Il y a quelque chose de beaucoup plus simple, déclara Frédérique. Le temps est doux ce soir, et je te propose une petite promenade, Ary. En passant, nous laisserons Anita chez Mlle Friegen et nous la reprendrons un peu plus tard.

– Voilà, en effet, une excellente idée ! Cela vous convient-il ainsi, Anita ?

Un regard reconnaissant lui répondit, et la jeune fille suivit sa cousine hors de la salle d'étude. Lorsqu'elles se trouvèrent seules, Anita murmura :

– Je vous remercie, Frédérique, de vous déranger ainsi pour moi.

– Me remercier ! Vous n'avez pas souvent eu l'occasion de le faire jusqu'à présent, n'est-ce pas, ma pauvre Anita ? dit-elle avec une entière franchise. Si vous n'étiez si bonne, vous devriez nous détester... et nous le méritons vraiment, je l'avoue.

Le souvenir de ce court trajet fait entre le frère et la sœur demeura toujours gravé dans l'esprit d'Anita. Fallait-il l'attribuer a l'influence de cette belle nuit sereine ? N'était-ce pas plutôt l'émotion de cette phrase, murmurée par Ary avec une intonation pénétrante en prenant congé d'elle à la porte de la maison grise :

– Dites à cette belle âme de prier un peu pour moi... et pour la réalisation d'un rêve bien cher.

Lorsqu'elle répéta cette demande à Mlle Rosa, la mourante, dont les yeux se voilaient, murmura avec un sourire heureux :

– Oui, je prierai... C'est un noble cœur, digne de tous les bonheurs. S'il pouvait un jour comprendre !...

Et son regard enveloppa une dernière fois l'élève chérie entre toutes, l'orpheline qui sanglotait en lui baisant les mains.

Chapitre XIII

Les éclats joyeux de jeunes voix résonnaient dans la salle d'étude. Il y avait là les deux êtres les plus gais, les plus exubérantes natures de la famille : Ulrich et Léopold. Le premier était arrivé la veille à M... pour y passer quelques jours, et, en même temps que lui, Léopold avait fait son apparition. Le cadet des Handen avait passé l'hiver à Dresde, dans une institution qui le préparait spécialement aux études médicales toujours rêvées par lui.

Les deux cousins étaient assis près de Maurice dont le visage souffrant s'animait un peu à l'audition de leur récits humoristiques. À côté de la fenêtre, Anita et Félicité travaillaient, non sans mêler leurs rires à celui des jeunes gens et du petit malade. La gaieté reparaissait peu à peu sur le joli visage d'Anita. La douleur de la perte de Mlle Rosa, la fatigue, et, peut-être plus que tout encore, les épreuves morales avaient déterminé une faiblesse générale, une sorte de langueur dont elle avait eu quelque peine à se relever. Aujourd'hui, elle avait presque complètement repris ses forces, et, avec elles, sa vie de travail.

Mais cet affaiblissement passager de sa santé lui avait révélé des sympathies réelles dans cette famille si longtemps hostile. Frédérique et Félicité s'étaient montrées fort prévenantes et lui avaient témoigné des attentions très inattendues. Et Ary ! De quelle sollicitude discrète il l'avait entourée, s'ingéniant à lui procurer, par l'intermédiaire de Charlotte, les distractions qui pouvaient lui plaire, s'informant chaque jour des moindres changements survenus dans son état de santé, exigeant, avec une douce autorité, qu'elle abandonnât pendant quelque temps tout travail et qu'elle suivît les plus coûteuses prescriptions du docteur ! Là-dessus, la glaciale indifférence de Mme Handen avait passé inaperçue.

– Ulrich, je t'annonce que tu vas faire connaissance de la plus entraînante des Italiennes ! s'écria tout à coup Léopold qui prêtait l'oreille. J'entends dans l'escalier des pas, un bruit de voix que domine le timbre bien caractéristique de dona Clélia.

Anita releva la tête et son ouvrage glissa à terre sans qu'elle s'en aperçût. Elle avait désiré et redouté à la fois cet instant où elle verrait l'étrangère, si séduisante, disait-on, cette charmante Clélia arrivée ici deux heures plus tôt et pour laquelle la vieille maison avait revêtu sa parure de fête. Elle vit entrer, au bras de Frédérique, une jeune personne de petite taille qui s'élança vers Maurice avec une gracieuse vivacité.

– Mon cher petit Maurice, je ne pouvais attendre plus longtemps avant de venir vous voir ! J'ai gardé un si bon souvenir du petit garçon qui saisissait ma robe à pleines mains lorsque je me mettais au piano !

Elle s'exprimait dans un allemand très pur, mais, ainsi que venait de le dire Léopold, elle possédait un timbre particulier, très élevé, qui devait facilement tourner à l'aigre sous l'empire de quelque émotion. La douceur de l'accent italien tempérait légèrement l'impression assez désagréable produite par cette voix

Tout en parlant, dona Clélia tournait un peu la tête en riant joyeusement, ce qui permettait d'admirer de fort jolies petites dents. L'irrégularité de ses traits ne se pouvait contester, mais on ne songeait pas à s'en apercevoir devant la grâce séduisante, le charme brillant fait de coquetterie et d'élégance, qui se dégageait de cette petite personne vêtue avec une extrême recherche. Dans son visage au teint mat étincelaient des yeux noirs, vifs et gais. Ces yeux se tournaient en cet instant vers la porte, et la jeune fille s'écriait :

– Monsieur Handen, vous m'aviez fait un très sombre portrait de votre vieille maison, et cependant elle me plaît infiniment ! J'aime ces anciennes demeures familiales où la même race se perpétue... et cela est un cadre si parfait pour une famille telle que la vôtre !

Ary entrait à la suite de sa mère, ayant au bras une dame très brune, fort laide, mais de physionomie sympathique. Le jeune homme répondit par un sourire un peu distrait, mais Léopold s'écria avec une certaine ironie :

– Comment pouvez-vous aimer cette vieille maison noire, dona Clélia, vous qui habitez une villa si blanche, si élégante et si ensoleillée ! Ici, tout est vieux, très austère.

– C'est une fantaisie d'un jour, déclara la dame brune. Je suppose que la perspective d'habiter toute sa vie une de ces antiques demeures n'enthousiasmerait pas beaucoup ma nièce.

– Oh ! tante, qu'en savez-vous ? s'écria la jeune fille avec un doux sourire.

Mais Anita, qui l'observait avec une inconsciente curiosité, saisit un regard dur qui se dirigeait, l'espace d'une seconde, vers dona Ottavia.

Mme Handen présenta Ulrich aux deux étrangères et leur offrit ensuite de passer dans le petit salon pour prendre le thé. Elle se dirigea la première de ce côté..., mais Ary se trouva tout à coup devant elle.

– Vous avez oublié de présenter Anita, ma mère, dit-il à voix basse.

– Tu es fou, Ary ! répondit-elle sèchement. Tu sais comme moi qu'Anita ne compte pas ici.

Les sourcils du jeune homme se rapprochèrent violemment. Il se tourna vers les deux Italiennes qui s'attardaient à répondre à une question de Maurice.

– Dona Ottavia, dona Clélia, ma mère a oublié de vous présenter ma cousine, Anita Handen, qui se trouvait un peu cachée près de cette fenêtre. Elle est cependant pour vous une nouvelle connaissance.

Dona Clélia se retourna avec quelque vivacité. Anita se sentit enveloppée d'un regard curieux et malveillant, elle vit au fond des prunelles noires une lueur de surprise irritée. La jeune Italienne eut un petit salut très bref, tout juste poli, et, sans un mot, elle rejoignit Mme Handen. Mais dona Ottavia, très aimablement, tendit la main à la jeune fille et se déclara charmée de la connaître.

– Venez-vous prendre le thé, Anita ? demanda Ary dont les sourcils avaient eu un rapide froncement de colère.

– Merci, je reste près de Maurice, Ary, répondit-elle en essayant de dominer l'émotion pénible que lui avait causé le silencieux dédain de cette étrangère.

– Maurice se passera de vous quelques instants... Venez ! dit-il de ce ton doucement impératif auquel elle ne savait résister.

Une pièce voisine du grand salon, et à peu près inutilisée jusque-là, avait été transformée en petit salon par l'initiative de Frédérique. La jeune fille, aidée des conseils d'Anita et d'Ary, avait combiné l'arrangement nouveau de cette pièce, et de cette collaboration était sorti un joli salon clair, d'une simplicité charmante qui n'excluait pas une discrète élégance. Une moisson de fleurs y était toujours entretenue par les soins de Félicité.

Anita et Ary entrèrent à l'instant où Frédérique, répondant à dona Clélia, disait en souriant :

– L'honneur ne m'en revient qu'à moitié, Clélia, et vos félicitations, en toute justice, doivent se reporter pour une part sur mon frère et sur Anita.

Les yeux noirs se posèrent, l'espace d'une seconde, sur Anita, puis se détournèrent aussitôt. La jeune Italienne s'assit près de la table à thé et s'éventa lentement, tout en regardant d'un air distrait les magnifiques tilleuls dont la baie vitrée, remplaçant ici les fenêtres, laissait voir toute la majesté. Ils dominaient, comme de vieux rois toujours droits et fiers, le jardin pittoresque et sauvage que leur ombre conservait plein de fraîcheur.

– Vous admirez nos tilleuls, Clélia ? dit Félicité qui lui présentait en ce moment une tasse de thé. Ils n'ont pas leurs pareils à M..., dit-on.

– Oui, ils sont réellement superbes ! Savez-vous, mesdemoiselles, que l'on donnerait là-dessous de délicieuses fêtes !

– Vous trouveriez moyen de transformer en salle de bal un tas de cailloux. Nous ne doutons donc pas que vous puissiez tirer un parti admirable de notre vieux jardin, signorina, dit Ary, avec un sourire énigmatique.

Elle rougit un peu et ses yeux brillèrent d'un éclat plus vif. Elle porta lentement la tasse à ses lèvres, puis, la posant tout à coup sur la table, comme saisie d'une idée subite :

– Monsieur Handen, confiez-le moi, votre vieux jardin sauvage, laissez-moi y organiser quelque chose ! s'écria-t-elle d'un petit ton suppliant. Vous verrez ce que je saurai en tirer !

Elle était véritablement irrésistible, avec sa grâce coquette et son aisance parfaite de femme du monde, unies à une vivacité presque enfantine. Le même sourire, peut-être un peu nuancé d'ironie cette fois, reparut sur les lèvres d'Ary.

– À condition de ne pas lui ôter son aspect pittoresque, je n'y vois aucun empêchement, et vous pourrez tout à votre aise, signorina, tenter d'en changer les épines en roses.

– Très aimable, mon cousin, murmura Ulrich qui se trouvait assis, plus loin, près d'Anita et de Léopold. Cependant, si ce n'était chose inadmissible, je croirais trouver dans son intonation quelque chose d'un peu railleur. Ainsi, la vieille maison va se remplir de mouvement par le fait de la présence de cette petite étrangère ? Pour ma part, je ne m'en plains pas, car j'aime les fêtes et je soupçonne que cette jeune personne doit s'y entendre.

– Je crois bien, c'est son bonheur, sa vie... C'est la première, la principale de ses aptitudes ! dit Léopold avec un sourire moqueur. Ulrich, si tu veux t'amuser, tu tombes bien. La présence de dona Clélia donne toujours le signal d'une suite ininterrompue de plaisirs, et la société la plus austère – on le dit du moins à Naples – ne peut résister à son entrain endiablé.

– Eh ! tant mieux ! dit gaiement Félicité qui se rapprochait et avait entendu la dernière phrase de son frère. Dona Clélia va nous donner un dédommagement de notre si maussade hiver.

Elle se tut, car la jeune Italienne se rapprochait du petit groupe.

– Félicité, votre frère et moi parlions de vous, dit-elle gracieusement. Je disais à M. Ary que votre santé semblait tout à fait rétablie et que je vous trouvais incroyablement transformée. Vous lui ressemblez beaucoup, maintenant... oui, véritablement d'une manière frappante. C'est le type classique des Handen, n'est-ce pas ?

– Le plus fréquent, en effet. Cependant, il y a eu bon nombre de Handen bruns, répliqua Ary qui s'était avancé aussi. Frédérique et Léopold en sont des exemples. Mais le type absolument exact, celui qui rappelle d'une manière frappante les portraits de plusieurs de nos ancêtres, était celui du cousin de mon père, Bernhard Handen. Il possédait ces prunelles bleues, si caractéristiques par leur nuance foncée et leur beauté, que vous pouvez retrouver sur ces portraits dont je vous parle... D'ailleurs, il vous est facile de comparer ces deux types, puisque voici leur représentation exacte en la personne de ma cousine et de Félicité.

– La preuve la plus sûre en est dans ce portrait relégué à l'orangerie, ajouta Ulrich. On croirait que Mlle Anita et cette Handen des temps passés ne sont qu'une même personne.

– À part le teint, la ressemblance est incontestable, déclara Frédérique. À propos, tu as donc trouvé quelque valeur à cette peinture, Ary, puisque je l'ai aperçue hier dans ton cabinet de travail ?

Il fit un signe affirmatif tout en détournant un peu la tête vers le jardin. Une émotion passa dans le regard d'Anita en songeant avec quelle délicatesse, quelques jours auparavant, il lui avait demandé l'autorisation d'enlever ce tableau de l'orangerie – comme s'il considérait vraiment celle-ci comme sa propriété.

Clélia se laissa glisser sur le fauteuil que lui avançait Ulrich. Le sourire n'avait pas quitté ses lèvres, mais un coup d'œil malveillant et irrité avait été dirigé vers la jeune fille silencieuse dont les grands yeux – ces yeux bleu foncé si beaux – étincelaient là-bas comme deux étoiles.

La tête brune de l'Italienne se détourna brusquement, sa main chargée de bagues saisit au passage la petite Claudine qui venait de se glisser dans le salon.

– Ciel ! quelle jeune personne je découvre là ! s'écria-t-elle en riant. C'est donc là cette petite fille ébouriffée et volontaire qui nous assourdissait de ses cris ? Quelle jolie petite créature elle est devenue !

Elle essayait d'attirer l'enfant à elle, mais Claudine résista en montrant à la gracieuse étrangère un visage un peu révolté.

– Laissez-moi, je viens voir Anita. Je ne vous connais pas, vous !

– Eh bien, Claudine, que signifie cette impolitesse ? dit la voix sévère d'Ary.

Mais l'enfant, échappant à l'étreinte de Clélia, courut se jeter contre sa cousine.

– Je n'ai pas l'air de plaire à Mlle Claudine, dit l'Italienne avec un sourire forcé.

– Claudine est une petite indisciplinée, et ses caprices ont besoin d'être réprimés avec fermeté. Allons, viens immédiatement dire à dona Clélia que tu regrettes d'avoir été impolie, dit Ary d'un ton impérieux.

À l'ordinaire, Claudine ne résistait pas à son frère aîné. Mais il fallait penser que dona Clélia lui inspirait une antipathie particulière, car elle cacha son visage sur les genoux d'Anita en murmurant :

– Non, je ne veux pas... Je ne la connais pas.

– Bah ! laissez-la, monsieur Handen, dit nonchalamment Clélia. Cette jeune capricieuse finira sans doute par s'habituer à mon visage.

– Elle a droit en tout cas à une punition sévère pour cette impolitesse...

Il s'interrompit en voyant Anita se pencher vers l'enfant et lui murmurer quelques mots à l'oreille. Claudine se détourna, et, un peu rouge, elle vint faire ses excuses d'un petit air contraint, en raidissant très fort ses petites mains.

– C'est bien, Claudine, dit Ary l'attirant à lui en plongeant son regard dans les yeux bleus encore un peu révoltés. Et que dit-on à son frère pour avoir refusé de lui obéir aussitôt ?

– Oh ! pardon !... oui, à toi, pardon, Ary ! murmura-t-elle en se jetant dans ses bras.

– Tout est réparé maintenant... Tu peux aller demander un gâteau à Félicité... Vous partez, Anita ?

– Oui, il y a tout à l'heure une cérémonie à la chapelle, Ary.

Elle adressa un petit salut aux deux étrangères et sortit du salon. Au moment où elle en franchissait le seuil, elle entendit la jeune Italienne qui disait d'un ton très doux :

– Comme j'admire votre générosité et votre patience d'avoir accueilli cette jeune personne dans votre demeure ! Elle vous rappelle cependant de si tristes souvenirs !

– Vous vous trompez, Clélia, dit la voix brève de Frédérique. Anita est une charmante créature dont la présence ne peut être pour nous qu'un plaisir.

– Ah ! vraiment ?... Je croyais vous avoir entendu dire le contraire autrefois... N'est-ce pas, monsieur Handen ?

– Cela est possible, signorina ; mais les opinions, les gens et les choses varient fréquemment, répondit-il avec calme.

– Êtes-vous donc si ondoyant ? s'écria Clélia avec un accent de douce ironie. Le faut-il croire, monsieur Ary ?

– Ceci n'est pas défendu, signorina, dit-il avec un sourire qu'Ulrich, ce sagace observateur, jugea encore passablement railleur.

Il s'éloigna pour répondre à un appel de sa mère, demeurée avec dona Ottavia près de la table à thé, et Clélia entama avec Ulrich une de ces conversations où son esprit et sa gaieté pouvaient briller sans entraves.

Là-haut, Anita s'habillait pour s'en aller vers la chapelle. Elle n'habitait plus la chambrette mansardée du second étage. Lorsqu'elle avait été souffrante, Mme Handen, sur la demande de Frédérique, appuyée sinon inspirée par Ary, avait autorisé l'installation de la jeune fille dans une petite pièce inutilisée du premier étage, claire et gaie, donnant sur le jardin. Elle semblait à Anita un paradis auprès de celle où s'était écoulée son adolescence, et maintes fois elle avait été pénétrée d'un sentiment de reconnaissance envers ceux qui lui avaient procuré ce petit soulagement.

Comme Ary avait bien montré, tout à l'heure, qu'il ne rougissait plus de sa parenté avec la fille de Bernhard et de Marcelina ! Elle avait bien vu qu'il était irrité du dédain témoigné à sa cousine par l'élégante Italienne. Et, vraiment, il semblait fort peu empressé près de celle-ci, malgré les visibles avances et les habiles flatteries de Clélia.

On frappait en ce moment à sa porte, et elle vit apparaître Léopold. Il venait de la part de Maurice chercher un volume que la jeune fille avait emporté par mégarde.

– Savez-vous qu'elle me porte sur les nerfs cette petite pimbêche d'en bas ? confia-t-il à sa cousine. Depuis trois heures qu'elle est arrivée, on n'entend parler que de fêtes, de toilettes et autres babioles. Je voudrais bien la voir sur la route du retour !... Malheureusement, on dirait qu'elle veut s'implanter ici pour un certain temps. Nous supposons qu'elle a des projets sur Ary... Hum ! je n'ai pas dans l'idée qu'elle réussisse... Et vous, Anita ?

– Qui sait ?... Bon ! vous me faites parler, Léopold, et voilà que je m'enfonce mon épingle à chapeau dans la main !

Et, un peu pâle, elle se détourna pour jeter un coup d'œil sur sa petite toque fleurie, qu'elle venait de poser tout de travers, ce qui fit beaucoup rire Léopold.

Chapitre XIV

Ainsi que cela avait été prévu, les réunions mondaines se succédèrent, tant en dehors que dans la vieille maison. La jeunesse de M... sortait d'un concert ou d'une fête champêtre pour retomber dans une matinée dansante ou une soirée littéraire... La gracieuse Italienne qui avait ainsi donné le branle à la société un peu engourdie exerçait un règne mondain incontesté : ses opinions, ses goûts, son élégance parfois outrée faisaient loi, et le plus grand nombre vantaient son charme brillant et son irrésistible entrain. Il y avait bien quelques fausses notes dans ce concert de louanges. Les gens sensés et tranquilles la qualifiaient de coquette, de poupée frivole. Mais, en vérité, dona Clélia se souciait bien de ceux-là ! Il lui suffisait d'être la reine du moment, de s'amuser en faisant s'amuser les autres, de récolter une moisson de compliments. Les censeurs, les gens austères... quantité négligeable, vraiment !

Anita, comme à son ordinaire, était demeurée en dehors du mouvement mondain. Elle tenait compagnie à Maurice, un peu délaissé, et voyait assez rarement ses cousines, emportées dans un tourbillon à la suite de Clélia. Ary réussissait à s'en dégager parfois, mais c'était pour s'absorber dans la composition de ses œuvres musicales qui contribuaient, autant que son magistral talent, à lui acquérir une renommée universelle. Il semblait particulièrement joyeux lorsqu'il avait pu esquiver quelqu'une de ces réunions mondaines, et en venant s'asseoir quelques instants près de Maurice, il disait gaiement :

– Encore une corvée évitée, aujourd'hui. Dona Clélia n'est pas une femme, en vérité, mais bien un mouvement perpétuel !

– Elle me fatigue ! disait Maurice en pressant un peu son front entre ses mains. Autrefois, je la trouvais agréable et amusante, mais maintenant je ne puis plus supporter sa voix et je suis content quand je la vois disparaître. Cependant, elle est très aimable pour moi, ce qui m'étonne, car autrefois je lui ai entendu dire qu'elle n'aimait pas les gens malades.

Ceci cadrait bien avec ce que l'on pouvait deviner de la nature de la brillante jeune fille. Anita l'avait vue un jour, seule dans le vestibule avec sa tante, entraînant presque de force la pauvre femme souffrante, en disant avec impatience :

– Bah ! cela passera en marchant ! N'allez pas faire la malade, ma tante, ce serait insupportable.

Et la bonne dona Ottavia, toute pâle de malaise, avait obéi comme de coutume à l'impérieuse petite créature. Mais, au retour, elle s'était alitée pour plusieurs jours, et la famille Handen avait pu admirer les soins touchants dont la dévouée Clélia avait entouré sa chère tante. Vêtue d'un délicieux déshabillé jaune pâle qui lui seyait admirablement, elle s'était installée près de son lit, et il avait fallu l'en arracher pour la faire descendre un peu au salon.

Cependant, une indiscrétion de la femme de chambre de ces dames révélait à l'office que les jours de retraite avaient vu s'élaborer de nombreuses combinaisons de parures. Une vision de tulle rose, de dentelles et de fleurs s'était interposée entre le regard de la jeune fille et le lit de la malade, et la toilette destinée à rendre Clélia reine incontestée de la grande fête qui se préparait était éclose en son cerveau, un soir où, devant ses yeux, dona Ottavia brûlait de fièvre et gémissait sous l'étreinte d'une atroce migraine.

Il était, en effet, décidé qu'une soirée serait donnée dans la vieille demeure, non pas une soirée banale, mais une fête sous les tilleuls séculaires, avec des lanternes multicolores semées à profusion dans la verdure, des chœurs de chanteurs et de musiciens dissimulés dans les bosquets, et plusieurs attractions dues à l'esprit inventif d'Ulrich et de Léopold. Déjà les jardiniers élaguaient les buissons, répandaient du sable dans les allées caillouteuses et préparaient l'espace que devaient occuper les massifs de fleurs, décoration d'un jour qui transformerait l'aspect du jardin inculte. L'herbe rase couvrant la plus grande partie du sol serait un délicieux tapis pour les promeneurs, et un parquet volant donnerait toute satisfaction aux danseurs.

Tout cela avait été une joie et deviendrait inévitablement un triomphe pour l'organisatrice, à qui Mme Handen et Ary avaient donné carte blanche. Mais le jeune homme s'était formellement refusé à livrer l'orangerie aux fantaisies ornementales de Clélia.

– J'en aurais fait quelque chose de si délicieux ! avait-elle murmuré d'un ton désolé, avec un regard qui eût charmé des pierres. Des massifs de palmiers, des traînées de lierre, des fleurs partout, puis des petites tables Louis XV pour le souper. Vous voyez d'ici l'effet produit !

– Je le regrette, signorina, mais je ne puis autoriser que l'on touche à l'orangerie, avait répondu Ary avec une extrême politesse, mais de ce ton absolu qui ne souffrait pas d'insistance.

Clélia l'avait boudé toute une soirée, mais devant son imperturbable sérénité ; elle avait jugé bon de revenir à son humeur ordinaire. Seulement, Anita s'était demandé pourquoi, depuis lors, elle avait été honorée d'une malveillance plus accentuée de la part de l'élégante petite personne.

Aujourd'hui, la famille Handen était partie dès le matin pour le château de Volustein, à quelques kilomètres de M... La famille de Haguenau, propriétaire de cette antique demeure, se montrait littéralement folle du talent d'Ary, et les jeunes filles ayant eu, à diverses reprises, occasion de se rencontrer dans le monde avec les demoiselles Handen, il en était résulté des relations, assez espacées d'abord, mais devenues plus fréquentes depuis l'arrivée de Clélia. La jeune Italienne possédait une merveilleuse habileté pour s'insinuer partout et se rendre indispensable. Ce jour-là donc, les Haguenau avaient organisé une série de plaisirs champêtres pour lesquels la présence de Clélia avait été jugée nécessaire dès la matinée, et les membres de la famille Handen avaient été invités à venir profiter de l'ombrage plein de fraîcheur du parc de Volustein et du déjeuner pris sur la terrasse dominant la ville entière.

Tous étaient donc partis, sauf Ary et sa sœur aînée. Le jeune homme, prétextant son travail, ne devrait arriver au château qu'à l'heure du déjeuner. Quant à Frédérique, par un caprice inexpliqué, elle avait refusé de se rendre à Volustein. De sa chambre, Anita entendait le piano résonnant sous ses doigts en une mélodie très douce, mais singulièrement triste. Puis le silence se fit subitement, et, quelques instants plus tard, Frédérique entrait chez sa cousine.

– Je ne vous dérange pas trop, Anita ? J'ai une nouvelle à vous annoncer. Vous plaira-t-elle ? Je ne sais, car vous n'êtes pas coquette, vous ne désirez pas vous faire admirer, et c'est le but le plus clair de ces plaisirs mondains. Enfin, pour parler brièvement, je vous préviens que vous pouvez préparer votre toilette pour la soirée prochaine, où vous assisterez avec nous, cousine.

– Moi ! s'écria la jeune fille avec stupeur. Quelle plaisanterie, Frédérique !

– Une plaisanterie ? Mais, Anita, je suis très sérieuse ! Nous avons tous trouvé qu'il était fort ridicule et absolument injuste de vous laisser en dehors de ces fêtes – et cela, non pas tant à cause du plaisir, très illusoire, à mon avis, que vous pouvez y trouver, que pour remettre au point, aux yeux du monde, la situation qui doit être la vôtre parmi nous. Vous vous étonnez de m'entendre parler ainsi, moi qui vous ai si souvent fait souffrir par mon dédain ? Mais, Anita, on apprend beaucoup en quelques mois, on observe et... on souffre, murmura-t-elle avec amertume. Bref, nous avons résolu de changer ce qui s'est passé jusqu'ici mais je ne sais trop pourquoi Ary n'a pas jugé bon de vous faire profiter des quelques soirées et réunions données par nous jusqu'ici. Il a tenu à attendre celle-ci, plus importante... sans doute, Anita, pour vous faire faire une véritable et solennelle entrée dans le monde, ajouta-t-elle en riant. Ma mère a fini par consentir après qu'Ary a eu invoqué son autorité de chef de famille, et maintenant de tuteur, puisque le vieux cousin qui avait accepté ce titre est mort. Il ne faudra donc pas vous étonner et vous contrister si elle se montre peut-être un peu plus... hostile envers vous.

Anita n'avait pas songé un instant à interrompre le petit discours de sa cousine. Elle était littéralement pétrifiée. À elle, la dédaignée, la parente si rigoureusement tenue à l'écart, on offrait de prendre part à cette soirée qui devait réunir la meilleure société de M...

– Ainsi, c'est convenu, vous allez arranger votre toilette, qui sera chose exquise, si j'en juge d'après votre goût en toutes choses ?

Mais Anita secoua négativement la tête :

– Je vous remercie de votre généreuse initiative, chère Frédérique, mais... je ne puis accepter.

– Vous ne pouvez pas ? Et quelles sont vos raisons ?

– D'abord, je ne puis assister à cette soirée contre le gré ou seulement sur le consentement forcé de Mme Handen. Ensuite, je ne peux pas être une cause d'ennui pour vous. Bien des gens ne verront toujours en moi qu'une inconnue méprisée, ils me montreront leur dédain ou une curiosité malveillante, et cela pourrait rejaillir un peu sur vous.

– Ah ! par exemple, voilà qui m'importe peu ! Si vous saviez ce que je me soucie de l'opinion du monde ! Mais rassurez-vous, Anita, dit-elle avec un fin sourire, j'ai idée que cela se passera autrement que vous ne le pensez... Ainsi, c'est oui ?... Non, encore non !... Alors, j'emploie les grands moyens. Venez avec moi !

– Où me conduisez-vous, Frédérique ? s'écria Anita en souriant et en essayant de résister à la main énergique de sa cousine.

Mais, sans répondre, Frédérique l'entraîna hors de la chambre, jusque devant une porte qu'elle ouvrit vivement. C'était le cabinet de travail d'Ary. Assis devant son bureau, le jeune homme travaillait assidûment, et un mouvement d'impatience lui échappa en entendant entrer...

Mais, ayant retourné la tête, tout mécontentement s'effaça soudain de sa physionomie. Il se leva avec vivacité en repoussant les papiers épars devant lui.

– Ary, je suis désolée de te déranger, mais j'ai recours à toi pour vaincre la résistance d'une jeune personne récalcitrante ! s'écria gaiement Frédérique.

Ary regarda Anita en souriant :

– Qu'y a-t-il donc, petite cousine ? Frédérique vous demande-t-elle une chose bien difficile ?

– Très difficile. Et même impossible, Ary. Mais Frédérique, quelle idée avez-vous eue de venir déranger inutilement votre frère ? Peut-être avez-vous coupé court à une inspiration qui ne pourra se retrouver.

– Non, non, rassurez-vous, Anita, dit vivement Ary. Et maintenant, Frédérique, qu'y a-t-il ?

Le jeune fille répéta le refus d'Anita et les raisons données par elle. Ary eut un hochement de tête accompagné d'un sourire énigmatique.

– Ce sont là craintes chimériques. Pour ce qui est de ma mère, j'espère qu'au fond de son âme elle reconnaît – ou reconnaîtra bientôt – la justesse de ce que nous lui demandons. Et d'ailleurs, Anita, il nous faut constater qu'en se désintéressant de votre existence morale, ma mère a perdu le droit qu'elle pouvait avoir à votre soumission. Quant aux ennuis que vous craignez, je dois vous dire qu'ils sont illusoires, et que la nièce du professeur Handen, présentée et entourée par sa famille, n'aura rien à désirer en fait d'égards.

– Mais je ne suis pas habituée au monde. Qu'irais-je faire dans cette fête, moi qui suis destinée à une existence modeste et solitaire ? Oh ! vous ne savez pas combien cela me coûterait, Ary ! murmura-t-elle.

– Mais, Anita, comme vous êtes enfant ! s'écria-t-il avec un sourire ému. Que pouvez-vous craindre ? Enfin, il est de toute évidence que vous êtes libre, mais je... nous y tenions extrêmement.

Tout en parlant, il froissait machinalement une des feuilles de papier à musique éparses sur son bureau. Ce mouvement découvrit l'entête d'un manuscrit, et Frédérique, qui se tenait près de son frère, jeta un cri de surprise.

– *Ô Salutaris hostia* ! lut-elle tout haut. Ciel ! Ary, que deviendrait le malheureux Derdrecht s'il voyait ceci ! Toutes les malédictions dont déborde son cœur charitable tomberaient sur toi, mon pauvre frère, qui as osé écrire la musique de ce chant catholique !

Anita jeta un regard d'indicible étonnement vers son cousin. Quelque chose de très doux, une expression de pénétrant bonheur avait illuminé un instant la physionomie d'Ary, mais, avec un peu d'impatience, il posa une feuille sur le manuscrit.

– Laissons monsieur Dertrecht tranquille, Frédérique ; tu sais comme je me soucie de l'opinion de cet hypocrite... Eh bien ! Anita, que décidez-vous ?

– Si vous le voulez, Ary...

– Si je le veux ! interrompit-il avec vivacité. Mais, Anita, en pareil cas, ai-je le droit de vouloir quelque chose ? Non, non, je vous l'ai dit, vous êtes absolument libre. Seulement, il me semble...

– Oui, je sais ce que vous allez dire : ce serait peut-être une lâcheté de ma part de reculer devant l'opinion et les paroles de gens qui m'importent si peu, après tout ! J'irai donc, si vraiment vous croyez tous deux que cela ne puisse trop offenser madame Handen.

– Mais non, je suis sûre que tout se passera très bien, déclara Frédérique. Allons, nous te quittons, tu vas pouvoir reprendre ton travail.

– Malheureusement non... il faut que je m'habille pour aller là-bas ! dit-il en passant une main impatiente sur son épaisse chevelure blonde. Ces Haguenau me sont assez peu sympathiques, et je regrette que ma mère ait accepté pour mon compte cette invitation. Elle ne le fait pas d'ordinaire.

– Elle s'y est trouvée presque forcée par Clélia, laquelle, entre parenthèses, a donné en cette circonstance un petit accroc au parfait savoir-vivre dont elle se pique.

Ary leva les épaules avec irritation. Les jeunes filles s'éloignèrent, et, à la porte de sa chambre, Frédérique s'arrêta.

– Vous voyez comme j'ai eu raison de vous amener au tribunal d'Ary, dit-elle avec un léger sourire. Grâce à lui, nous vous aurons au milieu de nous, et, quoi que vous en disiez, vous y prendrez bien quelque plaisir... quand ce ne serait que d'entendre une poésie inédite de M. Ludnach.

Une singulière expression, mélange de joie et d'amertume, transformait soudain sa physionomie. Elle se pencha à l'oreille de sa cousine.

– Croiriez-vous, dit-elle âprement, que ces Haguenau ont invité aujourd'hui notre société habituelle, et qu'ils ont oublié seulement Joël Ludnach... parce qu'il est d'une humble, très humble famille, dit-on. Et ces misérables orgueilleux le considèrent comme un vulgaire histrion, bon à les amuser quelques heures et ensuite dédaigneusement mis de côté. Lui, si noble, si artiste, si délicatement bon ! Et on voulait m'emmener chez ces gens !

Une émotion violente, haine et douleur mêlées, faisait trembler sa voix et contractait son visage. Elle se détourna brusquement et s'éloigna. Quelques instants plus tard, les sons du piano arrivèrent de nouveau aux oreilles de sa cousine. Seulement, c'était cette fois une harmonie étrange, tourmentée et incompréhensible comme l'âme de la musicienne.

Chapitre XV

L'austère demeure des Handen était totalement transformée ce soir-là. Le vestibule et les salons ruisselaient littéralement de lumière, et cette intense lueur se répandait par les fenêtres ouvertes dans le jardin, méconnaissable lui aussi. Des centaines de lanternes rouges – la couleur préférée de Clélia – étoilaient les arbres et les buissons, une floraison soudainement sortie de terre embaumait les alentours de la maison, et dans ce décor s'agitaient les invités déjà nombreux. Feux des pierreries, nuances vives ou délicieusement pâles des toilettes féminines, teintes éclatantes et dorures des uniformes, tout se confondait en un féerique assemblage dans cette nuit illuminée.

Chapitre XV

Ary allait de l'un à l'autre de ses hôtes, accueilli par d'unanimes félicitations sur la transformation subie par l'enclos inculte.

– L'honneur en revient complètement à dona Clélia, répondait-il en désignant la jeune Italienne qui voltigeait à travers les salons, très animée, extrêmement brillante dans sa toilette de tulle rose que serrait à la taille un corselet de velours cerise brodé d'or.

Et les compliments pleuvaient sur l'habile organisatrice qui rayonnait de vanité satisfaite.

Elle se dirigea vers le groupe formé près de la porte du salon par Mme Handen, sa fille cadette et dona Ottavia... Bettina, pâle et maigre, était cependant toujours charmante et enfantine, et très élégamment parée, selon sa coutume.

– Je ne puis découvrir Frédérique, déclara dona Clélia. Qu'est-elle donc devenue ?

– Elle est dans le petit salon, je crois, dit Ulrich qui passait en compagnie de Joël Ludnach. Avez-vous besoin d'elle, signorina ?

– Oh ! ce n'est rien de pressé, une simple question relative à l'orchestre. Et d'ailleurs, voici M. Handen qui pourra me donner ce renseignement.

Elle se tournait vivement vers Ary qui approchait, mais le sourire s'effaça subitement de ses lèvres...

Deux personnes sortaient du petit salon, et tout aussitôt voyaient se fixer sur elles tous les regards. Ces jeunes filles, bien qu'également vêtues de blanc, étaient absolument dissemblables : l'une douée d'une allure de souveraine, d'une grâce étrange, un peu hautaine ; l'autre plus délicate, délicieusement jolie, fleur modeste et exquise. Et, sous les longs cils noirs de celle-ci brillaient des yeux qui n'avaient pas d'égaux dans cette réunion.

Ary s'était avancé, il offrit son bras à Anita et la conduisit près de Mme Handen qui dut, sous peine d'un esclandre, s'exécuter et présenter la jeune fille aux personnes les plus considérables de la réunion. Et Anita, qui avait tant redouté un affront, se vit accueillie par de sympathiques sourires et des mots gracieux.

– Quelle charmante surprise ! dit Ulrich, dont le gai visage rayonnait. Dona Clélia, est-ce vous qui avez imaginé de nous causer ce plaisir très inattendu ?

– Oh ! monsieur Heffer, je ne suis pour rien là-dedans ! déclara l'Italienne avec un geste de vive protestation.

Elle avait repris son doux sourire, mais une lueur mauvaise étincelait dans ses prunelles noires.

– Non, je n'aurais vraiment osé prendre sur moi la responsabilité des ennuis qui attendent nos amis !

– Aussi, Clélia, ne vous en avons-nous pas chargée, répliqua ironiquement Frédérique. Mais, rassurez-vous, nos ennuis seront très légers à porter. Monsieur Ludnach, votre bras, je vous prie. Il est temps que j'aille aider Félicité près de nos jeunes invitées.

– Oui, c'est cela, allons dans le jardin ! s'écria Clélia.

Elle s'empara avec vivacité du bras d'Ary. Le jeune homme eut un imperceptible froncement de sourcils ; son regard passant au-dessus de la tête de l'Italienne se dirigea vers sa cousine. Elle venait d'accepter l'offre d'Ulrich, qui lui proposait de la conduire dans le jardin, et tous deux traversaient le salon à la suite de Frédérique et du Norvégien. Une rose pourpre mettait une note vive et chaude dans la magnifique chevelure d'Anita, disposée avec une simplicité qui eût été chez bien d'autres un art raffiné. Et Clélia, dont le regard ne quittait pas la belle jeune fille, dit avec douceur :

– Je n'aurais jamais cru Mlle Anita si... habile dans l'arrangement de sa toilette. Elle semblait si peu coquette, tellement désintéressée des vanités du monde ! Fions-nous donc à ces petites filles simples et naïves !

Elle riait gaiement, mais, de côté, son regard scrutait la physionomie d'Ary. Un grand pli s'était formé sur le front du jeune homme, mais il répondit avec une froide tranquillité :

– Vous vous méprenez étrangement, signorina. Le naturel et l'absence totale de coquetterie sont précisément les qualités les plus remarquables de ma cousine, celles qui lui attirent tous les cœurs.

La petite personne se mordit rageusement les lèvres, mais ne répliqua pas un mot. Ils avaient atteint le jardin et se voyaient entourés d'une troupe de jeunes filles parmi lesquelles se trouvaient Élisabeth et Anna Heffer.

– Ary, nous allons danser maintenant, n'est-ce pas ? demanda cette dernière dont les petits pieds trépignaient littéralement. J'aime tant la danse !... Et j'ai si rarement l'occasion de ce plaisir, dans notre petite ville de B... !

– Voyez-vous cette sérieuse et laborieuse Anna ! s'écria Ary en riant. Je ne vous connaissais pas cette passion, ma chère cousine.

– Passion est un mot un peu fort, Ary, dit Frédérique qui s'approchait en compagnie de sa sœur cadette et d'Anita. Il est probable que la rareté du fait cause en grande partie le plaisir d'Anna, mais si elle allait fréquemment dans le monde...

– Ce serait la même chose, Frédérique, dit la voix dolente de Bettina. Demande à dona Clélia si elle est lasse des fêtes... et moi, je les aime toujours autant, vraiment. Oui, je ne pourrais m'en passer...

– Cependant, il aurait été sage de le faire ce soir ; Wilhelm, vous avez été trop bon en lui permettant de venir à cette soirée, dit Ary en se tournant vers son beau-frère qui arrivait avec le conseiller Handen.

– Mais elle le désirait tant !... et d'ailleurs, elle va beaucoup mieux, murmura l'excellent Marveld avec un tendre regard vers sa jolie femme.

– Mon cher, il faut conduire sa femme tambour battant et non pas se laisser mener par elle, dit brusquement le conseiller. Je l'ai fait et m'en suis bien trouvé. Du reste, il y a une seconde personne qui ne devrait pas se trouver ici à cette heure indue pour les petites filles, ajouta-t-il avec un regard de ressentiment haineux vers Anita. Ary, ta mère m'avait fait part de votre idée folle, mais je pensais qu'une lueur de raison vous éclairerait au dernier moment. Et voici que, par une incompréhensible démence, vous renversez d'un seul coup le résultat de plusieurs années de lutte contre un orgueilleux et détestable caractère.

– Veuillez m'accompagner dans la salle d'étude, mon oncle, j'ai deux mots à vous dire, interrompit Ary d'une voix tremblante de colère. Dona Clélia, je vous prie de m'excuser si je vous laisse un instant.

La salle d'étude avait été réservée pour les amateurs de repos et de solitude. Une seule lampe éclairait à demi cette vaste pièce où arrivaient à peine les sons de l'orchestre installé dans le jardin.

– Mon oncle, dit sèchement Ary sans préambule, je vous ai déjà fait connaître que je ne souffrirais pas ces attaques contre ma cousine, et bien moins encore en présence d'étrangers. Si vous devez les renouveler, je me verrai dans la nécessité de cesser toutes relations avec vous.

Un moment abasourdi, le conseiller sursauta enfin.

– Quoi ! pour des vérités dites à cette sotte petite fille ! Mais tu es fou, littéralement fou, comme Heffer, Léopold, Frédérique, tous les niais qui se sont laissé endoctriner par cette mijaurée !

– Je suis seulement juste, mon oncle. Il ne peut me convenir que, sous mon toit, qui est aussi le sien par la volonté de mon père, Anita se trouve ainsi insultée. Et cela par celui qui devrait la protéger et l'aimer, par son grand-oncle !

– Non, non, jamais ! s'exclama le conseiller, pâle de rage. Ma nièce, elle ! Je la déteste, je la hais comme j'ai haï son père, ce beau Bernhard que tous aimaient et admiraient, le misérable !

C'était l'envie, la basse et épouvantable envie qui contractait ce visage, et Ary retint avec peine un mouvement de répulsion. Là était le secret de cette haine qui avait poursuivi l'orpheline. Elle était la fille d'un neveu détesté, peut-être parce que, plus perspicace que d'autres, il avait pénétré le fond du caractère de son oncle et lui avait fait sentir son antipathie.

Le conseiller se calma soudain, un sourire sarcastique entrouvrit ses lèvres...

– Tu es d'autant plus fou de prendre au sérieux cette péronnelle qu'il va arriver une chose... et sais-tu laquelle ? Eh bien ! Anita deviendra la femme du jeune professeur Ulrich Heffer, et ta sœur Frédérique, qui a toujours compté sur son cousin, quoi qu'elle en dise, se morfondra tandis que sa belle cousine, la soi-disant persécutée, se pavanera dans sa position inespérée, car Ulrich ira loin ! Hein ! tu n'avais pas songé à cette conséquence de ta conduite chevaleresque, mon neveu ?

Le visage d'Ary venait de se couvrir d'une extrême pâleur, mais il n'eut pas un mouvement de surprise.

– Cela ne vous regarde nullement et n'a aucun rapport avec le sujet qui nous occupe, dit-il sèchement. Quoi qu'il arrive, je ne regretterai jamais d'avoir rempli mon devoir. D'ailleurs, Ulrich est absolument libre, aucune promesse ne le lie à Frédérique.

Et sans paraître voir le geste stupéfait du conseiller à cette dernière phrase, il sortit de la salle d'étude.

Chapitre XV

Dans le jardin, l'orchestre faisait tourbillonner déjà les couples de danseurs. L'un d'eux attirait surtout l'attention générale, ou, pour parler plus exactement, cette attention s'adressait à la jeune fille vêtue de blanc, si simple et si charmante, dont Ulrich Heffer était le cavalier. C'était un véritable succès qui accueillait Anita, et si quelques critiques envieuses naissaient dans certains cerveaux, elles n'osaient se faire jour devant l'opinion générale. Cet enthousiasme se manifestait par l'empressement des danseurs à inviter la jeune parente des Handen. Mais Anita n'en était pas grisée et demeurait fort calme. En la reconduisant à sa place après une danse, Léopold lui en fit l'observation en riant.

– Oh ! je ne serai jamais une mondaine, je le sens, répondit-elle en secouant la tête. Cependant, une fois par hasard, cela est joli, comme coup d'œil surtout.

Mais en ce moment, ce qu'elle regardait, ce n'était pas le jardin illuminé et plein d'une animation inusitée. Un groupe s'agitait là-bas, où ressortait la toilette voyante de la jeune Italienne. On voyait distinctement les mouvements de sa tête brune, couronnée de géraniums écarlates. Elle paraissait causer avec vivacité, s'adressant surtout à son cavalier ; mais celui-ci, qui était Ary, tout en prêtant poliment l'oreille, était évidemment en proie à une certaine impatience. Dona Clélia le quitta enfin pour rejoindre ses amis de Haguenau, et il s'éloigna rapidement. Quelques secondes plus tard, il s'inclinait devant Anita.

– Avez-vous encore une danse de libre ? J'arrive un peu en retard, mais les devoirs de maître de maison sont lourds et si souvent ennuyeux !

– Celle-ci est libre. Je l'avais réservée pour me reposer un peu, car je ne suis pas habituée à ce mouvement.

– Qu'à cela ne tienne, il nous est facile de ne pas danser longtemps. Il y a déjà de nombreux couples de promeneurs sous les tilleuls, et ceux-là sont les bien avisés, car il y fait délicieux.

Et, après quelques tours de valse, ils se trouvèrent mêlés à ces amateurs de fraîcheur et de silence relatif. Parmi eux, ils croisèrent Frédérique et le poète norvégien, discutant avec chaleur un point littéraire.

– Comment ! notre petite étoile a déserté la société qui l'admire tant ! s'écria gaiement Frédérique. Voyez-vous ce que je vous avais prédit, Anita ? Où sont les humiliations tant redoutées ? Vous êtes la reine de la fête, tout simplement, n'en déplaise à cette pauvre Clélia qui se voit dépossédée ce soir de son sceptre.

– Une véritable petite folie ! Il ne lui manque que les grelots, dit la voix un peu moqueuse de Joël.

– Fort exacte, votre définition, mon cher, répliqua Ary en riant. Mais nous voici envahis. Ah ! c'est l'heure du souper, je n'y pensais plus. Venez-vous, Frédérique et Ludnach ? Il y a là-bas un petit coin où nous serons admirablement.

Les tables du souper avaient été dressées en partie sous les tilleuls, et la lumière rosée s'échappant des lanternes les éclairait délicieusement. Les invités arrivaient, et, parmi eux, Clélia conduite par Léopold. La voix un peu aigre de l'Italienne s'écria :

– Que complotez-vous là, tous quatre ? Quels amateurs de solitude !

Elle essayait de plaisanter, mais le regard qui enveloppait la jeune fille debout près d'Ary témoignait d'une irritation difficilement contenue.

– Mais oui, nous étions fort bien ici, dit Frédérique. Nous sommes tous peu enthousiastes du monde, ce qui doit vous sembler incompréhensible, Clélia ?

– Moi ? Oh ! pas du tout ! Je n'y tiens pas tant que vous le pensez, répliqua l'Italienne d'un ton de parfaite indifférence. Je suis encore très jeune, très gaie, mais je m'habituerais très bien à une vie calme et simple comme celle que vous menez dans cette vieille demeure, Frédérique.

La lumière était atténuée en cet endroit, sans quoi Clélia eût pu apercevoir le sourire ironique éclos sur toutes les lèvres.

La petite table la plus reculée vit bientôt réunis autour d'elle Ary, Anita, Frédérique et Joël Ludnach. Si, partout ailleurs, les conversations se ressentaient de l'atmosphère mondaine, ici l'entretien revêtait un tour élevé qui aurait plongé dans un étonnement désespéré la petite Italienne, dont le corselet brodé d'or étincelait un peu plus loin, en pleine lumière. Là régnait une extrême animation, et les éclats de rire éveillaient les échos si souvent endormis du vieux jardin. Mais, fréquemment, deux yeux noirs inquiets et rageurs se dirigeaient vers cette petite table si tranquille, là-bas, d'où arrivait seulement parfois le rire frais d'Anita, ou celui, sonore et franc, d'Ary ou de Joël.

Au moment où, le souper terminé, les invités se levaient peu à peu, un homme traversa les groupes, ayant au bras une mince créature vêtue de soie claire, pâle et frissonnante.

– Qu'y a-t-il, Wilhelm ? Qu'arrive-t-il à Bettina ? demanda la voix angoissée d'Ary.

– Un frisson subit... un refroidissement... Ne vous inquiétez pas, répondit Wilhelm dont la voix tremblait un peu.

– Un refroidissement ! Mais quelle imprudence de la laisser dehors à cette heure !... et assise ! Faites-la coucher ici, Wilhelm.

– Oui, elle le préfère aussi. Ne vous dérangez pas, Ary... vous non plus, Frédérique.

– Et ne grondez pas Wilhelm. C'est moi qui ai voulu rester, dit la voix calme de Bettina qui s'éloignait.

– Oui, elle l'a voulu, il a obéi... et voilà ce qui en résulte ! murmura Ary. Qui aurait cru cela de la part de cet homme si sévère pour son propre compte ! Qu'adviendra-t-il de ce refroidissement ?

– Oh ! cela passera : Bettina avait ce soir une mine excellente, dit Clélia d'un ton léger.

Elle venait de se rapprocher et avait entendu les derniers mots d'Ary.

– Vous êtes trop craintif, monsieur Handen, et trop sévère pour votre beau-frère.

– Il y a lieu de l'être, signorina, répliqua-t-il avec une certaine sécheresse. La moindre chose peut être fort grave pour ma sœur, si délicate. Et, tout en estimant et aimant mon beau-frère, je ne puis que déplorer une faiblesse qui peut avoir de si lourdes conséquences.

– Oh ! vous, vous êtes un abominable tyran ! dit l'Italienne avec un gracieux sourire. Celle qui sera votre femme devra vous obéir en toutes choses, n'est-ce pas ?

– En ce qui sera raisonnable et de mon ressort, oui, certainement. Les devoirs d'un époux, d'un chef de famille, sont extrêmement sérieux et lourds à porter, Dona Clélia. Bienheureux ceux qui peuvent les remplir en union avec une compagne forte et tendre, au lieu de devenir le mentor d'une enfant ou d'une poupée sans cervelle ! Mais pardon, Anita, je vous laisse debout ! Marchons un peu, nous reviendrons ensuite nous mêler aux danseurs.

Ils s'éloignèrent, tandis que Clélia, pâle de colère, prenait machinalement le bras que lui présentait M. de Haguenau.

Anita et Ary marchèrent quelque temps en silence le long de l'avenue de tilleuls. Comme ils arrivaient à l'extrémité, non loin de l'orangerie, Ary s'arrêta tout à coup.

– Vous avez prié pour moi, comme je vous l'avais demandé, n'est-ce pas, Anita ? dit-il avec émotion. Et ce que vous avez sollicité, je puis vous le dire... Vous avez imploré Dieu afin qu'il accorde sa lumière à un pauvre aveugle de bonne volonté et lui montre la voie rayonnante de la vraie foi... C'est bien cela, n'est-ce pas ?

Elle inclina doucement la tête, émue jusqu'au fond de son être...

– Eh bien ! Anita, vous avez été exaucée. Votre cousin croit comme vous, il est catholique de cœur, sinon encore de fait. Dans un mois, je retournerai à Rome pour faire mon abjuration.

Une exclamation de bonheur s'échappa des lèvres d'Anita :

– Vous catholique ? Oh ! Dieu soit béni ! murmura-t-elle d'une voix tremblante en levant vers lui son regard radieux. Et comment cela s'est-il fait, Ary ?

Alors, il lui raconta ses doutes, d'abord vagues, puis de plus en plus importuns. Le catholicisme avait d'abord attiré et charmé, puis profondément ému son âme par la sublime beauté de son culte, lorsqu'il avait, au cours de ses voyages, pénétré dans les églises, soit en simple curieux, soit pour y apporter le concours de son art.

Son âme, mise en éveil par une inquiétude mal définie, avait cherché à voir de près ce catholicisme qu'il ne connaissait que par ce qu'il en avait vécu jusque-là. Il avait étudié, il s'était mis en rapport avec les maîtres de la doctrine catholique, et son esprit était arrivé à la perception de la vérité intégrale. Il avait reconnu que l'Église romaine, seule, en possédait le trésor intact jalousement gardé à travers le flux et le reflux de la vie et des passions humaines sans cesse conjurées pour l'amoindrir. Une clarté chaque jour plus éclatante avait pénétré ce cœur droit et énergique. La vérité était trouvée, il l'embrassait sans hésitation, sans regret.

– Et je suis heureux ! – je ne puis vous dire à quel point ! Mais vous me comprenez, Anita, vous qui goûtez depuis toujours ces consolations mystérieuses, ces suaves délices de notre divine religion... Car je puis dire « notre » maintenant ! fit-il avec une allégresse qui trouva un écho dans le cœur d'Anita. Et pourtant, que d'ennuis m'attendent ! Je vais subir les attaques, les reproches de toute ma famille, me voir en butte à la colère de ma mère. Cependant, je n'ai pas hésité, là étaient le devoir et le bonheur ; là se trouve le salut de mon âme.

– Oui, un cœur loyal tel que le vôtre ne pouvait demeurer volontairement dans l'erreur ! Savez-vous que vous venez de me donner la plus grande joie qui m'ait atteinte jusqu'ici, Ary ?

– Je voudrais tant vous en donner encore ! murmura-t-il si bas qu'Anita ne l'entendit pas.

Ils revinrent silencieusement vers la maison. Trop de sentiments doux et heureux emplissaient l'âme d'Anita pour qu'elle pût se mêler à cette foule brillante, et elle pria Ary de la conduire à la salle d'étude afin d'y trouver une reposante solitude. À la porte, il la quitta, et elle pénétra dans la pièce très faiblement éclairée. Frédérique était là, appuyée contre la cheminée, ses mains croisées soutenant sa tête pensive.

– Ah ! vous faites comme moi, Anita ? Ciel ! que ces fêtes sont longues et fastidieuses ! Mais vous avez un air heureux qui fait plaisir à voir, cousine !

– Je puis vous faire le même compliment, Frédérique, répliqua Anita en riant.

Et, de fait, un rayonnement inexprimable transfigurait ce visage si souvent assombri.

– Vous trouvez ?... En effet, je suis si... si heureuse ce soir, chère Anita ! dit-elle avec un élan de joie passionnée. Bientôt... j'aurai ce que j'ai toujours rêvé. Il faudra lutter, j'aurai de durs instants, mais qu'importe ! Je triompherai, car je veux... oh ! il me faut le bonheur !

Chapitre XVI

Les prévisions d'Ary s'étaient réalisées : Bettina était fort gravement atteinte, et le docteur ne pouvait dissimuler son inquiétude.

Le pasteur Heffer, arrivé inopinément à M... le lendemain de la soirée, l'apprit de la bouche d'Ary. Mina l'avait fait monter directement dans le cabinet de travail du jeune homme.

– Pauvre petite Bettina ! murmura le pasteur avec tristesse. Et moi qui venait entretenir ta mère d'un projet, bien cher à Ulrich, et lui demander son assentiment ! Elle doit bien être en état de m'entendre, ma pauvre Emma !

– Ma mère ne se doute pas encore de la gravité de la situation ; elle paraît même assez rassurée. S'il s'agit de quelque chose d'important, elle acceptera volontiers de vous écouter.

– C'est égal, il serait peut-être préférable... Cela va sans doute l'émotionner... Mais Ulrich part demain pour prendre possession de sa chaire à H..., et il voudrait tant être fixé auparavant ! Ainsi, Ary, si tu crois que je puisse sans trop d'inconvénient causer avec ta mère ?

– Je le pense, mon oncle, répondit Ary dont le visage s'était soudainement assombri. Voulez-vous vous rendre chez elle et la faire demander par Charlotte, car elle doit se trouver en ce moment près de notre malade ?

– Je voudrais que tu assistes à notre entretien, Ary, car tu as voix au conseil, et je prévois une sérieuse résistance de la part de ma sœur.

Le jeune homme s'inclina en signe d'assentiment et sonna pour faire prévenir Mme Handen. Son visage, très pâle, témoignait d'une douloureuse émotion.

Une demi-heure plus tard, Charlotte entrait dans la chambre d'Anita. La jeune fille se reposait, ayant passé la nuit près de Bettina qui la réclamait sans cesse. La femme de chambre l'informa qu'Ary la priait de venir quelques instants dans son cabinet de travail, où le pasteur Heffer désirait l'entretenir.

L'oncle et le neveu, silencieux et absorbés, se tenaient debout près du bureau. Le pasteur prit la main que lui tendait Anita, tandis qu'Ary, sans regarder sa cousine, disait d'une voix un peu altérée :

– Anita, je dois d'abord vous prier d'excuser ma mère... C'est elle qui devrait se trouver ici en cet instant... Mais la maladie de ma sœur – et d'ailleurs, Anita, à quoi bon vous le cacher ? – la profonde déception éprouvée par elle, une colère et une rancune passagères la bouleversent et lui enlèvent la notion de son devoir actuel envers vous...

– Et vous le comprendrez aisément, mon enfant, dit affectueusement le pasteur, quand vous saurez ce qui m'amène ici, ce que je viens de demander à ma sœur... Anita, mon fils Ulrich désire ardemment unir sa vie à la vôtre.

Pâle et saisie, Anita s'appuyait machinalement à un meuble. Ainsi, le conseiller avait vu juste ! Cette idée folle, invraisemblable, avait germé dans le cerveau d'Ulrich. Et elle allait être accusée d'avoir enlevé à Frédérique celui que chacun considérait tacitement comme son fiancé ; elle serait traitée d'hypocrite, d'intrigante...

Et déjà n'y avait-il pas quelqu'un qui pensait tout cela ? Ce front douloureusement plissé, ses yeux qui se détournaient obstinément vers la fenêtre, cette main broyant nerveusement des livres à sa portée, tous ces signes ne disaient-ils pas clairement que l'indignation – peut-être le mépris ! – grondait dans le cœur d'Ary ? Oh ! cette pensée ne se pouvait soutenir !

– Monsieur Heffer, je ne puis croire que vous songiez sérieusement à cela, dit-elle en essayant de raffermir sa voix très émue. Quoi ! votre fils – le fils d'un ministre protestant ! – souhaite épouser une catholique !... Lui qui occupera un jour une haute position veut s'unir à une orpheline sans fortune, jusqu'ici inconnue, isolée, si souvent méprisée !...

– Oui, il veut tout cela, mon enfant !... Vous serez libre de pratiquer votre religion comme vous l'entendrez, vos enfants seront catholiques... Et pour le reste, je n'ai pas à vous apprendre que vous appartenez, par votre père, à l'une des plus vieilles et des plus honorées familles de notre contrée. D'ailleurs, nous n'avons pas les mêmes scrupules de... eh ! disons le mot, n'est-ce pas, Ary ?... les mêmes scrupules d'orgueil que les Handen. Vous serez parmi nous comme une fille chérie, et pour Ulrich vous serez l'épouse choisie entre toutes... car vous ne vous doutez pas comme il vous aime, Anita !... C'est en voyant la force de cette affection que j'ai consenti à braver le ressentiment de ma sœur, à encourir le blâme momentané de ma famille et de mes amis. C'est aussi parce que j'ai reconnu qu'il avait mille fois raison de s'assurer un trésor tel que vous...

– Et aussi, sans doute, de briser des projets d'avenir, de détruire des plans depuis longtemps formés ! s'écria-t-elle d'un ton de reproche.

– Mais, mon enfant, il n'y a jamais rien eu de précis à ce sujet ! C'était un projet vague, bien vu des deux côtés, mais demeuré toujours tel quel... et depuis deux ans ces caractères, si absolument dissemblables, semblent s'éloigner l'un de l'autre. Non, ma chère enfant, ceci ne doit pas vous tourmenter, pas plus que le mécontentement de ma sœur et la brouille probable qui surviendra entre nous. Cela passera, et d'ailleurs, malgré mon affection pour Emma, je ne puis briser le cœur de mon fils et détruire un rêve que j'approuve. Votre cousin, lui, comprend ma démarche et est prêt à l'appuyer... n'est-ce pas, Ary ?

– Évidemment... Je ne vois rien là que de très naturel, je ne trouve rien à redire en tout ceci... non, pourvu que vous soyez heureuse, Anita.

Il avait parlé sans détourner la tête, le regard fixé sur les toits voisins, dorés et miroitant sous l'éclatant soleil d'août. Ces derniers mots furent prononcés d'un ton presque bas, empreint d'une inexprimable émotion qui fit tressaillir Anita.

Combien il était juste et bon, puisque, sans doute pour réparer ses torts passés, il n'hésitait pas à consentir à ce mariage, malgré l'opposition de sa famille, la déception de sa sœur et, probablement, sa secrète désapprobation à lui-même !

– Je regrette infiniment de vous désappointer, monsieur Heffer, dit-elle en essayant de raffermir sa voix. J'estime beaucoup M. Ulrich, je lui garderai toujours une vive reconnaissance pour sa bonté compatissante envers l'enfant triste et délaissée que j'ai été ; mais, cher monsieur Heffer, comment avez-vous pu penser que j'accepterais un époux d'une autre religion que la mienne ? Non, il ne peut jamais être question de cela.

Décidément, ce mariage ne devait pas sembler à Ary aussi naturel qu'il l'avait assuré. Car, autrement, de quelle manière expliquer le rayonnement illuminant le visage tourné soudain vers elle ? Oui, ainsi qu'elle l'avait pensé, il ne donnait son appui au projet du pasteur que par un strict esprit de justice et de réparation, et la déclaration de sa cousine le soulageait évidemment.

– Ne dites pas cela, enfant ! s'écria le pasteur. Vous connaissez assez Ulrich pour avoir en lui toute confiance. Anita, nous faisons nous-mêmes un très grand sacrifice en consentant a créer ainsi une branche d'Heffer catholiques, et cela seul vous prouve quel désir nous avons tous de vous voir entrer dans notre famille. Et pour vous, mon enfant, il s'agit simplement de la religion de votre époux.

– Oui, simplement... et c'est beaucoup. Je ne pourrais souffrir de sentir cette barrière entre lui et moi, entre ses croyances et les miennes... Et comment ne pas appréhender les ennuis, les dissentiments qui peuvent survenir en de semblables circonstances ! Oh ! non, jamais !

– Jamais ?... Quelle parole cruelle, enfant !... Et si Ulrich était catholique, vous l'auriez accepté ?

Elle demeura un instant sans répondre... Là-bas, un regard anxieux se tournait vers elle.

– Je crois que... non, dit-elle enfin d'une voix un peu tremblante. Oh ! pardonnez-moi, cher monsieur Heffer, mais je dois être sincère et ne pas vous laisser une espérance illusoire. Je ne me marierai jamais...

– J'espère bien le contraire ! répliqua le pasteur dont le bon visage portait la marque d'une profonde déception. Seulement, voilà, vous n'aimez pas assez mon pauvre Ulrich... c'est-à-dire que vous ne l'aimez pas comme il faudrait pour en faire le compagnon de votre vie. Je ne vous en veux nullement, ma chère enfant, vous êtes une droite petite nature. Il vaut mieux qu'Ulrich sache à quoi s'en tenir et ne se berce pas de chimères. Pauvre garçon ! Allons, au revoir, Anita ; nous resterons bons amis comme autrefois. Ne te dérange pas, Ary, je vais voir notre malade.

Anita sortit à la suite du pasteur et, descendant rapidement, gagna l'orangerie. Elle avait besoin de solitude et de silence. Elle se laissa tomber sur une chaise et appuya sa tête sur ses mains enlacées. Un flot de sentiments tumultueux tourbillonnait en elle ; elle ne parvenait pas à se retrouver dans ce chaos. La proposition inopinée du pasteur, les sentiments contradictoires d'Ary, sa réponse à elle, si prompte, si irréfléchie, devant l'offre d'un avenir très inespéré, l'absence totale du moindre regret de cette décision précipitée, il y avait vraiment là de quoi bouleverser un cœur, si ferme et si habituellement calme qu'il pût être.

Elle avait dit vrai au pasteur : Ulrich, même catholique, n'était pas l'époux rêvé. Cependant il possédait les plus belles qualités, il était entièrement désintéressé – sa demande le prouvait assez... Alors, pourquoi ? Une larme glissa sous les paupières d'Anita. Soudainement, elle comprenait que son jeune cœur s'était déjà inconsciemment donné, qu'elle ne pourrait aimer nul autre comme elle aimait Ary.

– Oh ! pauvre folle que je suis ! murmura-t-elle en joignant les mains. Seigneur, je ne demande pas cette chose impossible, mais seulement qu'il soit heureux, mon Dieu !

Elle essuya ses larmes et revint lentement vers le logis. Mais elle s'arrêta tout à coup en pâlissant légèrement. Ary se promenait en fumant sous les tilleuls. Il aperçut sa cousine et, jetant son cigare, s'avança vers elle.

– Qu'y a-t-il donc, Anita ? Vous avez pleuré... Quelqu'un vous a-t-il causé des ennuis ? Ou bien, peut-être, regrettez-vous votre décision ?

Sa voix exprimait un peu d'angoisse. Anita secoua doucement la tête.

– Non, oh ! non, je vous assure ! Certes, j'ai regret de causer quelque contrariété à ces excellents cœurs auxquels je dois beaucoup, mais je ne pouvais pas... non, ce n'est pas possible !... Ils oublieront vite...

– Croyez-vous donc que l'on vous oublie ainsi ! murmura-t-il.

Par un geste qui lui était familier dans les moments d'émotion, il passa la main sur son épaisse chevelure.

– Mais, Anita, je pensais que vous auriez peut-être trouvé le bonheur dans cette union. Je ne désire qu'une chose : vous savoir heureuse, fût-ce aux dépens de mon propre bonheur... Car il faut que vous sachiez que j'aspire de toute mon âme à devenir votre époux... Si vous vouliez, Anita, me dire simplement : « Ary, je serai votre femme, malgré tout ce que j'ai souffert par vous !... »

Toute pâle de bonheur, ses grands cils sombres voilant un peu son regard, elle s'appuyait au tronc d'un arbre. Ary se pencha et lui prit la main.

– Dites, Anita, voulez-vous complètement oublier le passé et vous confier à moi ?

– Ary... Non, je ne suis pas dupe de votre générosité, murmura-t-elle d'une voix oppressée. Vous vous croyez obligé de réparer entièrement vos torts passés en donnant un foyer, une vie calme et heureuse à l'orpheline délaissée, en l'associant à la gloire qui couvrira un jour votre nom... et cela, malgré les regrets qui pourront être la suite de cette résolution. Voilà qui est digne de votre grand cœur Ary. Mais moi, je ne puis accepter... Oh ! non, jamais je n'accepterais d'être pour vous une charge, un ennui perpétuel !

– Une charge !... Un ennui !... Oh ! ne répétez pas de semblables paroles, Anita, car, voyez-vous, si vous refusez de me donner pour la vie cette petite main-là, votre cousin en souffrira bien longtemps, il n'oubliera jamais celle qui lui est plus chère que tout au monde !

– Ary !... est-ce vraiment possible ?

Elle lui tendait les mains, et, dans les grands yeux lumineux qui se levaient vers lui, il lut un radieux acquiescement.

– Il y a si longtemps que je renferme ce rêve en moi ! murmura-t-il doucement. Dès le premier jour où je vous ai revue l'année dernière, Anita, j'ai senti quelque chose s'éveiller en moi. Déjà vous n'étiez plus pour moi l'enfant humiliée et dédaignée, hélas ! Quand je me suis aperçu que vous entriez bien avant dans mon cœur, j'ai lutté, j'ai fui. Peine perdue... Un souvenir me poursuivait toujours et m'a ramené cette année ici, malgré mes résolutions. J'étais prêt à renverser les obstacles, à braver toutes les opinions... pourvu que vous m'aimiez un peu. Mais dès l'abord, j'ai soupçonné le secret d'Ulrich, et j'ai eu peur... oui, véritablement peur, Anita, car lui, l'heureux garçon, n'avait rien à se reprocher envers vous ! Cependant, si vous aviez trouvé là votre bonheur, je me serais tu, je serais parti...

Ils firent quelques pas en silence sous les tilleuls. Les bruits du dehors, le mouvement de la cité, ne venaient pas troubler, dans l'enclos retiré et sauvage, la joie intime de ces fiançailles.

– Mais... votre mère ? murmura tout à coup Anita. Jamais elle ne consentira...

– Peut-être pas aussitôt, hélas ! Mais nous attendrons, n'est-ce pas, Anita ? Ce sera un temps d'épreuve qui nous vaudra ensuite plus de bonheur. Aussitôt que Bettina ira mieux, je parlerai à ma mère... Rentrons maintenant, ma fiancée, et pensez que si vous avez manqué d'affection dans cette maison, il s'y trouve désormais un cœur qui donnerait tout pour effacer ces larmes et ces douleurs de votre enfance.

En entrant dans le vestibule, ils rencontrèrent Charlotte qui apprit à son jeune maître que M. Ludnach désirait lui parler. Ary se dirigea vers son cabinet de travail, tandis qu'Anita entrait dans le petit salon.

Félicité faisait la lecture à Maurice, et dona Clélia, assise près de sa tante, parcourait nonchalamment les feuillets d'un volume. Elle tourna brusquement sa petite tête brune vers Anita.

– Vous avez donc communiqué votre goût pour les promenades sentimentales sous les tilleuls à M. Handen, mademoiselle Anita ? dit-elle d'un ton mordant. Vous vous entreteniez sans doute de quelque austère sujet philosophique ?

– Oui, signorina, il était question des compensations que la Providence accorde à ses humbles créatures, répondit froidement Anita.

Elle alla s'asseoir près de la table à thé. Tout en travaillant, elle pouvait apercevoir dona Clélia qui continuait à couper ses pages et à les parcourir rapidement. De temps à autre, un long bâillement entrouvrait sa bouche fine, le regard profondément ennuyé de la jeune fille errait un instant autour du salon. Mais tout cela se fondit en un délicieux sourire lorsque la porte s'ouvrit vivement sous la main d'Ary.

Le jeune homme semblait extrêmement soucieux et préoccupé, mais néanmoins une lueur de bonheur traversa le regard qu'il dirigea tout d'abord vers sa fiancée.

– Tu n'amènes pas M. Ludnach ? Je pensais que tu lui offrirais de prendre une tasse de thé, dit Félicité en interrompant sa lecture.

– Non, il est parti, répondit brièvement Ary en prenant un siège près de dona Ottavia.

– Et même, il avait une triste figure ! s'écria Léopold qui était entré derrière son frère. Je viens de le rencontrer, il semblait absolument consterné, pauvre garçon ! Et mon oncle Heffer était aussi tout pâle, tout affecté quand je l'ai croisé cet après-midi dans l'escalier... Est-ce à toi que sont dues ces mines déconfites, Ary ?

Le jeune homme répondit par un geste dubitatif. Anita avait légèrement rougi, mais deux yeux noirs qui l'observaient ardemment furent les seuls à s'en apercevoir.

La jeune Italienne ferma le livre si prestement parcouru et leva son regard souriant vers Ary.

– Votre frère vous suppose des intentions bien cruelles, monsieur Handen ! dit-elle avec une gaieté qui semblait quelque peu forcée. Il va bientôt vous accuser d'avoir brisé le cœur de M. Ludnach, de... votre cousin Heffer, avez-vous dit, je crois, monsieur Léopold ? fit-elle d'un ton naïf.

– Mais non, j'ai parlé de mon oncle, signorina...

– Ah ! je croyais ! murmura-t-elle avec un petit sourire railleur.

Elle rouvrit machinalement son livre et se mit à le feuilleter d'une main un peu nerveuse... Mais en dessous, elle ne cessait de suivre des yeux Anita qui préparait le thé avec ces mouvements doux et gracieux qui étaient un de ses charmes.

– Que lisez-vous donc de si intéressant, Clélia ? demanda Félicité qui s'était rapprochée.

Elle se penchait en même temps pour jeter un coup d'œil sur le titre.

– *L'art musical au XVIIIe siècle*... Ton ouvrage, Ary... Je ne vous croyais pas capable de lectures si sérieuses, ma chère.

– Dites donc que vous me croyez irrémédiablement sotte et frivole, Félicité ! fit l'Italienne d'un petit ton froissé. Mais, heureusement, je sais comprendre et apprécier ce qui est vraiment beau – et tel est le cas pour cette œuvre. Vous avez tous les dons, monsieur Handen ! Il y a là des choses exquises, des aperçus d'une extrême originalité, des pensées si profondes ! Ce que je ne puis souffrir, ce sont ces doctes livres, bouquins poussiéreux et arides, tels, par exemple, ceux dont Mlle Anita fait ses délices...

Ici, instinctivement, la voix douce se faisait agressive et dure.

– ... Ces volumes austères me semblent si parfaitement déplacés dans les mains d'une femme ! N'est-ce pas votre avis, monsieur Handen ?

– C'est selon, signorina. Si cet étalage de science ne produit pas le pédantisme, je partage votre opinion. Mais si ces études ont un but déterminé et utile, si elles s'unissent à toutes les vertus féminines, je les considère comme absolument légitimes et fort méritoires. Car vous ne vous doutez peut-être pas de la somme d'énergie, de volonté courageuse, nécessaire pour procéder à l'étude de ces doctes et arides volumes, comme vous dites, alors que tant d'autres s'occupent à parcourir le roman nouveau, alors que ces jeunes intelligences auraient plaisir à goûter quelque délassement intellectuel. Je voudrais que vous lisiez ce livre, Anita. Les critiques sont assez bienveillantes à son égard, mais certains passages ne me satisfont pas pleinement. Je serais heureux d'avoir votre avis.

Et la conversation continua sur ce ton littéraire entre Ary, Anita et Félicité. Clélia avait refusé d'un geste sec la tasse de thé que lui présentait Anita, et peu après elle remonta dans sa chambre, en prétextant une soudaine migraine. Ce malaise semblait peu compatible avec la vivacité de la démarche et des mouvements de la jeune fille, mais ses sourcils durement froncés, son visage contracté donnaient quelque apparence de vérité à son assertion.

– Êtes-vous souffrante, dona Clélia ? demanda Mme Handen, qu'elle rencontra sortant de la chambre de Bettina.

– Oh ! très peu, madame... un simple mal de tête. Ah ! certes, j'accepterais de souffrir mille fois plus si je pouvais parer ainsi le nouveau coup qui vous menace ! murmura-t-elle d'une voix basse, aux intonations brisées.

– Quoi encore ? demanda Mme Handen.

– Oh ! chère madame, ce n'est qu'une hypothèse, mais je crains tant que... Oh ! défiez-vous d'Anita, je vous en prie !

– Encore cette intrigante ? dit avec colère Mme Handen. Qu'a-t-elle fait ?

– Madame, ne l'avez-vous pas compris ? Quoi ! dès le premier abord, j'ai deviné son jeu... Je l'ai vu, lui, se laisser prendre à ses mines douces et effacées... Et vous tous, mère, frères et sœurs, êtes demeurés aveugles !

– Que voulez-vous dire ? balbutia Mme Handen.

– Rien... rien pour le moment du moins... Mais je veille, afin d'écarter de vous cette nouvelle douleur, chère, chère madame !

Elle saisit la main de la veuve et la baisa ardemment, puis elle s'élança vers sa chambre laissant Mme Handen stupéfiée et inquiète, mais surtout animée d'une nouvelle colère contre la pauvre Anita.

Chapitre XVII

Anita monta un peu plus tard près de Bettina. Wilhelm s'y trouvait seul, cachant son angoisse sous un air souriant, car la jeune femme venait de se réveiller. Depuis quelques heures, un léger mieux semblait se manifester dans son état, mais le regard qu'elle tourna vers sa cousine témoignait cependant d'une extrême langueur.

– Comme vous avez été longtemps sans venir me voir ! dit-elle d'un ton de reproche enfantin. J'ai demandé à ma mère d'aller vous chercher... Vous l'avez vue, n'est-ce pas ?

– Mais non... Je suis venue aussitôt que j'ai été libre, chère Bettina... je n'ai pas vu du tout Mme Handen.

– C'est étonnant ! Elle aura oublié...

Elle s'arrêta et laissa retomber sa tête sur l'oreiller... Anita, s'asseyant près du lit, tira de sa poche un ouvrage de broderie.

– Je croyais trouver Frédérique ici, dit-elle à Wilhelm. Elle n'a pas paru au thé, aujourd'hui.

– Elle est restée avec nous une partie de l'après-midi, puis elle nous a quittés brusquement. Elle semblait soucieuse et agitée. Je crois qu'elle travaille trop.

– Peut-être. Cependant, elle paraissait depuis quelque temps un peu plus raisonnable sous ce rapport.

– Moi, je n'ai jamais trop travaillé, dit la voix dolente de Bettina. J'aime à m'amuser, voilà tout. Vous allez bien me soigner, Anita, pour que je puisse aller au bal de la baronne Acker. Vous soignez si bien, vous êtes si bonne, si douce ! dit-elle dans un élan d'affection fort étonnant de la part de cette légère et indifférente nature.

Anita, tout émue, prit la petite main maigre et la serra doucement entre les siennes.

– Que vous avez de beaux yeux, Anita ! reprit la jeune femme d'un ton d'admiration naïve. De les voir, cela soulage... oui, je vous assure... Ah ! voilà ma mère !

Mme Handen s'était arrêtée sur le seuil. Son regard irrité enveloppa Anita ; elle dit d'un ton dur :

– Il est inutile que vous restiez ici... Nous sommes en nombre suffisant pour soigner Bettina et n'avons aucun besoin de vos services.

Une brûlante rougeur envahit le visage d'Anita. Elle se leva avec vivacité et se dirigea vers la porte sans prononcer une parole.

– Non... non, je veux qu'elle reste ! dit la voix plaintive de Bettina. Je serai bien plus malade si elle n'est pas là... Maman, laissez-la.

Mais Mme Handen serrait les lèvres, signe d'invincible obstination. Et Anita sortit, le cœur battant d'émotion douloureuse, les yeux pleins de larmes amères.

C'était là celle dont il s'agissait d'obtenir le consentement à son mariage avec Ary !

Le dîner fut singulièrement triste et silencieux ce soir-là. Frédérique n'y vint pas, et Wilhelm, dont la physionomie trahissait une poignante inquiétude, ne fit qu'une courte apparition pour s'empresser ensuite de remonter près de sa femme. Sur tous, sauf les deux enfants, semblait peser une préoccupation plus ou moins absorbante. Clélia elle-même subissait visiblement l'influence ambiante, et il fallait convenir que, sans son sourire et son entrain brillant, la jolie Italienne perdait une partie de son attrait. Ainsi qu'un superbe papillon aux riches couleurs, elle était destinée à animer les jours heureux de la vie ; mais, dès l'approche des frimas, il ne devait rien demeurer de cette grâce séduisante.

Anita, fatiguée de sa précédente nuit de veille et surtout des émotions de cette journée, quitta le salon peu avant dans la soirée. Ary était remonté aussitôt après le dîner, sous prétexte de lettres à écrire. Comme la jeune fille atteignait le premier étage, la porte de l'appartement de son cousin s'ouvrit, et Ary apparut :

– J'ai été cet après-midi jusqu'au cimetière, Anita, dit-il d'un ton ému. Je voulais mettre quelques fleurs sur la tombe de votre père en réparation de... ma faute d'autrefois. Et, chère Anita, puisque je ne puis vous offrir encore un officiel bouquet de fiançailles, permettez-moi de le remplacer par ceci...

Il lui tendit une mince gerbe faite d'odorant lilas blanc et de quelques merveilleuses roses nacrées, le tout réuni par un ruban de moire blanche.

– Oh ! combien vous êtes bon ! dit-elle avec un regard qui le remercia plus que des paroles. Comme mon cher père doit être heureux, là-haut, de vous voir entourer sa petite fille de si délicates attentions !

– Ma pauvre petite Anita, ce ne sont là que de légères réparations. Mais dites-moi, qu'y a-t-il encore ce soir ? J'ai remarqué un nuage sur ce front, j'ai lu quelque tristesse dans ces yeux qui ne savent pas dissimuler.

Elle baissa la tête en rougissant. Il était pénible de raconter à un fils les injustices de sa mère.

– Ce n'est pas dona Clélia, au moins ? demanda Ary en lui prenant la main.

Elle fit un signe négatif.

– Alors, c'est ma mère, puisque le conseiller n'est pas venu aujourd'hui, conclut un peu amèrement Ary. J'ai remarqué qu'elle était envers vous plus froide encore qu'à l'ordinaire, ce soir. Prenez courage, ma pauvre Anita, et pardonnez-lui, car elle endure bien des peines en ce moment. Savez-vous ce qu'est venu faire Joël Ludnach ? Eh bien ! il m'a demandé la main de Frédérique. Et justement, ce matin même je venais d'apprendre que son oncle paternel est mort au bagne, condamné pour un effroyable abus de confiance. Le malheureux l'ignorait, on avait toujours réussi à lui cacher cette tare de sa famille. Pauvre Joël ! il vit toujours un peu dans le pays des rêves ! Il m'a dit aussitôt : « Je vous prie de m'excuser. Maintenant, je sais que je suis absolument indigne de Mlle Frédérique. » Son visible chagrin me serrait le cœur, pauvre garçon !... Eh bien ! Anita, auriez-vous jamais cru que Frédérique, la plus orgueilleuse d'entre nous, eût traité de rien cet obstacle que nous lui présentions comme infranchissable ! Oui, elle veut épouser Ludnach malgré tout et, devant le refus très net que lui opposait ma mère, elle nous a déclaré qu'elle n'y renoncerait jamais – cela, avec un mélange de passion et de calme qui m'effraye réellement. Anita, priez pour elle, essayez de lui faire entendre raison, car je redoute une révolte complète.

Ce soir-là, Anita alla chercher dans un coin de son armoire la petite gerbe flétrie, si dédaigneusement rejetée autrefois par Ary. À côté, la jeune fille posa son premier bouquet de fiançailles. Souvenir de deuil, exhalant un parfum presque insaisissable de choses vécues, espérance de bonheur, fraîche et embaumée, ruban noir et lien blanc, tristesses et rêves, tout cela était réuni aujourd'hui par la main de la fiancée d'Ary. Et, les yeux humides de larmes d'émotion, elle songeait que celui-là même qui lui avait causé une des plus grandes souffrances de sa vie venait de lui donner le bonheur inconsciemment rêvé.

Lentement, tout en songeant aux événements de cette journée, Anita se mit à dérouler sa belle chevelure et à la natter pour la nuit. Mais un bruit de pas dans la chambre voisine la fit soudain tressaillir. Là était l'appartement de Frédérique. Sans doute souffrait-elle, la malheureuse jeune fille, livrée sans guide – peut-être sans foi, hélas – aux caprices d'une nature étrange et tourmentée !

N'était-il pas de son devoir de tenter de lui procurer quelque soulagement moral, tout au moins de lui montrer sa sympathie ?

Elle sortit de sa chambre et alla frapper à la porte voisine... Une main nerveuse l'ouvrit, le visage pâle et contracté de Frédérique apparut...

– Ah ! c'est vous, Anita !... Que désirez-vous ? demanda-t-elle d'un ton bref.

– Je voudrais vous parler, chère Frédérique, dit doucement la jeune fille.

Elle suivit sa cousine qui rentrait silencieusement dans la chambre.

– Vous savez ? On vous a dit ce qu'on me refuse ? demanda brusquement Frédérique en enveloppant Anita de son regard sombre. Oui, ma mère, mon frère ne regardent pas à me broyer le cœur en prétendant m'obliger à renoncer à ce mariage... et cela pour une misérable question d'oncle condamné pour vol... ou pour je ne sais quoi ! dit-elle avec un accent de méprisante insouciance. Que m'importe cela... je vous le demande ?

– Mais Frédérique, c'est une grave question d'honorabilité.

Elle eut un rire sarcastique.

– Cela, c'est pour le monde, et peu m'importe, pourvu que je sois heureuse ! Anita, nous avons bien blâmé votre père à cause de son mariage, mais aujourd'hui, comme je le comprends !

– Il n'y avait aucune tache sur la famille de ma mère ! dit fièrement Anita.

– Cela est vrai ; mais, en toute justice, l'infamie de son parent peut-elle être imputée à Joël ? Non, ce serait injuste, car il est l'être le plus noble, le plus délicat qui existe. Et puis, eût-il été lui-même coupable, Anita, je deviendrais quand même sa femme !

Anita recula, en proie à une intense stupeur. Ces grands yeux gris, si souvent impénétrables, témoignaient de sentiments ardents dont nul n'aurait cru capable la froide Frédérique !

– Vous... c'est vous qui parlez ainsi, Frédérique !

– Oui, je le dis, je le répète ! fit-elle avec violence. Et je vous déclare aussi que jamais... jamais, je ne céderai... J'ai tant souffert ! Oh ! vous ne savez pas ce que j'ai enduré ! On m'a toujours crue indifférente à tout, sans cœur et sans désirs : pour ma famille, comme pour les étrangers, j'ai été pendant longtemps un « amas de ronces », selon l'aimable expression du conseiller Handen. J'étais laide et peu agréable de caractère, c'est vrai, mais l'affection m'eût peu à peu transformée. Seul mon père m'avait entièrement comprise et aimée... Mais il est parti si tôt, mon cher, mon bien-aimé père ! murmura-t-elle d'une voix altérée. Ary, si bon pour moi toujours, était trop jeune pour avoir sur moi son influence. Et ce cœur qui semblait de pierre, incapable de souffrir et d'aimer, ce cœur a saigné maintes fois. Et cependant, je cherchais toujours le bonheur... Enfin, je le trouve, rien ne m'en sépare... rien !

Haletante, les yeux étincelants, elle se redressait.

– Non, rien qu'un préjugé, un ridicule sentiment d'orgueil... Et, pour y complaire, il faudrait renoncer à tout, me plier aux volontés de ma mère et d'Ary... Ary ! lui qui s'est montré pour moi le meilleur des frères !... Qui sait cependant si lui-même n'aura pas un jour à lutter comme moi, à supporter ces contradictions, ces refus !

– Hélas ! cela est fort probable ! murmura Anita. Chère Frédérique, je vais vous apprendre un secret que vous serez seule à connaître : Ary et moi sommes fiancés.

– Ah ! tant mieux, dit spontanément Frédérique en lui tendant les mains. Je me doutais bien que cela arriverait. Mais vous verrez l'accueil que fera ma mère à cette révélation ! Jamais elle ne donnera son consentement, Anita.

– Nous attendrons, dit simplement Anita.

– Vous attendrez !...

Frédérique avait un peu sursauté... puis une expression de pitié ironique passa sur son visage altéré.

– Ainsi, vous laisserez peut-être s'écouler vos plus belles années, vous vous meurtrirez tous deux le cœur pour obéir à une affreuse injustice !

– Ary ne peut passer outre la volonté maternelle, Frédérique.

– Ah ! par exemple ! Eh bien ! j'y passerai, moi ! Ma mère n'a jamais pu me rendre heureuse ; je dois lui préférer celui qui aura ce pouvoir.

Elle se tut et alla s'accouder à la fenêtre. Dans le ciel, de lourds nuages sombres passaient. Du sol montaient, avec des senteurs de roses, les émanations humides et chaudes de la terre mouillée par une pluie d'orage. Là-bas, dans les ténèbres épaisses de cette nuit pleine de menaces, brillaient les quelques rares lumières parsemant ce quartier solitaire.

Frédérique se retourna tout à coup vers sa cousine.

– Tenez, Anita, nous ne pouvons nous comprendre, nos natures diffèrent trop. On ne peut mieux vous comparer qu'à un beau ciel d'été, idéalement bleu, traversé quelquefois par de légers nuages blancs qui disparaissent bientôt et ne peuvent troubler sa sérénité. Moi, je suis le ciel d'orage, calme et sombre, mais renfermant en lui la foudre. Oh ! oui, je la sens gronder en moi, et rien ne pourra l'empêcher d'éclater ! fit-elle avec exaltation. Ah ! on a cru avoir ainsi raison de moi ! on a cru que j'accepterais, comme vous, de souffrir en silence !

Sa belle tête eut un mouvement de défi altier.

– C'est qu'on ne me connaît pas ! J'épouserai Joël Ludnach, fallût-il rompre à jamais avec ma famille, fuir cette demeure, vivre toute mon existence à l'étranger !

– Frédérique, vous ne ferez pas cela ! s'écria Anita, effrayée de la sombre résolution dont témoignait la physionomie de sa cousine.

– Si, je le ferai, et sans tarder !

– Frédérique, je vous en supplie ! Songez à la faute que vous commettrez, aux malédictions que vous amasserez sur votre tête !

– Une faute !... Parce que je veux avoir, coûte que coûte, ma petite part de bonheur ? Vous divaguez, Anita ! dit Frédérique avec ironie. Et quant aux malédictions, je vous avoue que je m'en soucie peu. Ma mère ne peut rien sur moi.

– Mais Dieu, Frédérique !

Une fugitive contraction passa sur le visage de la jeune fille.

– Vous êtes heureuse de croire en lui, dit-elle avec une soudaine émotion en se penchant vers sa cousine. Moi, je ne crois plus... et c'est pour cela que je ne veux pas laisser échapper le bonheur terrestre qui passe à ma portée.

– Réfléchissez encore, ma pauvre Frédérique, dit doucement Anita. Songez aux difficultés sans nombre, aux douleurs que vous vous préparez.

– J'ai tout pesé et calculé, ma décision est prise, dit-elle froidement. Bonsoir, Anita.

Elle lui tendit la main. Anita la serra silencieusement et se dirigea vers la porte. Sur le seuil elle se retourna, Frédérique était demeurée debout près de la fenêtre. Sous la clarté de la lampe, elle semblait, dans son long peignoir blanc, une statue admirablement modelée, telle que les plus belles sorties des mains des maîtres d'autrefois. Mais celle-là avait une âme, elle se révoltait et elle souffrait...

– Ne voulez-vous pas me dire que vous réfléchirez un peu, chère Frédérique ? murmura Anita d'un ton suppliant.

Mais elle ne reçut pas de réponse. Sombre et empreint de résolution farouche, le visage de Frédérique demeura tourné vers la nuit lugubre, vers les ténèbres intenses recélant l'orage, et où, sans doute, elle trouvait une image de son cœur.

Chapitre XVIII

L'orage prévu avait éclaté sur M... avec une violence inouïe. Durant deux heures, des roulements infernaux avaient fait tressaillir la vieille maison, des trombes d'eau s'étaient abattues sur le jardin illuminé, à certains instants, par la lueur fulgurante des éclairs.

Au matin, le calme avait repris possession de l'atmosphère. Quelques pans de ciel bleu se montraient entre les nuages filant avec rapidité, et derrière un voile de nuées légères émergeait majestueusement le soleil.

L'air humide, parfumé d'émanations fraîches, agitait doucement les feuilles jaunies des tilleuls ; les oiseaux babillaient, heureux sans doute d'avoir échappé aux sombres horreurs de cette nuit.

Anita, accoudée à sa fenêtre, contemplait avec une sorte d'apaisement cette aube voilée. L'orage avait fortement remué ses nerfs déjà surexcités par tant d'émotions, et elle n'avait pu trouver un instant de repos. Elle offrait donc avec délices son front brûlant au souffle frais qui le caressait doucement ; en présence de cette nature pacifiée, le calme renaissait dans son âme agitée, en même temps que montait à ses lèvres une fervente prière.

Mais on frappa tout à coup à sa porte, et Félicité entra, les yeux rougis et la mine profondément attristée.

– Anita, voulez-vous venir près de Bettina ? Elle est plus mal... La nuit a été très mauvaise et elle n'a cessé de vous demander. Ma mère elle-même comprend maintenant que... que cela peut avoir une issue fatale, acheva-t-elle dans un sanglot.

Quelques instants plus tard, Anita entrait dans cette chambre où, la veille, sa présence avait été déclarée inutile. Elle prit place entre Mme Handen et Wilhelm, près de la jeune malade, excessivement pâle et pourtant plus jolie que jamais, peut-être parce que la souffrance et les réflexions suprêmes mettaient quelque expression dans ses yeux placides et doux. Ceux-ci s'étaient empreints d'une joie ardente en voyant entrer Anita, et une petite main fiévreuse avait attiré la jeune fille tout contre le lit.

– Restez, Anita... restez avec moi !

Et la matinée s'écoula, les heures passèrent, les craintes de tous se transformèrent en certitude. Avant le soir peut-être, Bettina aurait quitté la terre.

Ary n'abandonnait pas un instant cette pièce où se concentraient aujourd'hui toutes les préoccupations de la maison.

Assis près de sa mère, il demeurait plongé dans une rêverie douloureuse, interrompue parfois pour jeter un coup d'œil navré sur le blême petit visage enfoncé dans les oreillers. Mme Handen et Wilhelm ne le quittaient pas du regard, ce visage, et, sur la physionomie inaltérablement froide de la mère, comme sur celle de l'époux si aimant, on pouvait lire le même désespoir.

Là-bas, dans l'ouverture de la porte, apparaissaient sans cesse des

Chapitre XVIII

figures désolées. Félicité ou Léopold venaient quelques instants près de leur sœur ; dona Ottavia, Charlotte, les autres domestiques s'enquéraient des nouvelles et jetaient un regard de regret vers la jolie petite créature qui s'en allait lentement.

Et, subitement, une claire apparition surgit sur le seuil ; puis, voyant que nul ne l'avait aperçue, la petite personne vêtue de blanc s'avança jusqu'au lit. Ary ne put retenir un froncement de sourcils en la voyant se dresser près de lui.

– Épargnez-vous ces émotions, signorina. Vous n'aimez pas les malades, dit-il avec une froideur ironique.

Un éclair de rage jaillit des yeux noirs de l'Italienne. Sans répondre, elle se pencha vers Bettina.

– Chère Bettina, je suis si désolée de vous voir ainsi ! Mais vous allez guérir vite pour assister à tant de jolies fêtes qui se préparent. J'ai justement une idée charmante.

Sans ouvrir les yeux, Bettina s'agita et serra plus fortement la main d'Anita qu'elle avait gardée entre les siennes. La physionomie d'Ary avait pris une expression de dédain railleur s'adressant évidemment à l'incurable frivolité de dona Clélia. Il se rapprocha et posa doucement sa main sur le front de sa sœur. Les paupières de Bettina se soulevèrent un instant, les doigts frêles de la jeune femme saisirent ceux d'Ary.

– Pas de fêtes... le repos... Wilhelm, je ne veux plus aller au bal. Ary a raison...

Tout en parlant, elle réunissait inconsciemment la main d'Ary et celle d'Anita. Ils échangèrent un regard triste et doux que surprit dona Clélia.

– Cette chère Bettina pénètre les désirs des cœurs. Voyez, elle semble sceller une union, dit la voix un peu sifflante de l'Italienne.

Ary se détourna brusquement et enveloppa l'insidieuse petite créature d'un regard irrité sous lequel elle pâlit légèrement.

Mme Handen avait eu un léger tressaillement. Elle leva vers Clélia un regard interrogateur.

– Que voulez-vous dire, signorina ?

– Oh ! chère madame, j'ai commis là une impardonnable indiscrétion ! dit-elle en baissant les yeux d'un air contrit. Mais je pensais que tout était convenu, arrangé... que vous étiez d'accord...

– D'accord ?... sur quoi ? dit Mme Handen avec impatience. Parlez donc, dona Clélia !

– Mais, madame, ce n'est pas à moi à vous apprendre...

– En effet, je vous prierai de vous en dispenser, dona Clélia. Mais cette conversation fatigue Bettina, je me vois obligé de vous demander de vous retirer, dit Ary avec une froide politesse.

Clélia se mordit violemment les lèvres et, tournant le dos, s'éloigna en redressant sa petite tête brune.

Ary ne reprit pas sa place près de sa mère, il demeura debout à côté d'Anita dont le joli visage était tout pâle d'émotion.

– Vous avez sans doute compris de quoi il s'agissait, ma mère ? dit-il avec calme. Je voulais éviter de vous en entretenir en ces instants douloureux, mais, puisque l'indiscrétion d'une écervelée malveillante m'y oblige, je dois vous faire connaître que mon rêve, depuis plus d'une année, est d'unir ma vie à celle d'Anita.

– Tu pourras attendre longtemps mon consentement ! dit-elle d'un ton bref en se levant brusquement. Ah ! que n'ai-je écouté autrefois le conseiller, alors qu'il prédisait les ennuis que m'occasionnerait cette enfant, cette misérable petite créature qui a pris peu à peu le cœur de mon neveu, de mes enfants ! Et maintenant, c'est toi, Ary, toi qui comprenais si bien ce que nous devions à notre vieux et honorable nom !

– Il n'y a rien que d'absolument raisonnable dans mon désir de m'unir à Anita, une Handen comme nous, dit froidement le jeune homme, que les paroles blessantes visant sa fiancée avaient fait pâlir. Néanmoins, ce mariage ne s'accomplira pas sans votre consentement... Mais vous ne refuserez pas de faire le bonheur de votre fils, ma mère ? murmura-t-il en se penchant vers elle.

– Je l'ai dit : jamais ! répondit-elle en détournant son visage rigide.

La colère et la douleur se mêlaient dans le regard d'Ary, tandis que, maîtrisant son indignation, il allait s'asseoir à quelque distance. Dans les yeux d'Anita était descendue une profonde tristesse. Bien qu'elle n'eût jamais compté sur un consentement spontané, elle ressentait un brisement devant la tenace aversion de cette femme.

Le silence s'était fait de nouveau, plus lourd, comme rempli de menaces. Pendant la scène précédente, Wilhelm n'avait pas bougé ;

Chapitre XVIII

le malheureux ne quittait pas du regard le visage émacié que traversaient de légères contractions.

Vers deux heures, cette paix lugubre et solennelle fut troublée par l'entrée de Félicité dont la physionomie attestait une vive inquiétude. Elle vint parler bas à son frère qui se leva précipitamment et sortit avec elle.

Un quart d'heure plus tard, la porte s'entrouvrit de nouveau, et un signe discret de Félicité avertit sa cousine qu'elle avait à lui parler. Maintenant, Anita pouvait sans inconvénient s'éloigner de Bettina, car la jeune femme n'avait plus sa connaissance. Elle suivit Félicité qui l'entraîna vers l'appartement de Frédérique.

L'aînée des Handen avait transformé en cabinet de travail une petite pièce voisine de sa chambre. Une bibliothèque, des tables couvertes de livres étaient les seuls meubles de cette retraite sévère. Ary se trouvait dans cette pièce et Anita eut une exclamation en voyant l'altération de ses traits.

– Tenez, lisez, Anita... J'ai trouvé ceci sur son bureau, dit-il en tendant à sa fiancée un papier couvert de la grande et ferme écriture de Frédérique.

C'était la réalisation du projet germé la veille dans cet esprit révolté. Frédérique apprenait à sa mère et à son frère que, ne voulant pas obéir à leurs volontés, elle quittait leur demeure pour se réfugier chez une amie, – une personne qui saurait la comprendre et lui offrirait avec joie l'abri de son toit jusqu'au jour où elle en sortirait unie à Joël Ludnach. Il était facile de deviner, dans ces lignes froides et correctes, l'indomptable résolution qui les avait dictées en consommant ainsi une rupture qui pouvait être irrévocable.

– Pauvre malheureuse Frédérique ! murmura Anita, dont les yeux se remplissaient de larmes. Qu'allez-vous faire, Ary ?... Elle ne cédera jamais.

– Hélas ! je le crains !... Vu son âge, nous pourrions empêcher ce mariage, mais qui peut prévoir à quelles extrémités se porterait cette singulière nature ? Peut-être faudra-t-il, malgré tout, donner notre consentement pour éviter de faire du bruit autour de notre nom, mais ce sera la rupture complète avec cette pauvre sœur, car ma mère ne pardonnera jamais. Et avant d'arriver à cette extrémité, j'aurais voulu tout tenter, essayer de la persuader. Malheureusement, je ne puis quitter M... en ce moment où ma pauvre Bettina n'a plus que quelques heures à vivre ; ce serait attirer l'attention publique sur ce départ que je voudrais laisser ignorer de tous, dans le cas où elle accepterait de revenir.

– Si je pouvais vous remplacer, Ary ?

– Oh ! très certainement, ma chère Anita. Voyez-vous, j'ai quelque raison de penser qu'elle se rend à Naples, chez une parente assez éloignée, Allemande comme nous, excellente personne, mais passablement exaltée et romanesque. Cette cousine a toujours eu pour ma sœur aînée une affection particulière, et certainement elle l'accueillera avec joie. Il s'agirait de vous rendre chez Mme Steberg, de voir Frédérique et de tout tenter pour la ramener à la notion du devoir.

– Je ferai mon possible, Ary. À quelle heure aurai-je un train ?

– Dans une heure. Mais pourrez-vous être prête ?

– Oh ! certainement ! Félicité m'aidera un peu, n'est-ce pas ?

– Je crois bien ! Et merci, chère Anita, d'accepter cette pénible mission ! dit la jeune fille en pressant les mains de sa cousine.

Peu de temps après, Anita, en costume de voyage, descendait en compagnie de Félicité. La porte de la salle d'étude était ouverte, et les jeunes filles eurent un soudain mouvement de recul en apercevant, au fond de la pièce, le conseiller Handen et dona Clélia causant avec animation, tandis que dona Ottavia s'entretenait avec Maurice, un peu délaissé en ces jours d'inquiétude.

Mais il était trop tard, Anita avait été vue, et par ceux-là mêmes qui étaient le plus à craindre en cette circonstance.

Le rire désagréable de l'Italienne vint frapper son oreille.

– Vous allez faire un petit voyage d'agrément, mademoiselle, Anita ? s'écria ironiquement Clélia. Car je ne suppose pas qu'il s'agisse d'un exil ?

– Ni l'un ni l'autre, répliqua froidement Anita. Si cela peut satisfaire votre curiosité, je vous dirai que je pars en mission.

– En mission !... Vraiment, quelle importante personne ! s'écria la voix narquoise du conseiller. Et peut-on savoir ?...

– Rien du tout, mon oncle, interrompit impatiemment Félicité. Ne vous inquiétez pas de cela.

– Ah ! tu en juges ainsi !... Mais moi, je sais que je possède le droit de m'occuper de cette jeune personne beaucoup trop émancipée... Et tout d'abord, ajouta-t-il avec une ironie acerbe en se tournant vers Anita, je vous défends de songer désormais à l'idée folle qui a traversé le cerveau de ce pauvre Ary. Jamais je n'autoriserai cela...

– Heureusement, nous nous passerons fort bien de votre consentement, dit Anita d'un ton railleur. Et n'est-il pas étrange qu'ayant jusqu'ici dénié tous droits de tutelle ou de parenté vis-à-vis de moi, vous vous en targuiez en cet instant ? Je sais d'où vient l'indiscrétion qui vous a mis au courant de nos projets, mais elle ne peut nous nuire. Rien ne nous fera changer, Ary et moi.

– Oh ! oh ! en êtes-vous absolument sûre, petite présomptueuse ? Qui vous dit qu'Ary ne comprendra pas bientôt sa démence et ne se souciera plus alors d'unir sa destinée à une fille d'aventuriers sans fortune, dépourvue de ces dons brillants nécessaires à une femme d'artiste ? fit-il avec un rire mauvais.

Les mains d'Anita se pressèrent sur la poignée de son sac de voyage. Quelque chose passait en elle – angoisse, doute rapide comme l'éclair. Mais elle releva aussitôt la tête, et ceux qui étaient là purent lire dans ses grands yeux bleus l'inaltérable confiance qui remplissait son âme.

– Je n'ai pas à répondre à de telles insinuations, dit-elle d'un ton ferme quelque peu méprisant. Tout ce que vous pourrez me dire, monsieur le conseiller, ne m'enlèvera pas un atome de ma croyance pleine et entière à la parole de mon fiancé.

– Merci, chère Anita, dit la voix d'Ary.

Il apparaissait près de Félicité et enveloppa d'un regard indigné son grand-oncle et dona Clélia.

– Fou, triple fou ! cria le conseiller, exaspéré. Toi qui pouvais prétendre aux plus riches alliances, tu épouses cette créature sans le sou ! et tu dis la connaître ! Sais-tu ce qui se cache sous ses airs doucereux et dévots ?... Un orgueil insensé, une ambition effrénée qui lui a fait mettre tout en œuvre pour arriver à épouser le riche et célèbre artiste, l'homme universellement connu et acclamé... Et tu crois que c'est pour toi ? Pauvre naïf ! fit-il d'un ton de compassion moqueuse.

Une main vigoureuse saisit le poignet du conseiller, et deux yeux brûlants de colère se posèrent sur l'odieux personnage.

– Taisez-vous ! dit la voix frémissante d'Ary. Je ne puis malheureusement oublier que vous êtes mon oncle, mais cela ne m'oblige pas à laisser adresser de tels propos à ma fiancée. Désormais, mon oncle, toutes relations sont rompues entre nous.

Il lâcha le poignet du conseiller absolument abasourdi, et offrit son bras à Anita, toute pâle d'émotion.

– Venez, le temps presse, dit-il en l'entraînant vers le vestibule où l'attendait Charlotte qui devait accompagner la jeune fille.

Il aida sa fiancée à prendre place dans la voiture et dit avec émotion, en baisant la petite main qu'il tenait entre les siennes.

– Au revoir, chère Anita. Tâchez de réussir... et revenez vite.

– Ary, je vous la ramènerai... Oh ! combien j'ai hâte d'être de retour !

Dans le jour qui déclinait, sous le rayonnement adouci du soleil couchant, la voiture emporta Anita. Ary rentra, sombre et soucieux. Dans le vestibule, il croisa le conseiller qui lui jeta un regard de colère haineuse et sortit en refermant violemment la porte.

Sur le seuil de la salle d'étude apparut Clélia... non plus Clélia coquette et animée, mais une jeune personne à la mine contrite, aux mouvements alanguis. Sans lever les yeux, elle murmura :

– Me pardonnerez-vous jamais, monsieur Handen, d'avoir deviné... et surtout maladroitement divulgué votre secret ?... Hélas ! quelle malheureuse idée j'ai eue là !... Je regrette tant !... Oh ! ne me croyez-vous pas ? dit-elle en joignant les mains avec un regard suppliant.

Un imperceptible sourire, incrédule et railleur, effleura les lèvres d'Ary.

– Je le voudrais, signorina. Malheureusement, je ne puis vous en assurer !... Il y a des fautes qui peuvent se comprendre et parfois s'excuser quelque peu, mais un petit plan d'espionnage et de dénonciation habilement ourdi, accompli sans scrupule et... sans remords, par un sentiment d'envie et d'ambition... voilà qui est difficile à prendre pour une erreur et à pardonner.

La jeune repentante avait disparu. Une petite furie aux yeux étincelants de rage se dressait devant Ary.

– Ah ! vous croyez cela ? Eh bien ! après tout, vous avez raison ! fit-elle d'un ton de triomphe provocant. Oui, j'ai haï cette Anita dès le premier instant où je l'ai vue, et j'ai dès lors cherché en quoi je pourrais lui nuire. Oh ! j'ai vite trouvé que le meilleur moyen était de la séparer de vous. Car jamais votre mère ne consentira, monsieur Handen, et j'aurai la satisfaction de penser que cette belle Anita souffrira...

Devant ce visage contracté par une colère haineuse, Ary avait reculé avec un mouvement de répulsion. Mais, se dominant, il posa sur l'Italienne un regard de pitié méprisante.

– Je vous plains, dona Clélia ! dit-il gravement.

Et, s'inclinant légèrement, il remonta chez lui.

Quelques instants plus tard, la voix de Clélia, à son diapason le plus aigu, résonnait dans l'escalier, et la femme de chambre italienne recevait l'ordre de commencer l'emballage des toilettes pour prendre le lendemain le train de Naples. Le voyage à travers l'Allemagne, but avoué de Clélia, se terminait ainsi brusquement à M...

Chapitre XIX

Les désirs humains, étant essentiellement soumis aux circonstances et aux impressions de l'heure présente, se trouvent ainsi infiniment variables. Anita en fit l'expérience durant son rapide voyage. Elle avait ardemment souhaité de voir l'Italie, de fouler ce sol célèbre à tant de titres, et cependant, aujourd'hui, rien ne vibrait en elle. La tristesse de ce départ, les haines qui l'avaient poursuivie jusqu'au dernier instant, l'appréhension de la tâche ardue qui lui était confiée, voilà ce qui occupait son esprit en la rendant par là même incapable de trouver dans ce voyage le plus léger plaisir.

En arrivant à Naples, elle fit une courte mais fervente prière dans une chapelle située sur son passage, puis, guidée par Charlotte, elle se dirigea vers la villa de Mme Steberg.

Et, aussitôt en présence de la maîtresse de la maison, elle s'informa anxieusement si Frédérique était vraiment chez elle. Un soupir de soulagement lui échappa à la réponse affirmative de Mme Steberg. Celle-ci, une aimable et souriante personne, lui apprit que Frédérique était allée faire une courte promenade, mais elle la priait de l'attendre en sa compagnie, espérant même, ajouta-t-elle gracieusement, qu'elle accepterait son hospitalité pour tout le temps qu'il lui plairait de demeurer à Naples.

Anita la suivit donc dans un coquet petit salon, elle dut accepter une collation et écouter le bavardage de la maîtresse du logis. Mais l'heure s'écoulait et Frédérique n'apparaissait pas.

– Voilà qui est curieux ! fit observer Mme Steberg. Elle devait faire une très petite promenade et avait même refusé la compagnie de ma vieille femme de chambre. Néanmoins, la voyant vraiment fatiguée, j'ai tenu bon...

Elle s'interrompit. Un bruit de pas et de voix, des exclamations arrivaient jusqu'au salon.

Instinctivement, les deux femmes se levèrent et se précipitèrent vers la porte qu'Anita ouvrit d'une main fébrile. Avec un cri d'angoisse, la jeune fille s'élança vers un groupe d'hommes portant un corps inanimé, celui de Frédérique, dont la belle tête pendait inerte et livide. Derrière ce cortège marchait une femme âgée qui pleurait abondamment.

Quelques instants plus tard, Frédérique était déposée sur un lit, et Anita s'essaya aussitôt à la ranimer. Mme Steberg, qui l'aidait, s'aperçut tout à coup que la main crispée de la jeune fille tenait un lambeau de journal.

– Voyez donc ! dit-elle avec stupeur. Qu'a-t-elle pu voir là-dessus ?

Elle réussit à desserrer la main et s'empara de la feuille lacérée qu'elle parcourut rapidement. Une exclamation d'horreur lui échappa.

– Voici toute la cause du mal ! Pauvre enfant ! Lisez ceci, mademoiselle !

En quelques lignes brèves, on rendait compte d'un terrible accident arrivé la veille à un chemin de fer en Allemagne. Suivait le nombre approximatif des victimes, puis cette phrase : « Parmi les morts aussitôt reconnus, citons M. Joël Ludnach, le poète norvégien déjà connu et apprécié. »

Le regard d'Anita, plein de douleur, ne pouvait se détacher de cette feuille néfaste. La mort terrible de cet être jeune et beau, de ce doux poète si délicatement bon, entrait pour une part dans l'insurmontable émotion qui l'étreignait, mais combien plus encore la pensée de l'effrayant désespoir de Frédérique !

– La signorina a entendu le marchand de journaux qui criait l'accident, expliqua la femme de chambre qui arrivait en se tamponnant vigoureusement les yeux. Aussitôt elle s'est élancée, a presque arraché un journal des mains de l'homme... Elle a lu et est tombée sans un mot.

Lorsque, sous le regard anxieux de Mme Steberg et d'Anita, Frédérique reprit enfin connaissance, elle ne parut pas reconnaître les personnages qui l'entouraient, aucune parole ne sortit de ses lèvres. Durant plusieurs heures, il en fut ainsi. Vers le soir, Anita, pour la troisième fois, vint lui proposer un peu de nourriture. Frédérique tourna alors vers elle un regard empreint de farouche douleur :

– Vous tenez donc bien à me faire vivre ? Et cependant, vous savez que ce serait mon malheur ! Oui, le malheur, voilà tout ce qui m'attend, tout ce que je dois espérer !... Et vous voudriez que je vive ! murmura-t-elle en se tordant les mains.

Son visage se contractait sous l'empire d'une effrayante angoisse, d'une désespérance atroce, et Anita eut un cri douloureux.

– Frédérique, ne prononcez pas ces paroles ! Oh ! songez, je vous en prie, quelle folie de mettre toute son espérance de bonheur en un homme, être fragile, hélas ! vous en avez la preuve !... Fussiez-vous sans famille, sans amis, vous auriez toujours Celui qui ne vous manquera jamais... Frédérique !... Oh ! ma pauvre chère cousine, ne pensez-vous pas à Dieu ?

Frédérique secoua farouchement la tête et se renferma de nouveau dans un silence sombre. Une autre tentative d'Anita fut couronnée d'un léger succès. Frédérique consentit à avaler quelques gorgées de bouillon et s'assoupit sous le compatissant regard de sa cousine, sous le souffle fervent de ses prières.

Les jours avaient passé, l'automne arrivait, si beau, si lumineux sous le ciel de Naples. Sur la terrasse de la villa Steberg, deux jeunes filles venaient s'installer chaque jour. L'une travaillait, l'autre restait étendue, causant ou lisant parfois, le plus souvent rêveuse, avec un pli profond entre les sourcils et un voile de tristesse sur ses grands yeux gris. Ce n'était plus que l'ombre de la belle Frédérique qui avait attiré tant d'admiration deux mois auparavant, à la fête organisée par dona Clélia. Sa pâleur, ses traits creusés, l'attitude affaissée de toute sa personne étaient les preuves manifestes des assauts de douleur subis par ce cœur si étrangement passionné sous ses dehors froids.

Pendant de long jours, un sombre désespoir s'était emparé de Frédérique, et Anita avait maintes fois tremblé en songeant aux conséquences possibles de cet état d'âme. Quelque chose – peut-être une étincelle de cette foi qu'elle prétendait éteinte en elle – avait arrêté la malheureuse jeune fille au bord de l'abîme, et les soins, la tendre affection d'Anita avaient agi lentement, mais efficacement.

Ary était venu aider sa fiancée dans cette tâche pénible. Aussitôt après la mort de Bettina, il était arrivé à Naples. Et, en voyant la résignation souriante, le dévouement aimable de son frère et d'Anita, en écoutant les conversations élevées où ils laissaient parler leurs âmes croyantes, la révoltée des premiers jours sentait pénétrer en elle un rayon de paix. Si le souvenir douloureux demeurait toujours, la tristesse se faisait chaque jour moins amère dans l'âme brisée de Frédérique.

Un après-midi d'octobre, Mme Steberg et Ary vinrent rejoindre les jeunes filles sur la terrasse. Le jeune homme partait le lendemain pour Rome, où il avait conservé son logis. Là, il allait reprendre sa vie de travail, interrompue par les malheurs de ces derniers temps.

– Qu'as-tu, Ary ? demanda Frédérique, dont le regard scrutateur avait enveloppé son frère dès l'entrée. Il s'est passé quelque chose qui te tourmente ?

– On ne peut rien te cacher ! D'ailleurs, je n'en avais pas l'intention, dit-il avec un sourire mélancolique. J'ai reçu une lettre de ma mère en réponse à celle dans laquelle je lui annonçais ma conversion au catholicisme et ma prochaine abjuration... Et, fit-il d'un ton soudain altéré, elle déclare ne plus vouloir me revoir, si je persiste...

– Voilà !... Je le prévoyais bien ! murmura Frédérique d'un air sombre. Le conseiller a dû mettre sa main diabolique là-dedans, certainement... Que vas-tu faire, mon pauvre Ary ?

– Naturellement, agir selon ma conscience, dit-il avec fermeté. Je puis bien sacrifier mon bonheur, celui même d'Anita – et pourtant, de combien payerais-je celui-là – mais il est des circonstances où l'autorité maternelle disparaît devant la volonté divine.

– Ary, n'exagérez-vous pas ? avança Mme Steberg avec un peu d'hésitation. Notre religion est fort bonne...

– Taisez-vous, je vous en prie, ma cousine ! s'écria Frédérique avec sa liberté habituelle. Vous n'entendez rien à cela, parce que vous n'avez jamais cherché le bonheur en dehors d'un cercle restreint de petites satisfactions et que les grandes douleurs n'ont pas fondu sur vous. Mais si vous aviez senti la vraie, la terrible souffrance qui broie l'âme et la jette, semble-t-il, dans un gouffre sans fond... Oh ! fit-elle en frissonnant, voilà ce qui fait chercher la vérité sublime, la bienfaisante lumière qui doit éclairer ces ténèbres. Je crois enfin l'avoir trouvée, et c'est pourquoi je comprends la résolution d'Ary, le sacrifice fait à sa croyance.

Anita et Ary échangèrent un regard d'allégresse. Jusqu'ici, Frédérique n'avait rien laissé transparaître de ses sentiments et des secrètes opérations de la grâce, mais maintenant ils comprenaient que leur exemple avait porté des fruits et que leurs prières étaient exaucées.

Le soleil couchant enveloppait d'une auréole d'or pâle la jeune fille penchée sur la balustrade de la terrasse. Sa taille incomparablement élégante, la superbe chevelure brune étaient bien celles de Frédérique, mais était-il possible d'attribuer ces yeux calmes et presque souriants, cette expression reposée et douce, à la créature révoltée et farouche des mois précédents, ou même à la Frédérique d'autrefois, orgueilleuse et impénétrable ?

Et, cependant, il en était ainsi. Une paix délicieuse était descendue dans son âme, en même temps que la pénétraient les enseignements de la religion catholique. Un jour, elle avait dit à son frère et à Anita :

– Je m'étais trompée, je prenais pour le bonheur ce qui n'en était qu'un reflet. Dans la voie où vous êtes, je sens que je le trouverai, et je veux y entrer... oh ! à tout prix !

Et elle l'avait fait avec un courage admirable, soutenant parfois des luttes terribles contre les passions orgueilleuses jusqu'ici libres en elle. Mais déjà elle jouissait d'un bonheur qu'elle n'avait jamais connu.

Cependant, le brisement d'autrefois avait laissé encore une blessure dans cette âme, car, tout à coup, une lueur de souffrance traversa le regard de Frédérique. Elle venait d'apercevoir son frère et Anita qui s'avançaient dans une allée du jardin. Les derniers rayons du soleil couchant enveloppaient les fiancés, éclairant ces visages empreints d'un intime bonheur... Mais à elle, qu'était-il advenu de son rêve ?

La physionomie de Frédérique eut une fugitive crispation. Mais elle reprit aussitôt possession d'elle-même et elle sourit doucement en abaissant de nouveau son regard vers les fiancés. Elle aurait donné beaucoup pour les voir unis et heureux, ces deux êtres qui lui étaient si chers. Mais, au lieu de cela, ils allaient se séparer plus complètement. Anita était demeurée près de sa cousine jusqu'à son entier rétablissement physique et moral, mais six mois s'étaient écoulés, et, malgré les instances de Frédérique, elle allait réaliser le projet d'autrefois, en devenant l'aide de Mlle Friegen. Ary ne pouvait qu'approuver cette décision de sa fiancée, malgré la pénible tristesse que lui causait cet éloignement. Mme Handen persistant dans son refus, Anita n'aurait pu accepter de demeurer indéfiniment chez Mme Steberg. D'ailleurs, ses rentes très modiques lui faisaient une loi du travail, et sa fierté n'aurait pu souffrir de rien accepter, même de sa cousine.

Une vive émotion étreignait Frédérique. Cette jolie Anita, aimante et dévouée, s'était introduite profondément dans son cœur, et la pensée de ce départ lui causait une insurmontable tristesse. Elle rentra dans le salon et s'assit près d'une table couverte de volumes. Distraitement, elle attira à elle un mince cahier de musique, et, en le reconnaissant, un sourire de fierté joyeuse éclaira son visage sérieux. Sur la couverture bleu pâle étaient inscrits ces mots : *Ave Maria,* par ARY HANDEN. – *Dédié à ma fiancée.*

C'était le présent offert ce jour même à Anita pour son anniversaire de naissance, le chant de louanges à la Reine du ciel jailli du cœur du nouveau converti, le chef-d'œuvre composé par un admirable artiste et qui devait être révélé au monde catholique par sa fiancée... Car Anita, sur les instances de Frédérique et d'Ary, avait commencé à travailler cette voix magnifique découverte autrefois par son cousin, et, dans un jour peu éloigné peut-être, Ary espérait la faire entendre dans une église catholique.

Sur cette table se voyaient la plupart des œuvres d'Ary. Frédérique ouvrit machinalement un cahier. Son regard s'arrêta tout à coup sur quelques mots, et il semblait qu'il ne pût s'en détacher...

– *Deus meus et omnia !...* Quelle parole ! murmura-t-elle en joignant les mains. Quand pourrai-je véritablement la dire ? Mon Dieu, quand serez-vous tout pour moi ?

Chapitre XX

Les élèves de Mlle Friegen prenaient leur vol hors de la maison grise, surveillées par le regard indulgent de la jeune sous-directrice, ce regard lumineux et attirant que les enfants aimaient tant. La dernière petite fille disparue, Anita rentra dans la salle du cours dont elle se mit à opérer le rangement. Mais le visage souriant de Mlle Friegen apparut tout à coup dans l'entrebâillement de la porte.

– Ma chère enfant, je sors pour faire quelques visites ; recevez les personnes qui pourraient se présenter en mon absence. Eh ! ma petite, laissez donc ces rangements dont Caroline s'occupera. Allez prendre l'air au jardin, car vous êtes toute pâlotte aujourd'hui.

Un sourire affectueux répondit à Mlle Élisabeth, et Anita, ouvrant la porte vitrée, s'engagea dans le petit jardin abondamment fleuri. Elle alla s'asseoir sous une tonnelle autour de laquelle serpentaient les roses mêlées au sévère feuillage du lierre. Ici, bien souvent, la petite Anita d'autrefois s'était assise près de Mlle Rosa, et la chrétienne au cœur tendre avait versé les consolations et les sublimes enseignements de la foi dans cette âme d'enfant si souvent meurtrie aux épines de la vie.

Les années avaient passé, l'enfant était devenue jeune fille, les épreuves avaient changé de nature. Mais, trempée par une forte éducation, Anita conservait l'inaltérable paix des âmes chrétiennes. Avec une invincible patience, elle attendait l'heure marquée par Dieu pour mettre un terme à ses longues fiançailles. Plus d'un an s'était écoulé depuis le jour où Ary lui avait demandé si elle voulait devenir sa femme ; mais alors, comme ils avaient l'un pour l'autre la même confiance, la même affection, plus forte que la séparation, que le malheur, que la mort même ! Et, en regardant le lierre austère au-dessus duquel s'élevaient victorieusement les roses blanches teintées de rose pâle, Anita songeait que leur vie ressemblait à ces plantes : comme le lierre, la constance ne pouvait se détacher de leurs âmes, et les fleurs délicates de leur amour défiaient toutes les attaques, mettant un rayon de joie dans une existence de sévère labeur.

Après un court moment de rêverie, Anita se mit en devoir de relire une lettre de Félicité reçue la veille. La jeune fille, demeurée seule avec Maurice près de sa mère, voyait rarement Anita, afin de ne pas mécontenter Mme Handen, mais elle lui écrivait fréquemment.

« Je suis triste, triste à un point que je ne saurais dire, ma chère Anita ! Charlotte vous a sans doute appris l'aggravation de l'état de Maurice. Aujourd'hui, le docteur a semblé presque désespéré... Le pauvre cher enfant n'est plus qu'un squelette, il refuse toute nourriture et souffre extrêmement, mais avec quelle patience ! Hier, il m'a dit doucement : « Je suis heureux de tant souffrir, parce que j'ai entendu Anita dire que c'est le moyen d'avoir une belle place dans le paradis... » Il a des mots navrants... surtout pour ma mère. Un jour, il a murmuré tristement, en la regardant de ses grands yeux mélancoliques si profonds : « Comme le malheur est venu nous trouver depuis quelques années, maman !... Autrefois, il n'en était pas ainsi. Nous étions heureux... sauf Anita »... Ma mère a pâli en détournant aussitôt la tête.

« Elle aussi m'inquiète beaucoup. Sa santé est très chancelante, le gouvernement de la maison est entièrement confié à Charlotte, signe des plus graves. Maurice réclame sans cesse Ary et vous, mais jusqu'ici ma mère ne semble pas l'entendre. Cependant, est-il possible qu'elle laisse ce cher petit Maurice s'en aller avec le regret de voir son dernier désir tenu pour nul ? Car, pas plus que moi, elle ne se dissimule que le pauvre chéri va nous quitter.

« Et, au milieu de ces tristesses, c'est de mariage que je viens vous parler. Il y a quelque temps, au moment du mieux survenu chez Maurice, j'ai été fiancée à Ulrich Heffer. Je sais – lui-même me l'a loyalement appris – qu'il a subi aussi le charme de votre grâce et de vos qualités aimables, mais je me sens un suffisant courage, je l'aime assez fortement pour essayer d'adoucir la peine encore vive causée par votre refus. J'ai la certitude d'être heureuse, car

Ulrich est un cœur généreux et droit, d'une bonté que l'on pourrait parfois dire excessive. À défaut d'un grand amour, il me donnera son entier dévouement, et peut-être un jour... Mais pas de rêves, le présent suffit. J'aurais encore ma petite part de bonheur si je ne tremblais pour Maurice. Priez, chère Anita, car nous sommes environnés par le malheur.

Des larmes coulaient des yeux d'Anita. Elle aurait voulu courir vers l'enfant qui la demandait... et il lui était interdit de franchir le seuil de la maison Handen. L'aversion tenace de la veuve du professeur lui en fermait inexorablement l'entrée.

Elle plia lentement la lettre et se leva pour revenir vers la maison. Mais elle demeura immobile, en laissant échapper une exclamation joyeuse. Quelqu'un apparaissait là-bas, et elle avait aussitôt reconnu Ary.

– Enfin, je vous revois, Anita ! Pourquoi faut-il que ce soit un malheur qui nous permette cette réunion !

– Un malheur, Ary ?

– Hélas ! notre cher Maurice est à ses derniers instants. Ma mère m'a télégraphié à Munich, où je me trouvais depuis un mois... Et elle vous demande aussi, Anita. Oh ! pauvre mère, de quel prix elle paye ses erreurs ! Elle n'a toujours eu en vue que ses enfants, et c'est en eux qu'elle est frappée. Aujourd'hui, elle comprend tout. Anita, elle vient de me dire qu'en réparation elle consent à notre mariage... Et maintenant, voulez-vous répondre à son appel, ma chère fiancée ?

– Allons, allons vite, Ary ! Je souhaitais tant revoir mon petit Maurice ! Oh ! Ary, si nos prières pouvaient obtenir qu'il soit rendu à sa mère !

Une foule de choix, parmi laquelle se remarquaient des artistes en renom de tous les coins du globe, remplissait la basilique de Sainte-Marie-Majeure, choisie pour l'exécution des œuvres du maître Ary Handen. On se répétait que l'*Ave Maria,* inconnu encore, avait été composé par le célèbre artiste pour sa jeune femme, et que celle-ci, se faisant entendre pour la première fois en public, allait se révéler aujourd'hui au monde religieux. Leurs longues et patientes fiançailles avaient ému bien des cœurs, rendant ceux-ci instinctivement sympathiques à la jeune artiste encore ignorée... Et un frisson d'admiration traversa cette foule lorsque s'élevèrent, en un harmonieux ensemble, la voix superbe d'Anita et les sons incomparables du violoncelle d'Ary, tous deux vibrant d'une émotion sainte en jetant aux échos du sanctuaire l'*O salutaris,* le chant de reconnaissance à l'amour d'un Dieu... puis délicieusement pure et céleste, la mélodie inspirée à Ary par la *Salutation angélique*. Une impression surnaturelle pénétrait les auditeurs, faisant quitter pour un instant, aux plus incrédules, les pauvretés de cette terre et leur donnant un aperçu des beautés inénarrables, des émotions sans fin de l'éternelle Jérusalem.

Seule peut-être de toute l'assistance, une petite personne brune, d'une élégance tapageuse, semblait insensible aux accents merveilleux s'échappant de la tribune. Ses lèvres se serraient nerveusement. Ses yeux noirs étincelaient de rage. Au moment où le chant s'éteignait en un *diminuendo* d'une douceur infinie, alors que les auditeurs, sans souffle, absolument sous le charme, écoutaient encore les dernières vibrations du violoncelle, dona Clélia s'éloigna brusquement, le cœur serré de colère à la pensée du triomphal succès d'Anita et de la gloire sans rivale que cette audition rapporterait à Ary Handen.

Car ce fut un succès tel que l'avait prédit Ary. La jeune Mme Handen, jusqu'ici occupée de ses devoirs d'épouse et de maîtresse de maison, ne paraissait dans le monde qu'autant que le demandait la situation de son mari, et cette audition était la révélation de son talent. Déjà, les amateurs d'art se réjouissaient en songeant aux nombreuses occasions où il leur serait donné d'entendre cette voix admirable, si émouvante au dire de tous... Aussi leur déception fut-elle immense en apprenant que la jeune artiste réservait ce don superbe au service de Dieu et à la satisfaction de sa famille et de ses amis. Néanmoins, ceux qui voulaient en jouir faisaient le voyage de Naples et escaladaient une colline rocheuse que surmontaient de modestes bâtiments, asile des déshérités de ce monde. Souvent Anita paraissait au milieu des servantes des pauvres, et pour ces femmes détachées de tout, pour leurs humbles protégés, elle déployait le charme saisissant de son talent.

L'orgue était magistralement tenu par une religieuse de haute taille, d'une allure incomparablement élégante sous sa robe de bure. Ses yeux gris, empreints d'une paix inaltérable, se tournaient sans cesse vers l'autel, un rayon d'ardent amour les illuminait alors, tandis que ses mains fines faisaient jaillir de l'instrument les sons graves qui accompagnaient la voix profonde d'Anita.

Le Salut terminé, la jeune femme sortait dans le jardinet où venait bientôt la rejoindre la sœur Maria de Jésus, et toutes deux se promenaient lentement sous les treilles formant voûte au-dessus de leurs têtes. Devant elles s'étendait la vue incomparable du golfe de Naples ; autour du couvent régnaient le silence et la solitude, interrompus seulement à de rares intervalles par le tintement d'une cloche, le passage rapide d'une religieuse ou l'envolée des pigeons blancs du monastère. Selon l'expression d'Anita, ce lieu était une station entre le ciel et la terre.

– Êtes-vous pleinement heureuse, Frédérique ? demandait parfois la jeune femme.

– Oui, oh ! oui. Cela, c'est le vrai bonheur dès cette terre... Que sera-t-il donc là-haut ! répondait la sœur Maria en levant vers le ciel un regard de reconnaissance et d'amour.

Dans cette humble maison était, en effet, venue se cacher celle qui avait été l'orgueilleuse Frédérique Handen. Sa nature indomptable s'était soumise à l'obéissance absolue, sa hauteur avait disparu devant l'humilité volontaire à laquelle elle s'était réduite, sa science était sacrifiée au service des souffrances, des pauvres, des délaissés. Souriante, sœur Maria traversait les salles où les malades la réclamaient, instruisant les petits enfants infirmes et leur contant quelque naïve histoire composée pour eux. Travaux littéraires et scientifiques, tout était à jamais enfoui dans le gouffre sans fond de la sainte charité, et Frédérique pouvait maintenant dire, elle aussi : *Deus meus et omnia !*.

La demeure d'Ary Handen, une élégante villa voisine de celle de Mme Steberg, était devenue le centre des réunions de famille. Mme Handen, ne pouvant plus supporter le séjour de M..., s'était d'abord rendue alternativement chez chacun de ses enfants mariés. Mais la vieillesse arrivait précoce après tant de malheurs, et, cédant aux instances d'Anita, elle s'établit définitivement à Naples avec Claudine et Hermann. Félicité et son mari venaient assez souvent d'Allemagne, tous deux heureux et intimement unis, puis Léopold, marié lui aussi... Les enfants étaient arrivés à ces jeunes ménages, augmentant chaque année le cercle de la famille ; au foyer d'Ary et d'Anita se dressaient déjà de nombreuses têtes brunes et blondes. Mais parmi tous ces charmants petits êtres, l'aïeule avait une prédilection marquée pour un joli Bernhard aux boucles brunes et aux yeux bleu foncé – ces yeux superbes que possédaient Bernhard Handen et sa fille auxquels l'enfant ressemblait absolument.

– Ary, tu ne me demandes plus si ses volontés ont été accomplies ? dit un jour Anita en trouvant son mari absorbé dans la lecture du testament de Conrad Handen.

Il jeta un regard ému sur le charmant visage penché vers lui.

– Non, vraiment, car ces désirs sacrés de mon père sont désormais pleinement réalisés. Avait-il même rêvé autant, pauvre cher père ? Tout a été réparé autant que nous le pouvions, car les épreuves ne nous ont pas manqué. Si nous sommes heureux maintenant, nous savons ce qu'est la souffrance, n'est-ce pas, mon Anita ?

Sans répondre, elle appuya sa tête sur l'épaule de son mari. Ainsi unis, ils avaient jusqu'ici marché d'un pas ferme dans la voie ardue des vertus et des devoirs. Devant l'espace encore à parcourir, ces cœurs vaillants ne défaillaient pas. Dieu était avec eux.

Ils s'étaient avancés sur le balcon, d'où leurs regards contemplaient le soleil couchant s'immergeant dans une lueur rose, au-dessus d'une cime rocheuse que ses derniers rayons illuminaient...

Et là-bas, dans la petite chapelle blanche, sœur Maria, prosternée, murmurait ardemment :

– Merci, mon Dieu !... Merci de m'avoir appelée à vous !

ISBN : 978-3-96787-560-7

www.ingramcontent.com/pod-product-compliance
Lightning Source LLC
LaVergne TN
LVHW040057080526
838202LV00045B/3676